톨스토이 단편선

톨스토이 단편선

개정판 1쇄 발행	2023년 11월 30일

지 은 이	레프 니콜라예비치 톨스토이
옮 긴 이	박우정

펴 낸 이	한승수
펴 낸 곳	문예춘추사

편 집	이상실
디 자 인	박소윤
일러스트	이소현
마 케 팅	박건원, 김홍주

등록번호	제300-1994-16
등록일자	1994년 1월 24일

주 소	서울특별시 마포구 동교로 27길 53, 309호
전 화	02 338 0084
팩 스	02 338 0087
메 일	moonchusa@naver.com

I S B N	978-89-7604-618-5 03890

Lev Nikolaevich Tolstoy

Tolstoy's short stories

톨스토이
단편선

대문호 톨스토이의
사상과 종교, 인간에 대한 사랑

L.N. 톨스토이 **지음** | 박우정 **옮김**

문계춘추사

옮긴이의 글

톨스토이는 누구보다도 인간에 대한 사랑을 실천했던 작가다.

'하나님을 사랑하고 이웃을 내 몸처럼 사랑하라'는 종교적 가르침은 평생 그의 영혼 속에서 그를 구도자적 삶으로 이끄는 나침반이 되었다.

그는 러시아 귀족 가문에서 태어나 대지주로서 풍족한 삶을 누렸다. 하지만 당시 러시아 사회의 제도적 모순과 특권 계급이 만들어 낸 여러 가지 악 때문에 대부분의 민중들이 가난하고 비참한 삶 속에서 허덕이는 모습을 보고 양심의 가책을 느꼈다. 그래서 자신의 땅에 학교를 세우고, 농민들을 위해 계몽운동을 펼치며 농노 해방운동에 직접 뛰어들기도 했다.

초기에는 루소의 사상에 영향을 받아, 문명에 예속된 도시적 삶을 배척하고 자연으로 돌아가 자연과의 융합을 통해 삶의 의미를 구현하는 작품들을 발표했다.

그는 러시아 민족의 문제를 다룬《전쟁과 평화》와 러시아 귀족 사회의 위선적인 삶을 고발한《안나 카레니나》등의 대작을 발표한 이후 인간의 구원은 사회제도의 개혁이 아닌 악에 대한 무저항 정신과, 자아를 버리고 자기희생을 통해 신에게 다가가는 삶에 있다는 자각을 하게 된다.

이 책에 실린 단편들은 민화에서 소재를 취해 인간의 도덕적 가치를 담은 작품들이다. 작품들은 하나같이 간결하고 명확한 말로 쓰여 있고 민중을 향한 톨스토이의 사랑이 잘 배어 있다.

그중 〈사람은 무엇으로 사는가〉에서는 천사 미하일과 구두장이 부부의 만남을 통해 사람이 사랑으로 살아간다는 것을 역설한다. 〈바보 이반 이야기〉는 군대와 돈의 노예가 된 자본주의 사회에 대해 비판하고, 직접 땀 흘려 일하는 노동의 가치와 신성함을 강조한다. 또한 하나님의 뜻에 따르며 실천하는 삶이 무엇인지 보여 주는 〈두 노인〉은 여전히 많은 것을 생각하게 해 주는 작품이다.

자신이 믿고 따르는 바를 작품과 생활 속에서 직접 실천한 톨스토이를 두고 누군가는 '예수 이후 첫 사람' 또는 '인류의 교사'라고 칭하기도 했다.

톨스토이는 여러 작품들을 통해 인간 본성이 지닌 어리석음에 대해 경고하는 한편 사랑을 실천하며 더불어 살아가는 삶의 모습에서 깊은 감동을 선물한다.

Lev Nikolayevich Tolstoy, 1828~1910

Lev Nikolayevich Tolstoy

사람은 무엇으로 사는가

우리는 형제를 사랑함으로 사망에서 옮겨 생명으로 들어간 줄을 알거니와 사랑하지 아니하는 자는 사망에 머물러 있느니라. _요한일서 3:14

누가 이 세상의 재물을 가지고 형제의 궁핍함을 보고도 도와줄 마음을 닫으면 하나님의 사랑이 어찌 그 속에 거하겠느냐. 자녀들아 우리가 말과 혀로만 사랑하지 말고 행함과 진실함으로 하자. _요한일서 3:17~18

사랑하는 자들아 우리가 서로 사랑하자. 사랑은 하나님께 속한 것이니 사랑하는 자마다 하나님으로부터 나서 하나님을 알고 사랑하지 아니하는 자는 하나님을 알지 못하나니 이는 하나님은 사랑이심이라. _요한일서 4:7~8

어느 때나 하나님을 본 사람이 없으되 만일 우리가 서로 사랑하면 하나님이 우리 안에 거하시고 그의 사랑이 우리 안에 온전히 이루어지느니라. _요한일서 4:12

누구든지 하나님을 사랑하노라 하고 그 형제를 미워하면 이는 거짓말하는 자니 보는 바 그 형제를 사랑하지 아니하는 자는 보지 못하는 바 하나님을 사랑할 수 없느니라. _요한일서 4:20

1

구두장이 시몬은 자기 소유의 집도 없고 가진 땅도 없었다. 그는 농부의 오두막을 빌려 아내와 자식들과 살면서 구두 짓는 일로 생계를 꾸려 나갔다. 품삯은 형편없는데 빵 값이 워낙 비싸서 시몬이 번 돈은 먹는 데 다 들어갔다. 그는 달랑 한 벌인 양털가죽 외투를 아내와 번갈아 입으며 겨울을 났다. 그마저도 이젠 낡을 대로 낡아 누더기가 되어 있었다. 새 외투를 만들 양털가죽을 사야겠다고 속으로 벼른 지가 벌써 이 태나 되었다. 겨울을 앞두고 시몬은 약간의 돈을 모았다. 아 내의 함 속에 삼 루블짜리 지폐를 숨겨 놓았고 마을 사람들에 게 받을 외상값이 오 루블하고도 이십 코페이카나 있었다.

어느 날 아침 시몬은 양털가죽을 사러 마을에 갈 채비를 했다. 시몬은 셔츠 위에 솜을 넣은 아내의 무명 재킷을 꺼입 고 그 위에 또 모직 외투를 걸쳤다. 호주머니에 삼 루블을 챙 겨 넣고 지팡이로 쓸 막대기도 잘라 놓았다. 그리고 아침을 먹은 뒤 집을 나서며 곰곰이 궁리를 해 보았다.

'외상값 오 루블을 받고 거기다 이 삼 루블을 보태면 겨울 외투를 만들 양털가죽을 사기에는 충분하겠지.'

마을에 도착한 시몬은 한 농부의 오두막을 찾아갔지만 농 부는 집에 없었다. 농부의 아내는 일주일 뒤에 돈을 주겠노라 약속했었지만 돈을 갚지 않았다. 시몬은 다른 농부의 집을 찾 아갔다. 그런데 이 사람은 맹세코 땡전 한 푼 없다며 장화 수 선비 중에서 이십 코페이카만 주었다. 시몬이 상인에게 양털 가죽을 외상으로 달라고 하자 상인은 딱 잘라 거절했다.

"돈을 들고 오시오. 그러면 가죽을 마음대로 고를 수 있을 거요. 당신도 외상값을 받는다는 게 얼마나 힘든지 알잖소."

결국 시몬이 마을에 와서 한 일이라고는 장화 수선비로 이십 코페이카를 받고 한 농부에게서 펠트 장화(짐승의 털로 만든 방한 용 신발)에 가죽을 대 달라는 일감 하나 얻은 것밖에는 없었다.

낙담한 시몬은 이십 코페이카로 보드카를 사서 마셔 버린 뒤 양털가죽은 사지도 못한 채 집으로 발길을 돌렸다. 아침나절만 해도 으슬으슬 추웠지만 지금은 보드카를 마신 뒤라 양털가죽 외투를 입지 않아도 몸이 훈훈했다. 시몬은 길을 따라 터덜터덜 걸었다. 한 손으로는 막대기로 얼어붙은 땅바닥을 두드리고 다른 한 손으로는 펠트 장화를 휘두르면서 그는 중얼거렸다.

"꽤 따뜻한걸. 털가죽 외투도 안 입었는데 말이야. 술을 한 잔했더니 피 속에서 아주 달음박질을 치는구나. 양털가죽은 필요 없어. 이렇게 살 거야. 아무 걱정도 안 하고. 난 그런 사람이라고! 알 게 뭐야? 난 양털가죽 없이도 살 수 있어. 그까짓 것 다 필요 없다고. 마누라는 보나마나 안달복달하겠지. 정말 딱한 노릇이야. 하루 온종일 일하고 돈도 못 받다니. 두고 봐! 돈을 들고 오지 않으면 진짜 껍질을 확 벗겨 버릴 테니까. 내가 못할 줄 알아? 어떻게 그럴 수가 있을까? 고작 이십 코페이카라니! 이십 코페이카로 대체 뭘 하라고. 한잔 마셔 버리면 끝인걸. 돈이 없어 죽을 지경이라고? 그래, 그러시겠지. 하지만 난 뭐야? 집도 있고 소도 있고 없는 것 없이 다 있는 게 누군데? 난 몸뚱이 하나가 전부인걸! 너흰 직접 가꾼 곡식을 먹지만 난 모든 걸 다 사 먹어야 돼. 무슨 짓을 하든지 일주일에 빵 값으로만 삼 루블은 있어야 된다고. 집에 빵이 다 떨어지고 없으면 또 일 루블 오십 코페이카를 써야 하지.

그러니 외상값을 갚아. 말도 안 되는 소리는 집어치우고!"

그때쯤 시몬은 길모퉁이에 있는 성당 근처에 이르렀다. 문 득 성당 뒤쪽에 희끄무레한 것이 보였다. 이미 땅거미가 지고 있어서 유심히 살펴보아도 그게 무엇인지 분간이 가지 않았다.

"여기에 흰 돌 같은 건 없었는데. 황소일까? 황소 같지는 않아. 머리는 사람처럼 보이는데, 아무리 봐도 너무 하얀걸. 더군다나 사람이 저기서 뭘 하고 있겠어?"

시몬이 좀 더 가까이 다가가 보니 또렷하게 보였다. 놀랍 게도 그것은 진짜 사람이었다. 살았는지, 죽었는지 알몸으로 성당에 몸을 기댄 채 꼼짝도 않고 웅크리고 있었다. 시몬은 겁이 덜컥 났다.

"누군가가 이 사람을 죽여서 발가벗긴 다음 여기에 버렸나 봐. 괜히 끼어들었다가는 곤란한 일에 휘말릴 거야."

시몬은 그대로 발걸음을 옮겼다. 성당 앞쪽으로 지나가자 남자의 모습은 보이지 않게 되었다. 얼마쯤 가다 뒤를 돌아보 니 남자는 이제 성당에 기대지 않고 마치 시몬 쪽을 쳐다보는 것처럼 몸을 움직이고 있었다. 시몬은 아까보다 더 겁을 집어 먹으며 생각했다.

'다시 돌아가야 하나? 아니면 그냥 이대로 가 버릴까? 혹 시 다가갔다가 험한 꼴을 당하는 거 아냐? 저 남자가 누군지 어떻게 알아? 아무튼 저러고 있는 걸 보면 뭔가 떳떳하지 않 은 구석이 있는 거지. 갑자기 달려들어 목이라도 조르면 어떡

해. 그러면 꼼짝없이 당하는 거지. 그러지 않는다 해도 저 남자는 짐만 될 거야. 내가 벌거벗은 남자에게 뭘 해 줄 수 있겠어? 내 옷을 홀랑 벗어 줄 수도 없잖아. 하나님, 제발 무사히 벗어나게 도와주세요!'

시몬은 서둘러 성당 앞을 떠났다. 그러다 불현듯 양심의 가책을 느끼고 발걸음을 멈추었다.

"지금 무슨 짓을 하는 거냐, 시몬?"

구두장이는 자신을 꾸짖었다.

"사람이 죽을 위기에 처했는데 겁이 난다고 도망치다니. 네가 강도를 무서워할 만큼 부자야? 오, 시몬, 부끄러운 줄 알아야지!"

그는 발길을 돌려 그 남자에게로 갔다.

2

시몬이 낯선 남자에게 다가가 살펴보니 그는 건강한 젊은 남자였다. 어디 다친 데도 없었고 단지 춥고 겁을 먹은 게 분명해 보였다. 남자는 눈 뜰 기력도 없는 것처럼 시몬을 보지 않고 몸을 뒤로 젖히고 앉아 있었다. 시몬이 가까이 가자 남자는 정신을 차리는 것 같았다. 고개를 돌리더니 눈을 뜨고 시몬을 쳐다보았다. 그 눈빛을 보자 시몬은 안심이 됐다. 시몬은 펠트 장화를 땅에 내려놓고는 허리띠를 풀어 그 위에 놓았다. 그리고 외투를 벗어 남자에게 주며 말했다.

"이야기는 나중에 하고. 어서 이 코트를 입게."

시몬은 남자의 팔꿈치를 잡고는 부축해서 일으켰다. 남자가 일어서자 시몬은 그의 몸이 깨끗하고 건강하다는 것을 알 수 있었다. 손발이 아름답고 얼굴은 선하고 눈빛은 상냥했다. 시몬이 남자의 어깨에 코트를 걸쳐 줬지만 남자는 소매를 찾지 못했다. 시몬은 남자를 도와 소매에 팔을 끼워 주고는 몸을 단단히 감싸도록 외투를 잘 여민 다음 허리띠를 매 주었다.

시몬은 남자에게 씌워 주려고 낡은 모자도 벗었지만 맨 머리가 선득했다.

"나는 대머리나 다름없지만 이 남자의 머리는 길고 굽실거리잖아."

시몬은 다시 모자를 쓰고는 신발을 신기는 게 더 낫겠다고 생각했다. 시몬은 남자를 앉힌 뒤 펠트 장화를 신도록 도와주며 말했다.

"자, 이제 좀 움직여서 몸을 녹이게. 다른 문제는 차차 해결할 수 있겠지. 어때, 걸을 수 있겠나?"

남자가 일어서더니 시몬을 다정하게 쳐다보았다. 하지만 말은 한마디도 하지 않았다.

"왜 말을 안 하는 건가?"

시몬이 물었다.

"너무 추워서 여기 이러고 있을 수는 없네. 집에 가야지. 여기 내 지팡이가 있으니 기운이 없으면 이걸 짚게. 자, 어서 걸음을 떼 봐!"

남자는 걷기 시작했다. 뒤처지지 않고 잘 걸었다.

걸어가면서 시몬이 물었다.

"젊은이는 어디에서 왔나?"

"저는 이 마을 사람은 아닙니다."

"그 정도는 알고 있네. 이 부근 사람들이야 내가 환히 꿰고 있으니까. 그런데 어쩌다 성당 앞에 있게 된 건가?"

"그건 말할 수 없습니다."

"누가 자넬 괴롭혔나?"

"그런 사람은 없습니다. 하나님이 저를 벌하셨을 뿐이에요.

"물론 하나님이 모두를 다스리시지. 그래도 먹고 잘 데를 구해야 할 텐데, 어디로 갈 참인가?"

"아무 곳이라도 상관없습니다."

시몬은 놀랐다. 남자는 불량해 보이지도 않고 말투도 점잖았지만 자기 자신에 대해서는 한마디도 하지 않았다. 시몬은 무슨 사정이 있을 거라고 생각하며 낯선 이에게 말했다.

"그럼 우리 집으로 가세. 잠시나마 몸은 녹일 수 있을 테니."

시몬이 집을 향해 걸음을 옮기자 남자도 옆에 붙어 따라왔다. 바람이 거세지면서 셔츠 아래로 한기가 파고들었다. 술이 깨면서 몸이 꽁꽁 얼 것처럼 추웠다. 시몬은 코를 훌쩍이며 아내의 재킷 앞섶을 바싹 여몄다. 그러고는 생각했다.

'참, 양털가죽! 양털가죽을 사러 나갔는데 외투도 벗어던지고 거기다 벌거벗은 사내까지 달고 온 걸 보면 마트료나가 난리를 칠 텐데!'

아내 생각이 나자 시몬은 침울해졌다. 하지만 낯선 이를 바라보니 성당에서 그가 자신을 쳐다보던 눈빛이 떠올라 마음이 흐뭇했다.

3

그날 시몬의 아내는 일찌감치 일을 해치웠다. 장작을 패고 물도 길어다 두었다. 아이들에게 밥을 먹이고 자리에 앉아서 생각에 잠겼다. 빵을 언제 구워야 할까? 지금 구울까? 아니면 내일? 아직 큰 덩어리가 남아 있긴 했다.

"시몬이 마을에서 뭘 좀 먹고 오면 저녁은 많이 안 먹겠지. 그럼 저 빵이 내일까지 남아 있을 거야."

시몬의 아내는 손으로 빵 덩어리의 무게를 몇 번이고 가늠해보았다.

"오늘은 빵을 굽지 말자. 밀가루도 빵 한 번 구울 만큼밖에 없잖아. 이걸로 어떻게든 금요일까지 버틸 수 있을 거야."

마트료나는 빵을 치운 뒤 식탁 앞에 앉아 남편의 셔츠를 깁기 시작했다. 바느질을 하면서 마트료나는 남편이 겨울 외투를 만들 가죽을 잘 샀는지 궁금해졌다.

"양털 장수한테 속지 말아야 할 텐데. 우리 집 양반은 너무 어수룩해. 누굴 속이는 법은 없지만 어린아이한테도 속아 넘어갈 사람이란 말이야. 팔 루블은 큰돈인데, 그만한 돈이면 좋은 양털 외투를 만들 수 있겠지. 무두질한 가죽은 아니더라도 어쨌든 겨울 외투로는 쓸 만할 거야. 작년 겨울에는 따뜻한 코트가 없어서 엄청 고생했지. 강은커녕 아무 데도 못 나갔지 뭐야. 시몬이 옷을 모조리 껴입고 나가 버리니 난 걸치고 나갈 것도 없잖아. 일찍 나간 건 아니지만 그래도 얼추 돌아올 시간이 됐는데. 제발 흥청망청 마시지만 않았으면."

마트료나가 이런 생각을 하고 있을 때 문에서 발소리가 들리더니 누군가가 들어왔다. 마트료나는 바늘을 일감에 꽂아 놓고 입구 쪽으로 갔다. 두 남자가 보였다. 시몬 옆에 펠트 장화를 신은 남자가 맨머리에 모자도 쓰지 않고 서 있었다.

마트료나는 단번에 술 냄새를 맡았다. '글쎄, 이렇다니까!' 하고 생각했다. 마트료나는 외투도 입지 않고 아내의 재킷만 걸친 채 빈손으로 멋쩍은 듯 묵묵히 서 있는 남편을 보자 실망해서 가슴이 터질 것 같았다. 마트료나는 생각했다.

'그 돈으로 몽땅 마셔 버린 게 분명해. 보나마나 저 아무짝

에도 쓸모없는 녀석과 퍼마셨겠지. 그러고도 무슨 낯짝으로 집에까지 데리고 들어와?'

마트료나는 남자들을 집 안으로 들이고 뒤따라가면서 그 젊고 호리호리한 남자가 남편의 외투를 입고 있는 걸 보았다. 남자는 외투 안에 셔츠도 입지 않았고 모자도 쓰지 않았다. 안으로 들어온 남자는 움직이지도 않고 고개를 들지도 않은 채 우두커니 서 있었다. 마트료나는 생각했다.

'나쁜 사람이 분명해. 겁을 먹고 있잖아.'

마트료나는 얼굴을 찌푸리며 화덕 옆에 서서 남자들이 하는 모양새를 지켜보았다.

시몬이 모자를 벗더니 아무 일 없다는 듯 의자에 앉았다.

"마트료나, 저녁이 다 됐으면 이제 먹읍시다."

마트료나는 혼자 무어라 투덜거리면서 오븐 옆에 선 채 꿈쩍도 안 했다. 남자들을 번갈아 보고는 고개를 절레절레 흔들기만 했다. 시몬은 아내가 화가 났다는 것을 알아차렸지만 얼렁뚱땅 넘어가려 했다. 그는 모른 척하면서 낯선 남자의 팔을 잡아끌었다.

"자, 앉게. 저녁 먹어야지."

낯선 남자도 의자에 앉았다.

"먹을 걸 하나도 안 만들었소?"

시몬의 말에 마트료나는 화가 끓어올랐다.

"요리는 했죠. 하지만 당신들 먹을 건 없어요. 술을 마시더니 제정신이 아닌 것 같군요. 양털가죽을 사러 나가서 입었던 외투까지 벗은 채 집에 돌아오질 않나, 벌거숭이 부랑자를 집에 데려오지 않나. 당신 같은 술주정뱅이에게 줄 저녁은 없다고요."

"그쯤 해 둬요. 마트료나. 덮어놓고 함부로 말하지 말고! 어떻게 된 일인지 먼저 물어 봐야지."

"그럼 그 돈으로 뭘 했는지 말해 봐요."

시몬은 재킷 주머니에서 삼 루블짜리 지폐를 찾아서 꺼낸 뒤 펴 보였다.

"여기 돈이 있잖소. 트리포노프에게선 돈을 받지 못했소. 하지만 곧 주겠다고 약속했소."

마트료나는 더욱더 화가 치밀었다. 양털가죽을 사오기는 커녕 하나뿐인 외투를 생판 모르는 벌거숭이 건달에게 입혀 가지고 집까지 데려오다니.

마트료나는 탁자에서 지폐를 잡아채 깊숙한 곳에 잘 감춘 뒤 말했다.

"어쨌든 오늘 저녁은 없어요. 세상의 모든 벌거숭이 술주정뱅이를 무슨 수로 거둬 먹인단 말이에요."

"마트료나, 진정하고 내 말 좀 들어 보라니까!"

"술 취한 얼간이한테서 픽도 현명한 말을 듣겠수. 애초에 난 당신 같은 술주정뱅이와 결혼하고 싶지 않았어. 우리 어머니가 주신 아마포(얇은 직물)도 당신이 술 마시느라 없애 버렸지. 이젠 양털 살 돈으로 술을 퍼마시다니!"

시몬은 아내에게 자기가 쓴 돈이 이십 코페이카밖에 되지 않는다는 것과 남자를 어떻게 발견했는지 설명하려 애썼지만 한마디도 건넬 틈이 없었다. 마트료나가 쉴 틈 없이 떠들어 댔기 때문이다. 그러더니 십 년 전 일까지 끄집어냈다.

마트료나는 계속 떠들다가 마침내 시몬에게 덤벼들어 소맷자락을 잡아당겼다.

"내 옷 내놔요. 달랑 한 벌밖에 없는 걸 뺏어 입고 나갔잖아! 내놔, 이 망할 인간. 악마나 물어 가라지."

시몬은 옷을 벗기 시작했다. 그러다 한쪽 소매가 뒤집힌 채로 빠졌는데 마트료나가 옷을 확 잡아당기는 바람에 솔기가 북 터져 버렸다. 마트료나는 옷을 낚아채 둘러쓰고는 문쪽으로 갔다. 집 밖으로 나갈 작정이었지만 마음을 바꾸고 멈춰 섰다. 마트료나는 홧김에 뛰쳐나갈 생각을 했지만 한편으로는 저 낯선 남자가 어떤 사람인지 궁금하기도 했다.

4

마트료나는 걸음을 멈추고 말했다.

"좋은 사람이라면 벌거숭이로 있진 않았을 거예요. 세상에,

셔츠도 입지 않았잖아요. 진짜로 괜찮은 사람이라면 당신이 벌써 어디서 만난 사람인지 말했겠죠."

"내가 지금 그 얘길 하려는 거잖소."

시몬이 대꾸했다.

"성당 앞을 지나려는데 이 사람이 알몸으로 꽁꽁 언 채 앉아 있었소. 옷을 껴입어도 추운 날씨에 말이오! 하나님이 나를 이 사람에게 인도한 거요. 내가 아니었으면 아마 저세상 사람이 됐겠지. 그러니 내가 어떻게 해야 됐겠소? 이 사람에게 무슨 일이 생겼는지도 모르는데 말이오. 그래서 내가 옷을 입혀서 데려온 거요. 너무 화내지 마오, 마트료나. 그건 죄야. 우리도 언젠가는 다 죽게 된다는 걸 알아야지."

마트료나는 가시 돋친 말이 입 안을 맴돌았지만 낯선 남자를 보고는 입을 다물었다. 남자는 손을 무릎 위에 포갠 채 꼼짝 않고 의자 끝에 걸터앉아 있었다. 고개를 푹 숙인 채 눈을 감고 있었는데 고통스러운 듯 이마를 찌푸리고 있었다. 마트료나가 잠자코 말이 없자 시몬이 말했다.

"마트료나, 당신 마음속엔 하나님의 사랑이 있지 않소?"

이 말을 듣고 낯선 남자를 쳐다보자 갑자기 마트료냐의 마음이 누그러졌다. 그래서 다시 화덕 쪽으로 돌아와 저녁을 차렸다. 식탁 위에 컵을 놓고 크바스(엿기름, 보리, 호밀 따위로 만든 러시아의 맥주)를 따랐다. 그런 다음 마지막 남은 빵을 가져오고 나이프와 스푼을 놓으며 말했다.

"어서 드세요."

시몬은 낯선 남자를 식탁으로 데려갔다.

"이리 앉게, 젊은이."

시몬이 빵을 잘라 잘게 부수어 수프에 넣었고 두 사람은 먹기 시작했다. 마트료나는 식탁 귀퉁이에 앉아 손으로 턱을 괴고 낯선 남자를 쳐다보았다.

그러자 남자가 가여운 생각이 들면서 그가 좋아지기 시작했다. 그때 남자의 얼굴이 환해졌다. 이제 이마를 찌푸리지도 않았으며 마트료냐를 보고 미소도 지어 보였다.

시몬과 남자가 식사를 마치자 마트료나는 식탁을 치우고는 남자에게 질문을 퍼부었다.

"어디에서 왔어요?"

"이 마을 사람은 아닙니다."

"어쩌다 길바닥에 앉아 있게 됐죠?"

"그건 말할 수 없습니다."

"강도를 당했나요?"

"하나님이 저를 벌주셨어요."

"그래서 알몸으로 웅크리고 있었단 말이에요?"

"네, 벌거벗은 채 꽁꽁 얼어 있었지요. 시몬이 저를 보고 불쌍하게 여겨 외투를 벗어서 입히고 여기로 데려왔어요. 그리고 아주머니는 제게 먹을 것과 마실 것을 주고 동정심을 보여주셨어요. 하나님이 당신들에게 은총을 내리실 거예요!"

마트료나는 일어서서 조금 전에 깁고 있던 시몬의 낡은 셔츠를 창가에서 가져와 남자에게 내밀었다. 그리고 바지도 하나 가져다주었다.

"셔츠를 입지 않은 것 같은데, 이걸 입어요. 그리고 다락방이든 난롯가든 편한 곳에 누워요."

남자는 외투를 벗고 셔츠를 입은 뒤 다락방에 누웠다. 마트료나는 촛불을 끈 뒤 외투를 들고 남편이 누워 있는 난롯가로 갔다.

마트료나는 외투자락을 덮고 누웠지만 잠이 오지 않았다. 낯선 사람에 대한 생각이 마음에서 떠나지 않았다.

그때 문득 그 사람이 남겨 놓은 마지막 빵을 먹어 버려서 내일 먹을 빵이 없다는 사실을 깨달았다. 그리고 남자에게 셔츠와 바지까지 내줬다는 생각을 하니 마트료나는 속이 상했다. 하지만 그의 미소를 떠올리자 마음이 뿌듯해졌다.

잠을 이루지 못하고 뒤척이던 마트료나는 시몬도 깨어 있다는 걸 알아차렸다. 시몬이 외투자락을 자꾸만 끌어당겼기 때문이다.

"시몬!"

"왜?"

"아까 둘이서 마지막 남은 빵을 먹어 버렸어요. 빵을 구울 준비도 해 놓지 않았는데, 당장 내일 아침은 어떡하나? 이웃집 마라에게 가서 좀 꾸어 와야겠어요."

"산 입에 거미줄이야 치겠어?"

마트료냐는 잠시 가만히 누워 있다가 말했다.

"그 남자는 좋은 사람 같아요. 그런데 왜 자기가 누군지 말을 하지 않을까요?"

"뭔가 사정이 있겠지."

"시몬!"

"왜?"

"우리는 다른 사람을 도와주는데 왜 우리를 도와주는 사람은 아무도 없을까요?"

시몬은 뭐라고 대답해야 좋을지 몰랐다. 겨우 "얘기는 그만합시다"라고 대꾸하고는 돌아누워 잠이 들었다.

5

아침에 시몬이 눈을 떠 보니 아이들은 여태 자고 있고 아내는 이웃집에 빵을 꾸러 가고 없었다. 남자는 낡은 셔츠와 바지를 입고 혼자 의자에 앉아 위쪽을 쳐다보고 있었다. 얼굴이 어제보다는 훨씬 밝아 보였다.

시몬이 말을 걸었다.

"이보게, 우리 배는 빵을 원하고 발가벗은 몸은 옷을 원한다네. 누구나 먹고살려면 일을 해야 하는 법이지. 어떤 일을 할 줄 아는가?"

"아무것도 할 줄 모릅니다."

시몬은 놀랐지만 말을 이었다.

"할 마음만 있으면 뭐든 배울 수 있지."

"다들 일을 한다니 저도 일을 하겠습니다."

"이름이 뭔가?"

"미하일입니다."

"음, 미하일, 자네 이야기를 하고 싶지 않은 모양인데, 나도 더 묻지 않겠네. 어디까지나 자네 문제니까. 하지만 밥벌이를 해야지. 내가 말하는 대로 일을 하면 먹여 주고 재워 주겠네."

"하나님의 은총이 있기를! 일을 배울게요. 뭐든 가르쳐만 주세요."

시몬은 실을 집어 엄지손가락에 감고 꼬기 시작했다.

"아주 쉽다네. 자, 보게!"

미하일은 시몬이 하는 걸 보다가 똑같이 실을 엄지손가락에 감고 요령을 터득해 실을 꼬기 시작했다.

그런 다음 시몬은 실에 초를 칠하는 법을 가르쳐 주었고 미하일은 이 일도 쉽게 익혔다. 그다음에는 뻣뻣한 돼지털을 꼬아 바느질하는 법을 가르쳐 주었는데 미하일은 그것도 역시 금방 배웠다.

시몬이 뭘 가르쳐 주든 미하일은 바로 터득했고 사흘 뒤에는 마치 평생 구두를 만들어 온 사람처럼 일을 했다. 미하일은 쉬지 않고 일만 했고 조금밖에 먹지 않았다. 일을 마치면 조용히 앉아 위쪽만 올려다보았다. 밖에도 거의 나가지 않았고 말은 꼭 필요할 때만 했다. 농담을 하거나 웃는 법도 없었다. 이 집에 온 첫날 저녁 마트료냐가 저녁을 차려 주었을 때 말고는 한 번도 웃는 걸 보지 못했다.

6

하루하루가 가고 한 주, 한 주가 흘러가고 한 해가 지나갔다. 미하일은 여전히 시몬의 집에서 살며 함께 일했다. 미하일의 솜씨가 좋다는 소문이 퍼져 나가 사람들이 시몬의 직공만큼 깔끔하고 튼튼하게 구두를 짓는 이는 없다고 말할 정도가 되었다. 여기저기서 사람들이 장화를 만들거나 수선하려고 시몬을 찾아와 시몬은 형편이 좋아지기 시작했다.

어느 겨울날, 시몬과 미하일이 앉아서 일하고 있는데 썰매를 매단 마차 한 대가 오두막으로 달려왔다. 세 마리 말이 끌고 종이 달려 있는 마차였다. 시몬과 미하일이 창밖으로 내다보니 마차가 문 앞에 멈추고 멋진 하인이 뛰어내려 문을 열었다. 그러자 털외투를 입은 신사가 마차에서 내려 시몬의 오두막 쪽으로 걸어왔다. 마트료냐가 벌떡 일어나 문을 열었다. 신사는 상체를 굽히고 오두막으로 들어왔는데 몸을 펴니 머리가 거의 천장에 닿을 정도로 거구여서 방 안이 꽉 차 보였다.

시몬은 일어나 인사를 하고는 놀란 얼굴로 신사를 쳐다보았다. 그런 사람은 난생처음 보았다. 시몬도 살이 없고, 미하일도 말랐으며 마트료냐는 뼈만 앙상했는데 이 남자는 딴 세상에서 온 사람 같았다. 불그레한 얼굴에 몸은 건장했고 목은 마치 황소 목 같아서 몸뚱이가 꼭 무쇠로 된 사람처럼 보였다.

신사는 거친 숨을 몰아쉬더니 외투를 벗고 의자에 앉아 말했다.

"누가 이 구둣방 주인이오?"

"접니다, 나리."

시몬이 앞으로 나서며 말했다.

그러자 신사는 자기 하인에게 소리를 질렀다.

"이봐, 페드카, 가죽을 가져와."

하인이 꾸러미를 들고 뛰어 들어왔다. 신사는 꾸러미를 받아 탁자 위에 놓았다.

"풀어 봐."

하인이 꾸러미를 풀었다.

신사가 가죽을 가리키며 말했다.

"주인 양반, 이 가죽이 보이나?"

"네, 나리."

"그럼 이게 어떤 가죽인지 알겠나?"

시몬은 가죽을 만져 보고 대답했다.

"훌륭한 가죽입니다."

"훌륭하다고? 당연하지! 자네 같은 멍청이는 생전에 이런 가죽 구경도 못 했을걸. 이건 독일제야. 이십 루블이나 줬다고."

시몬은 덜덜 떨며 말했다.

"제가 어디에서 이런 가죽을 봤겠습니까?"

"그렇겠지! 자, 이 가죽으로 내 장화를 만들 수 있겠나?"

"물론입죠, 나리. 할 수 있습니다요."

그러자 신사는 시몬에게 소리를 버럭 질렀다.

"할 수 있다고? 좋아, 자네가 누가 신을 장화를 만드는지, 그 가죽이 어떤 가죽인지 명심하게. 일 년을 신어도 모양이 그대로이고 실밥이 터지지 않는 장화를 만들어야 하네. 그렇게 할 수 있겠으면 저 가죽을 자르고, 못 하겠으면 못 하겠다고 말하게. 경고하는데, 자네가 만든 장화가 일 년도 채 안 돼서 실밥이 터지거나 모양이 변하면 자네를 감옥에 처넣겠네. 하지만 일 년 동안 뜯어지지도 않고 모양도 그대로이면 품삯으로 십 루블을 주지."

시몬은 겁이 나서 뭐라고 대답해야 할지 몰랐다. 그래서 미하일을 힐끗 쳐다보고 팔꿈치로 찌르면서 속삭였다.

"이 일을 맡을까?"

미하일은 '네, 맡으세요'라고 대답하는 것처럼 고개를 끄덕였다.

시몬은 미하일의 결정에 따라 일 년 동안 모양이 변하지도, 실밥이 뜯어지지도 않는 장화를 만들어 주기로 했다.

신사는 하인에게 왼쪽 장화를 벗기게 한 뒤 다리를 쭉 뻗었다.

"치수를 재게!"

시몬은 종이를 오십 센티미터 넘게 꿰매 편 다음 무릎을 꿇었다. 그리고 신사의 양말을 더럽히지 않으려고 손을 앞치마에 꼼꼼하게 닦고는 치수를 재기 시작했다. 먼저 발바닥 길이와 발등 둘레를 잰 뒤 장딴지 둘레를 재기 시작했는데 종이

가 너무 짧았다. 신사의 장딴지가 들보만큼 굵었기 때문이다.

"너무 꽉 끼지 않도록 주의하게."

시몬은 종이를 한 장 더 꿰맸다. 신사는 양말 속에서 발가락을 꼼지락거리면서 오두막을 휘둘러보더니 미하일을 보고는 물었다.

"저 사람은 누군가?"

"제 직공인데, 나리의 장화를 만들 겁니다."

신사가 미하일에게 말했다.

"명심하게. 일 년을 신어도 끄떡없는 장화를 만들어야 돼."

시몬도 미하일을 쳐다보았다. 그런데 미하일은 신사를 보지 않고 신사 뒤쪽의 방구석을 응시하고 있었다. 마치 그곳에 누가 있기라도 한 것처럼. 미하일은 눈을 떼지 않고 그쪽을 계속 바라보았다. 그러더니 갑자기 미소를 지었고 그의 얼굴이 환해졌다.

"바보 같은 녀석, 뭘 보고 히죽거리는 거야?"

신사가 버럭 고함을 질렀다.

"기한 내에 장화를 만들어 놓는 데나 신경 써."

"늦지 않도록 하겠습니다."

미하일이 대답했고 신사는 "꼭 명심하게"라고 으름장을 놓았다. 그러고는 장화를 신고 털외투로 몸에 두른 뒤 문으로 갔다. 그런데 상체를 숙여야 하는 걸 깜빡하는 바람에 머리를 문틀에 부딪치고 말았다.

신사는 욕설을 퍼부으며 머리를 문지른 뒤 마차를 타고 떠났다.

신사가 떠나자 시몬이 말했다.

"정말 굉장하군! 나무망치로 때려도 안 죽을 것 같아. 문틀이 부서질 만큼 세게 부딪쳤는데 저 양반은 끄덕도 안 하잖아."

그러자 마트료냐가 끼어들며 말했다.

"저렇게 사는데 체격이 안 좋고 배기겠어요? 죽음도 바위처럼 단단한 저런 사람은 해치지 못할 거예요."

7

시몬이 미하일에게 말했다.

"음, 우리가 일을 맡긴 했지만 이 일로 문제가 생기지 않도록 신경 써야 하네. 비싼 가죽인 데다 그 양반 성미가 보통이 아닌 것 같아. 절대 실수가 있어서는 안 돼. 자, 자네가 눈도 정확하고 솜씨도 좋으니 이 치수로 재단을 하게나. 나는 앞쪽 등가죽 깁는 일을 마무리하겠네."

미하일은 시키는 대로 했다. 그리고는 가죽을 탁자 위에 펼쳐 반으로 접은 뒤 칼을 집어 자르기 시작했다.

마트료냐가 다가와 미하일이 재단하는 모습을 보고 깜짝

놀랐다. 마트료냐는 지금껏 장화 만드는 모습을 많이 봐 왔지만 지금 미하일은 장화 모양에 맞춘 게 아니라 가죽을 둥글게 자르고 있었다.

마트료냐는 뭔가 말을 해 주고 싶었지만 속으로 생각했다.

'아마 내가 그 신사가 장화를 어떻게 만들어 달라고 했는지 잘 듣지 못한 모양이야. 미하일이 더 잘 알겠지. 참견하지 말자.'

미하일은 가죽을 잘라낸 뒤 실로 꿰매기 시작했다. 그런데 장화를 꿰맬 때는 보통 두 겹 실을 사용하는데 그는 부드러운 실내화를 만들 때처럼 한 겹으로 꿰맸다.

마트료냐는 이번에도 좀 놀랐지만 잠자코 입을 다물었다. 미하일은 정오가 될 때까지 꼬박 붙어 앉아서 바느질을 했다. 시몬이 점심을 먹으려고 일어나 둘러보다가 미하일이 신사의 가죽으로 실내화를 만들었다는 것을 알았다.

"이런!"

시몬은 놀라서 소리를 질렀다.

"일 년 동안 함께 일하면서 실수라곤 안 하던 미하일이 어쩌다 저런 끔찍한 일을 저질렀을까? 신사는 발등을 다 덮는 목이 긴 장화를 주문했는데 저건 밑창을 한 겹만 댄 부드러운 실내화잖아. 가죽을 못 쓰게 만들었으니 신사에게 뭐라고 변명하지? 이런 가죽은 구할 수도 없을 텐데."

결국 시몬은 미하일에게 말했다.

"이보게, 지금 무슨 짓을 한 건가? 난 망했어! 신사가 목이 긴 장화를 주문했다는 걸 알잖아. 그런데 지금 자네가 대체 뭘 만들었는지 보게!"

시몬이 미하일을 다그치며 나무라는 참에 문에 달린 쇠 종이 땡땡 울렸다. 누군가가 문을 두드리고 있었다. 창밖을 보니 한 남자가 타고 온 말을 매고 있었다. 문을 열자 아까 신사를 모시고 왔던 하인이 들어왔다.

"안녕하세요."

하인이 인사를 했다.

"안녕하세요. 그런데 무슨 일로……?"

시몬이 대답하며 물었다.

"장화 때문에 마님이 저를 보내셨습니다."

"장화 때문에요?"

"네, 주인님은 이제 장화가 필요 없게 됐답니다. 돌아가셨거든요."

"세상에 그럴 수가."

"이 가게에서 나와 집으로 돌아가는 도중에 마차에서 돌아가셨답니다. 집에 도착해서 하인들이 내려 드리려고 하니까 자루처럼 뒹굴고 계시지 뭡니까. 이미 돌아가셨던 거지요. 몸이 너무 뻣뻣하게 굳어서 마차에서도 겨우 끌어내렸답니다. 마님이 '구두장이에게 가서 아까 장화를 만들어 달라며 가죽을 맡기고 갔던 양반이 더 이상 장화가 필요 없게 됐다고 전

해라. 대신 죽은 사람에게 신기는 부드러운 실내화를 얼른 만들라고 말이야. 실내화를 다 만들 때까지 기다렸다가 들고 와야 한다'라며 저를 보내셨어요. 그래서 온 겁니다."

미하일은 재단하고 남은 가죽을 둘둘 말았다. 그리고 이미 만들어 둔 실내화를 집어 먼지를 떨고는 앞치마로 부드럽게 닦아 하인에게 건넸다. 하인이 신을 받아 들고 인사했다. "안녕히 계세요, 주인 내외분, 그리고 당신도!"

8

한 해, 두 해 세월이 흘러 미하일이 시몬과 산 지도 어느덧 육 년이 되었다. 미하일은 전과 다름없이 지냈다. 아무 데도 가지 않고 꼭 필요할 때만 말했다. 몇 년 동안 웃은 적이라고는 딱 두 번뿐이었다. 마트료냐가 저녁을 차려 주었을 때 한 번 그리고 신사가 오두막에 찾아왔을 때 한 번. 시몬은 이 직공이 너무나 마음에 들었다. 이제는 미하일이 어디에서 왔는지 궁금하지도 않았고 단지 미하일이 떠나 버리지나 않을까 걱정했다.

어느 날 온 식구가 집에 있을 때였다. 마트료나는 화덕에 무쇠냄비를 올려놓고 요리를 하고 있었고 아이들은 의자 사이를 뛰어다니고 놀면서 창밖을 내다보았다. 시몬은 한쪽 창가에서 구두를 꿰매고 미하일은 다른 창가에서 굽을 붙이고 있었다.

아이들 중 한 명이 미하일에게 달려와 그의 어깨에 기대어 창밖을 내다보며 말했다.

"미하일 삼촌! 저기 어린 여자애들과 부인 좀 보세요! 우리 집으로 오고 있는 것 같아요. 그런데 여자애 하나는 다리를 절어요."

소년이 말하자 미하일은 일감을 놓고는 창 쪽으로 고개를 돌려 거리를 내다보았다.

시몬은 깜짝 놀랐다. 생전 밖을 내다보는 법이 없는 미하일이 창에 얼굴을 들이대고 무언가를 뚫어져라 보고 있는 게 아닌가. 시몬도 밖을 내다보았더니 잘 차려입은 부인이 정말로 오두막 쪽으로 오고 있었다. 부인은 털외투를 입고 모직 숄을 두른 여자아이들을 데리고 걸어왔다. 한 아이가 왼쪽 다리가 불편한 듯 절뚝거린다는 것만 빼고는 서로 구분이 가지 않을 만큼 닮은 모습이었다.

현관 계단을 올라온 부인은 복도를 지나 문처럼 보이는 곳에서 걸쇠를 발견하고는 올려서 문을 열었다. 부인은 두 아이를 먼저 들여보내고 뒤따라 오두막 안으로 들어섰다.

"안녕하세요!"

"어서 오세요. 무슨 일로 오셨습니까?"

시몬이 물었다.

부인은 탁자 옆에 앉았다. 어린 두 여자아이는 낯선 사람들이 겁이 나는지 부인의 무릎에 딱 붙어 있었다.

"이 아이들이 봄에 신을 가죽 신발을 맞추려고요."

"아, 예. 그렇게 작은 신발은 만들어 본 적은 없지만 할 수 있죠. 가장자리 장식을 할 수도 있고 리넨으로 안에 천을 대어 만들 수도 있죠. 우리 미하일이 솜씨가 아주 뛰어나답니다."

시몬이 미하일을 돌아보니 그는 일손을 놓고 어린 여자아이들을 뚫어지게 쳐다보고 있었다. 시몬은 깜짝 놀랐다. 여자아이들이 예쁜 건 사실이었다. 새까만 눈동자에 얼굴은 통통했으며 뺨은 장밋빛이었다. 머릿수건이나 털외투도 아주 고급스러운 것이었다. 하지만 시몬은 미하일이 왜 아이들을 저렇게 뚫어져라 보고 있는지 짐작이 가지 않았다. 마치 전부터 그 아이들을 알고 있는 것처럼 보였다. 시몬은 의아해하면서도 부인과 계속 이야기를 나누며 가격을 흥정했다. 신발값이 정해지자 시몬은 치수를 잴 준비를 했다. 부인은 절름발이 아이를 안아 무릎에 앉히고 말했다.

"이 아이의 치수는 두 가지로 재 주세요. 불편한 발에 신길 신발 한 짝과 건강한 발에 신길 세 짝을 만들어 주세요. 두 아이는 발 치수가 똑같거든요. 쌍둥이랍니다."

시몬은 치수를 재면서 다리를 저는 아이에 대해 물어보았다.

"어쩌다 이렇게 됐습니까? 정말 귀여운 아이인데. 태어날 때부터 그랬습니까?"

"아니요, 제 엄마 몸에 다리가 눌려서 이렇게 되었어요."

그때 옆에서 마트료나가 끼어들었다. 마트료나는 이 부인
이 누구고 아이들의 엄마가 누군지 궁금했다.

"그럼 부인이 아이들의 엄마가 아닌가요?"

"네, 부인. 전 아이들의 엄마도, 친척도 아니랍니다. 남의 자
식을 제가 입양했지요."

"친자식도 아닌데 그렇게 애지중지하세요?"

"어떻게 예뻐하지 않을 수 있겠어요? 둘 다 제 젖을 먹여
키웠는데요. 저한테도 아들이 하나 있었는데, 하나님이 데려
가셨죠. 친아들도 이 아이들만큼 정이 들지는 않았어요."

"그럼 이 아이들의 엄마는 누군가요?"

9

부인은 입을 열어 어찌 된 사연인지 들려주었다.

"이 아이들의 부모가 죽은 지 육 년 정도 지났네요. 부모 둘
다 며칠 사이에 차례로 세상을 떠났어요. 애들 아버지는 화요
일에 장사를 지냈고 어머니는 금요일에 죽었죠. 아이들은 아
버지가 죽은 지 사흘 뒤에 태어났고 어머니는 그날을 못 넘기

고 죽었어요. 그 무렵 남편과 저는 마을에서 농사를 짓고 살았는데, 이 아이들 집과는 마당이 맞닿아 있는 이웃이었지요. 나무꾼이던 아이들 아버지는 숲에서 혼자 일했어요. 어느 날 나무가 쓰러지면서 애들 아버지를 덮쳤어요. 나무가 몸을 짓눌러 내장이 튀어나올 정도였답니다. 애들 아버지는 집에 데려오자마자 하나님께로 떠났어요. 그리고 며칠 뒤에 아내가 쌍둥이를 낳았어요. 바로 이 아이들이죠. 애들 엄마는 가난하고 의지할 곳도 없었어요. 젊고 늙고 간에 주위에 아무도 없었지요. 혼자서 아기들을 낳고 외롭게 숨을 거뒀답니다.

다음 날 아침에 내가 애들 엄마를 보러 오두막에 들어가 보니 가엾은 애들 엄마의 몸은 이미 싸늘하게 굳어 있었지요. 죽을 때 이 아이 위로 쓰러져 아이의 다리가 짓눌리게 된 거지요. 마을 사람들이 와서 시신을 씻기고 수의를 입힌 다음 관을 만들어 장사를 지내 주었지요. 좋은 사람들이었어요. 그렇게 아기들만 남겨졌답니다.

아이들을 어떻게 해야 됐겠어요? 그때 아기가 있는 여자는 저뿐이었어요. 태어난 지 팔 주된 첫 아이에게 젖을 먹이고 있었죠. 그래서 제가 한동안 이 아이들을 맡기로 했어요. 농부들이 모여 아이들을 어떻게 할지 고심하다가 마침내 제게 부탁했어요.

"마리, 지금으로서는 당신이 이 애들을 맡아 줬으면 좋겠어요. 이 아이들을 어떻게 할지 방법을 찾아볼게요."

그래서 저는 건강한 아이에게 젖을 먹였어요. 처음에는 다리를 저는 아이에겐 젖을 먹이지 않았어요. 그 아이가 살지 못할 줄 알았거든요. 그러다 생각했죠. '왜 이 죄 없는 가여운 생명이 고통을 겪어야 하지?' 가여운 마음이 들어 이 아이에게도 젖을 먹이기 시작했어요. 그래서 내가 낳은 아들과 이 아이들, 셋 모두를 젖을 먹여 길렀지요. 저는 젊고 건강한 데다 좋은 음식을 먹었어요. 하나님이 젖을 많이 주셔서 어떤 때는 흘러넘치기도 했죠. 두 아이에게 함께 젖을 물릴 때도 있었어요. 그럼 나머지 한 아이는 기다리고 있다가 한 아이가 충분히 먹고 나면 이어서 젖을 먹었지요. 하나님의 뜻으로 이 아이들은 건강하게 자랐지만 제가 낳은 아이는 두 살이 되기 전에 죽고 말았어요. 저희 집은 살림이 좋아졌지만 저는 아이를 더 낳지 않았어요. 남편은 지금 방앗간을 하며 양곡을 사고파는 일을 한답니다. 벌이가 좋아서 형편이 넉넉하지요. 하지만 내 속으로 낳은 자식이 없으니 이 아이들마저 없었다면 얼마나 외로웠을까요. 그러니 어떻게 이 아이들을 사랑하지 않을 수 있겠어요? 이 아이들은 제 삶의 낙이랍니다!"

부인은 다리를 저는 아이를 한 팔로 보듬어 안으며 다른 손으로는 뺨에 흐르는 눈물을 닦았다.

마트료냐는 한숨을 내쉬며 말했다.

"아버지나 어머니 없이는 살 수 있지만 하나님 없이는 살 수 없다'는 속담이 맞군요."

셋이서 이런저런 이야기를 주고받고 있을 때 미하일이 앉아 있는 구석에서 여름 번개가 치는 것처럼 갑자기 오두막 전체가 환해졌다. 사람들이 그쪽을 돌아보자 미하일은 무릎 위에 손을 포개고 앉아서 위쪽을 쳐다보며 미소를 짓고 있었다.

10

부인이 여자아이들을 데리고 떠나자 미하일은 의자에서 일어나 일감을 내려놓고 앞치마를 벗었다. 그러고 나서 시몬과 마트료나에게 정중하게 인사를 하더니 말했다.

"안녕히 계세요, 주인아저씨, 아주머니. 하나님께서 저를 용서하셨어요. 두 분께도 용서를 구합니다. 뭐든 제가 잘못한 일이 있다면 용서해 주세요."

시몬과 마트료나는 미하일의 몸에서 빛이 나오는 것을 보았다.

"미하일, 나는 자네가 평범한 사람이 아니라는 건 알고 있네. 그래서 나는 자네를 붙잡을 수도, 사정을 물을 수도 없어. 이것 한 가지만 말해 주게. 내가 자네를 발견해서 집에 데려왔을 때는 우울해 보였는데 마트료나가 음식을 주자 미소를 짓고 얼굴이 환해졌었지. 왜 그랬던 건가? 그리고 부자 나리

가 우리 집에 와서 장화를 주문할 때도 자네는 또 미소를 짓고 얼굴이 더욱 환해졌었지. 그리고 오늘 그 부인이 어린 여자아이들을 데려오자 자네는 세 번째로 미소를 지었고 이렇게 몸에서 대낮처럼 환하게 빛이 났네. 말해 주게, 미하일. 얼굴이 어째서 그렇게 빛나고 왜 세 번 미소를 지었나?"

미하일이 대답했다.

"저는 벌을 받은 몸이었는데 이제 하나님이 저를 용서해 주셨기 때문에 제게서 빛이 나는 것입니다. 하나님은 세 가지 진리를 배우라고 저를 땅으로 보내셨습니다. 제가 세 번 미소를 지은 것은 그 세 가지 진리를 배웠기 때문입니다. 그 하나는 아주머니가 저를 가엾게 여겼을 때 배웠지요. 그래서 그때 처음 미소를 지었던 겁니다. 두 번째는 부자가 장화를 주문하러 왔을 때 배웠지요. 그래서 다시 미소를 지었고요. 그리고 이제 그 어린 여자아이들을 보자 저는 마지막 세 번째 진리를 배웠어요. 그래서 세 번째로 미소를 지었답니다."

시몬이 물었다.

"미하일, 하나님이 자네에게 무슨 벌을 내리셨나? 그리고 세 가지 진리는 뭔가? 나도 그 진리들을 알고 싶다네."

미하일이 대답했다.

"제가 하나님을 거역했기 때문에 벌을 내리셨습니다. 저는 하늘의 천사였는데 하나님의 명령을 거역했지요. 하나님이 제게 한 여인의 영혼을 데려오라고 명하셨습니다. 땅으로 날아 내려갔더니 한 병든 여인이 막 쌍둥이를 낳고 혼자 누워 있었어요. 아기들이 어미 옆에서 힘없이 꿈지락거렸지만 여인은 아기들을 안아 젖을 물릴 힘도 없었지요. 여인이 저를 보더니 하나님께서 자신을 데려오라고 보냈다는 것을 알아차렸어요. 여인은 울면서 사정했어요.

"신의 천사여! 제 남편은 쓰러지는 나무에 깔려 바로 며칠 전에 목숨을 잃고 땅에 묻혔습니다. 제게는 자매도, 친척 아주머니도, 어머니도 안 계신답니다. 고아가 된 제 아기들을 돌봐 줄 사람이 아무도 없어요. 부디 제 영혼을 데려가지 마세요! 제 아이들을 기를 수 있게 해 주세요. 아이들을 먹이고 두 발로 설 수 있을 때까지 저를 죽이지 말아 주세요. 아이들은 아버지나 어머니 없이는 살 수 없답니다."

저는 여인의 말을 못 들은 체할 수 없었습니다. 그래서 한 아이를 여인의 가슴에 올려 주고 다른 아이는 팔에 안겨준 뒤 하나님께 돌아갔어요. 하나님께 가서 이렇게 말씀드렸어요.

"저는 그 어머니의 영혼을 데려올 수 없었습니다. 여인의 남편은 나무에 깔려 죽었고 그 여인에게는 쌍둥이가 있습니다. 여인은 자신의 영혼을 데려가지 말라고 애원했습니다. 아이들을 기르게 해 달라고요. 아이들을 먹이고 두 발로 설 수 있을 때까지 제발 자기를 데려가지 말라고 했습니다. 아이들은 아버지나 어머니 없이는 살 수 없다고요. 그래서 저는 여인의 영혼을 데려오지 않았습니다."

하나님께서 말씀하셨죠.

"가서 그 어머니의 영혼을 거두어 오너라. 그리고 세 가지 진리를 알아 오너라. 사람의 마음속에는 무엇이 있는지, 사람에게 주어지지 않은 것은 무엇인지, 그리고 사람은 무엇으로 사는지 알게 될 것이다. 네가 이 진리들을 깨닫게 되면 다시 하늘로 돌아오게 될 것이다."

그래서 저는 다시 지상으로 날아가 그 어머니의 영혼을 데려왔습니다. 아기들이 어머니의 가슴에서 떨어졌어요. 여인의 몸이 침대에서 구르면서 한 아기를 짓눌러 다리를 비틀었지요. 저는 마을 위로 날아올라 여인의 영혼을 하나님에게 데려가려 했습니다. 그런데 갑자기 바람이 몰아치며 제 날개가축 늘어지더니 떨어져 나갔어요. 여인의 영혼은 혼자 하나님에게 날아갔고 저는 땅으로 추락해 길가에 떨어졌지요."

11

시몬과 마트료냐는 이제 자기들과 함께 살았던 사람이 누군지, 자신들이 누구를 입히고 먹였는지 알게 되었다. 두 사람은 두려움과 기쁨에 겨워 눈물을 흘렸다. 천사가 말했다.

"저는 벌거벗은 채 들판에 홀로 버려졌어요. 제가 사람이되기 전까지는 사람에게 필요한 것과 추위나 배고픔을 몰랐어요. 저는 굶주리고 몸이 얼어붙어 어떻게 해야 할지 몰랐지요. 그때 제가 있던 들판 근처에 하나님을 위해 지은 성당이보였고 저는 피신처를 찾을 수 있기를 바라며 그쪽으로 갔어요. 하지만 성당 문이 잠겨 있어서 안으로 들어갈 수 없었지요. 그래서 바람이라도 피하려고 성당 뒤쪽에 앉았어요. 저녁이 다가왔지요. 배도 고프고 춥고 괴로웠어요. 그때 한 남자가 길을 걸어오는 소리가 들렸어요. 그 남자는 장화 한 켤레를 들고 혼잣말을 하고 있었어요. 사람이 되고 나서 처음으로 사람의 얼굴을 보았는데 끔찍해 보여서 고개를 돌렸지요. 남자가 무엇을 입고 겨울 추위를 피할지, 아내와 아이들을 어떻게 먹여 살릴지 중얼거리는 소리가 들렸어요.

저는 생각했죠. '나는 춥고 배가 고파 죽어 가고 있는데 저 남자는 자기 자신과 아내를 어떻게 입힐지, 자기들이 먹을 빵을 어떻게 마련할지만 걱정하고 있구나. 저 남자가 나를 도와 줄 리 없어.' 남자는 저를 보더니 얼굴을 찡그렸어요. 그러자 더 끔찍한 얼굴이 되었지요. 남자는 제가 있던 곳과는 다른 쪽으로 지나가 버렸고 저는 곧 절망에 빠졌지요. 그런데 갑자기 그 남자가 되돌아오는 소리가 들렸어요. 고개를 들어 보니 남자는 완전히 다른 사람 같았어요. 처음엔 남자의 얼굴에서 죽음을 보았는데 다시 보니 생기가 돌더군요. 저는 그의 안에 있는 하나님의 존재를 깨달았어요. 남자는 제게 다가오더니 옷을 입힌 뒤 자기 집으로 데려갔어요.

집에 들어가자 한 여자가 맞으러 나와서는 잔소리를 퍼붓기 시작했지요. 그 여자는 남자보다 더 끔찍했어요. 입에서 죽음의 기운이 퍼져 나왔지요. 여자 주위에 퍼져 있는 구역질 나는 죽음의 냄새 때문에 숨을 쉴 수가 없을 정도였어요. 여자는 나를 추위 속에 내쫓고 싶어 했고 저는 만약 그렇게 하면 여자가 죽게 되리라는 것을 알고 있었어요. 그런데 갑자기 여자의 남편이 하나님에 대해 말했어요. 그러자 여자가 바로 달라졌어요. 여자가 제게 음식을 주고 저를 쳐다봤을 때 저는 여자에게 미소를 지었어요. 그리고 곧 죽음이 사라진 것을 보았지요. 여자는 살게 되었고 저는 역시 그 안에 있는 하나님을 보았습니다.

그때 저는 하나님이 제게 주신 첫 번째 가르침을 떠올렸습니다. '사람의 마음속에는 무엇이 있는지 배워 오너라.' 저는 인간의 마음속에는 사랑이 있다는 것을 알게 되었지요! 하나님이 약속했던 것을 벌써 보여 주기 시작하셨다는 사실에 기뻤어요. 하지만 아직 세 가지 진리를 다 깨닫진 못했지요. 사람에게 주어지지 않은 것은 무엇인지, 사람은 무엇으로 사는지를 아직 몰랐으니까요.

당신들과 함께 지내며 일 년이 흘러갔어요. 한 남자가 찾아와 일 년을 신어도 모양이 변하거나 실밥이 터지지 않는 장화를 주문했지요. 남자를 쳐다보니 갑자기 그의 등 뒤에 제 동료인 죽음의 천사가 있는 것이 보였지요. 천사는 제 눈에만 보였어요. 저는 그 천사를 알고 있었고 오늘 해가 지기 전에 그 부자의 영혼을 데려갈 것도 알고 있었어요. 그래서 생각했지요. '이 남자는 일 년 동안의 일을 준비하고 있지만 저녁이 오기 전에 자신이 죽을 것은 모르고 있다.' 그러자 '인간에게 주어지지 않은 것은 무엇인지 배워 오너라'라는 하나님의 두 번째 말씀이 떠올랐지요.

저는 사람의 마음속에 무엇이 있는지는 이미 알고 있었어요. 이제 사람에게 주어지지 않은 것이 무엇인지 알게 되었어요. 사람은 자기에게 필요한 것이 무엇인지 아는 능력이 주어지지 않았지요. 그래서 두 번째로 미소를 지었답니다. 제 동료 천사를 보아서 기뻤고 하나님께서 두 번째 말씀을 깨우쳐 보여 주셔서 더욱 기뻤지요.

하지만 저는 그때까지도 아직 다 배우지 못했어요. 사람이 무엇으로 사는지 몰랐으니까요. 그래서 하나님이 마지막 가르침을 보여 주실 때를 기다리며 계속 여기에서 살았어요. 육 년째 되는 해에 쌍둥이 소녀들이 여인과 함께 왔지요. 저는 그 소녀들을 알아보았고 아이들이 살아 있게 된 사연을 들었어요. 이야기를 들으면서 저는 생각했어요. '이 아이들의 어머니는 아이들을 위해 내게 애원했고, 나는 아이들은 아버지나 어머니 없이는 살 수 없다는 말을 믿었지. 하지만 피 한 방울 안 섞인 타인이 이 아이들을 돌보고 키웠어.' 여인이 친자식도 아닌 아이들에 대한 사랑을 보여 주며 아이들 때문에 눈물을 흘렸을 때 저는 여인에게서 살아 있는 신을 보았고 사람이 무엇으로 사는지 알게 되었어요. 그리고 하나님이 저에게 마지막 가르침을 보여 주시고 저의 죄도 용서하셨다는 것을 알게 되었지요. 그래서 세 번째로 미소를 지었답니다."

12

천사는 맨몸이 되었고 온통 빛으로 둘러싸여 눈이 부셔 쳐다볼 수가 없었다. 천사가 말했다. 목소리가 점점 커져 마치 하늘에서 들려오는 소리 같았다.

"저는 사람은 누구나 자기 자신에 대한 걱정이 아니라 사랑으로 산다는 것을 배웠습니다. 쌍둥이를 낳은 어머니에게는 아이들이 살기 위해 무엇이 필요한지 아는 힘이 주어지지 않았습니다. 부자도 자신에게 필요한 것이 무엇인지 몰랐지요. 저녁이 되어 자신에게 필요한 것이 장화인지, 아니면 죽어서 신을 실내화인지 아는 사람은 아무도 없습니다.

제가 사람이 되었을 때 살 수 있었던 것은 스스로 자신을 돌보아서가 아니라 지나가던 사람에게 있던 사랑 때문에, 그리고 그와 그의 아내가 저를 가엾게 여기고 사랑한 덕분이었습니다. 고아들은 어머니가 돌봐서가 아니라 생판 남이지만 아이들을 가엾게 여기고 애정을 준 여인의 마음속에 있는 사랑 덕분에 살 수 있었습니다. 그리고 모든 사람은 자신의 행복을 궁리한 덕분이 아니라 사람 속에 사랑이 존재하기 때문에 살고 있습니다.

하나님이 사람에게 생명을 주시고 그들이 잘 살기를 바란다는 것은 이미 알고 있었습니다. 하지만 지금은 그보다 더 많은 것을 알고 있습니다.

하나님은 사람들이 서로 떨어져 살기를 바라지 않기 때문에 각자에게 필요한 것이 무엇이지 보여 주시지 않는다는 것을 깨달은 것입니다. 하나님은 사람들이 서로 힘을 모아 살기를 바라십니다. 그래서 사람들에게 모두를 위해 필요한 것이 무엇인지 보여 주십니다.

이제 저는 사람들이 자신에 대한 걱정에 차서 사는 것처럼 보이지만 사실은 오직 사랑으로 산다는 것을 알았습니다. 사랑이 있는 사람은 하나님 안에 있고 그의 안에 하나님이 있습니다. 하나님은 사랑이시기 때문입니다."

천사가 하나님을 찬송하는 노래를 부르자 그 소리에 오두막이 흔들렸다. 이어 지붕이 열리면서 땅에서 하늘로 불기둥이 치솟았다. 시몬과 마트료나와 아이들은 모두 바닥에 엎드렸다. 천사는 어깨에 날개가 돋더니 하늘로 날아 올라갔다.

시몬이 정신을 차려 보니 오두막은 예전과 다름없었지만 집 안에는 그의 가족 외에는 아무도 보이지 않았다.

(1881년)

방치한 불씨 하나가 집을 태운다

그 때에 베드로가 나아와 이르되 주여 형제가 내게 죄를 범하면 몇 번이나 용서하여 주리이까. 일곱 번까지 하오리이까. 예수께서 이르시되 네게 이르노니 일곱 번뿐 아니라 일곱 번을 일흔 번까지라도 할지니라.

그러므로 천국은 그 종들과 결산하려 하던 어떤 임금과 같으니 결산할 때에 만 달란트 빚진 자 하나를 데려오매 갚을 것이 없는지라. 주인이 명하여 그 몸과 아내와 자식들과 모든 소유를 다 팔아 갚게 하라 하니 그 종이 엎드려 절하며 이르되 내게 참으소서 다 갚으리이다 하거늘, 그 종의 주인이 불쌍히 여겨 놓아 보내며 그 빚을 탕감하여 주었더니 그 종이 나가서 자기에게 백 데나

리온 빚진 동료 한 사람을 만나 붙들어 목을 잡고 이르되 빚을 갚으라 하매, 그 동료가 엎드려 간구하여 이르되 나에게 참아 주소서 갚으리이다 하되 허락하지 아니하고 이에 가서 그가 빚을 갚도록 옥에 가두거늘 그 동료들이 그것을 보고 몹시 딱하게 여겨 주인에게 가서 그 일을 다 알리니 이에 주인이 그를 불러다가 말하되, 악한 종아 네가 빌기에 내가 네 빚을 전부 탕감하여 주었거늘 내가 너를 불쌍히 여김과 같이 너도 네 동료를 불쌍히 여김이 마땅하지 아니하냐 하고, 주인이 노하여 그 빚을 다 갚도록 그를 옥졸들에게 넘기니라.

너희가 각각 마음으로부터 형제를 용서하지 아니하면 나의 하늘 아버지께서도 너희에게 이와 같이 하시리라. _마태복음 18:21~35

어느 마을에 이반 스체르바코프라는 농부가 살았다. 이반은 한창 나이에다 형편이 넉넉했다. 그 자신이 마을 최고의 일꾼인 데다 세 아들 모두 일을 할 수 있었다. 장남은 이미 결혼했고 둘째 아들은 결혼을 앞두고 있었다. 셋째 아들도 다커서 말을 돌보고 논밭도 갈기 시작했다. 이반의 아내는 솜씨 좋고 알뜰한 여인이었으며 운 좋게도 얌전하고 부지런한 며느리까지 보았다. 이반과 그 가족의 행복을 방해하는 건 아무것도 없었다.

가족 중에 일을 하지 않는 사람은 딱 한 명, 이반의 늙은 아버지밖에 없었다. 천식을 앓고 있는 노인은 칠 년 동안 벽돌 화덕 위에 자리보전하고 누워 있었다. 이반은 필요한 것은 모두 갖추고 있었다. 말 세 필과 수망아지 한 마리, 송아지가 딸린 암소 한 마리를 키웠고 양도 열다섯 마리나 있었다. 여인들은 농사일을 거들 뿐 아니라 가족이 입을 옷을 직접 다 만들었고 남자들은 땅을 갈아 농사를 지었다. 이반의 가족은 다음 추수 때가 지나도 남을 만큼 넉넉하게 곡식을 거둬들였고 귀리를 팔아 세금을 내고 다른 필요한 물건들을 샀다. 그래서 바로 이웃에 사는 고르데이 이바노프의 절름발이 아들 가브리엘 사이의 불화만 없었다면 이반과 자식들은 아주 편하게 살았을지도 모른다.

늙은 고르데이가 아직 살아 있고 이반의 아버지도 가정을 건사할 수 있었을 때 두 집은 여느 이웃들과 다름없이 지냈다. 여자들이 체나 통이 필요하거나 남정네들이 자루가 필요할 때, 혹은 수레바퀴가 부서졌는데 당장 고치지 못할 때면 서로의 집에 사람을 보냈고 이웃 간의 정으로 서로 도와주었다. 송아지가 옆집 타작마당에 들어가도 그저 이렇게만 말하며 내몰았다.

"다시는 들어오지 못하게 해 주세요. 바닥에 곡식이 깔려 있으니까요."

헛간과 별채를 잠그거나 물건을 서로 숨기거나 험담을 하는 등의 일은 당시로서는 꿈에도 생각지 못했다.

아버지 대에는 그랬다. 그러나 아들들이 가장이 되자 모든 것이 달라졌다.

모든 사단은 아주 사소한 일에서 시작되었다.

이반의 며느리가 키우는 암탉이 그 철에 좀 이르게 알을 낳기 시작했다. 며느리는 부활절 때 쓰려고 달걀을 모으기 시작했고 매일 헛간에 가 손수레에서 달걀을 꺼내 왔다. 그런데 어느 날 암탉이 아이들에게 놀랐는지 울타리를 넘어 옆집 마당으로 날아가 알을 낳았다. 며느리는 꼬꼬댁 소리를 들으며 이렇게 중얼거렸다.

"지금은 바빠. 일요일을 위해 청소를 해야 하니까. 달걀은 나중에 꺼내 오자."

저녁에 며느리가 손수레에 가 보니 달걀이 없었다. 며느리는 헛간에서 나와 시어머니와 시동생에게 달걀을 가져갔는지 물었지만 달걀을 본 사람이 아무도 없었다. 그런데 막내 시동생인 타라스가 "형수님, 암탉이 옆집 마당에 알을 낳았어요. 거기서 꼬꼬댁 울더니 울타리를 건너 다시 돌아왔어요"라고 일러 주었다.

며느리는 나가서 암탉을 살펴보았다. 암탉은 다른 닭들과 함께 횃대에 앉아 막 눈을 감고 자려 하고 있었다. 며느리는 닭에게 물어 대답을 듣고 싶은 심정이었다.

며느리가 이웃집에 갔더니 가브리엘의 어머니가 나와서 맞았다.

"새댁이 여긴 웬일이오?"

"저기, 할머님. 오늘 아침에 저희 암탉이 이 집으로 날아왔어요. 암탉이 여기에서 알을 낳지 않았나요?"

"우린 아무것도 못 봤소. 고맙게도 우리 닭이 한참 전부터 알을 낳기 시작했어. 우리 닭이 낳은 달걀을 모으니까 다른 집 달걀은 필요 없지! 그리고 우리는 남의 집 마당에서 달걀을 찾지는 않아!"

기분이 상한 며느리는 해서는 안 될 말을 하고 말았다. 그러자 이웃집 노파는 더 심한 말로 되받았고 두 여자는 서로에게 욕을 하기 시작했다. 물을 길어 오던 이반의 아내가 때마침 그 옆을 지나다 끼어들었다. 가브리엘의 아내도 달려 나와 있는 일 없는 일 끄집어내며 젊은 새댁을 나무라기 시작했다. 그러자 일대 소동이 벌어지면서 모두들 악다구니를 썼다. 여자들은 할 말 못할 말 가리지 않고 한 번에 두 마디씩 바득바득 쏟아냈다.

"넌 이 모양이야!", "넌 저 모양이지!", "도둑년!" "매춘부!", "늙은 시아버지를 굶겨 죽이고 있는 주제에!", "아무짝에도 쓸모없는 인간!" 따위의 말들이 쏟아졌다.

"빌려 간 체에 구멍을 낸 게 누군데, 꼴사나운 여편네! 지금 그 들통을 달아 놓은 멜대도 우리 집 거야. 당장 내놔!"

여자들이 멜대를 당겨 대는 통에 물이 엎질러졌다. 그러자 이번에는 서로의 솔을 움켜쥐고 싸우기 시작했다. 들에서 돌아온 가브리엘이 자기 아내 편을 들었고 이반과 아들도 달려 나와 자기 가족과 합세했다. 힘이 센 이반은 사람들을 전부 흩어 놓으며 가브리엘의 턱수염을 한 움큼 뽑아 버렸다. 무슨 일이 났는지 보려고 모인 구경꾼들이 싸우는 이들을 겨우 떼어 놓았다.

모든 일은 그렇게 시작되었다.

가브리엘은 뜯긴 턱수염을 종이에 싼 뒤 지방법원에 가서 이반을 고소했다. 가브리엘은 "곰보 이반 녀석이 내 턱수염을 다 뽑아 버렸어요!"라고 하소연했고, 가브리엘의 아내는 이반이 유죄 판결을 받아 시베리아로 쫓겨날 것이라며 이웃들에게 떠벌리고 다녔다. 그렇게 순식간에 두 집 사이의 불화가 깊어졌다.

화덕 위에 누운 노인은 처음 싸움이 났을 때부터 화해하라고 설득했지만 가족들은 듣지 않았다. 노인은 가족들을 타일렀다.

"그런 쓸데없는 문제로 싸우다니, 너희들도 참 바보 같구나. 생각해 보렴. 겨우 달걀 하나 때문에 이 사단이 난 거잖아. 아이들이 달걀을 가져갔을 수도 있는데, 그게 뭐라고. 달걀 하나가 뭐 그리 대단해? 하나님이 모든 걸 충분히 채워 주시잖아! 옆집 사람이 불쾌한 말을 하면 바로잡아 줘야지. 더 좋게 말하는 방법을 알려 주란 말이다! 싸움이 벌어지면, 그러니까 그런 일이 벌어지면 우리 모두가 죄인이 되는 거야. 그러니 화해하고 그만 싸움을 끝내렴. 화를 키우면 너희들 자신한테 더 해로울 거야."

하지만 젊은 사람들은 노인의 말을 듣지 않고 그저 노망난 허튼소리로 치부해 버렸다. 이반은 이웃집 사람들 앞에서 자신을 낮추려고 하지 않았다.

"난 그놈 수염 잡아당긴 적 없어. 제 놈 스스로 쥐어뜯은 거지. 오히려 그 아들놈이 내 셔츠 단추를 죄다 잡아 뜯어 놓았다니까…… 이것 봐!"

이반도 법의 힘을 빌렸다. 이반과 가브리엘은 지방법원에서 치안판사의 재판을 받았다. 재판이 진행되는 동안 가브리엘네 수레의 연결핀이 감쪽같이 사라지는 사건이 일어났다. 가브리엘네 여자들은 이반의 아들이 핀을 훔쳐 갔다고 몰아세웠다.

"밤에 그 녀석이 우리 집 창문을 지나 수레 쪽으로 가는 걸 봤어요. 이웃에서 누가 보니까 그 녀석이 술집에서 지주에게 그 핀을 주더래요."

가브리엘의 가족들은 이 사건도 고소했다. 집에서조차 하루도 언쟁이나 싸움 없이 지나가는 날이 없었다. 아이들도 어른들에게 배워 서로 욕지거리가 오고 갔다. 두 집 여자들이 강가에 빨래를 하러 갔다가 마주치기라도 하면 빨래는 뒷전이고 서로 상대를 들볶는 데 열을 올렸다. 입만 열면 악에 받친 말뿐이었다.

처음에는 그저 서로를 헐뜯는 것에 그쳤지만 나중에는 손에 잡히는 대로 움켜잡고 드잡이를 하기에 이르렀다. 아이들도 어른들을 따라 했다. 양쪽 집 사람들에게는 삶이 점점 더 고달파졌다. 이반 스체르바코프와 절름발이 가브리엘은 마을 자치회나 지방법원, 치안판사에게 줄줄이 고소를 했고 결국 판사들은 이 사람들에게 진력이 났다. 가브리엘이 고소해서 이반이 벌금을 물거나 감옥에 갇히면 이반도 가브리엘에게 똑같이 갚아 주었다. 서로를 괴롭힐수록 분노가 더 커져 갔다. 마치 서로 공격하다가 점점 더 광포해져서 끈질기게 싸우는 개들 같았다. 개를 뒤에서 때리면 그 개는 다른 개가 자기를 물었다고 생각해서 더 사나워진다. 이 농부들의 꼴이 딱 그랬다. 서로 고소를 하고 그중 한쪽이 벌금을 물거나 감옥에 갇혀도 상대에 대한 분노가 점점 더 끓어오를 뿐이었고 "조금만 기다려. 내가 똑같이 갚아 주지"라고 별렀다. 이런 싸움이 육년 동안 이어졌다. 화덕 위에 누운 노인은 누누이 당부했다.

"애들아, 뭐하는 짓이냐? 이런 식의 앙갚음은 그만두고 이제 너희 할 일을 해야지. 앙심을 품지 않는 게 너희들에게 좋아. 앙심을 품을수록 상황은 더 나빠질 거야."

하지만 가족들에게는 이 말이 통하지 않았다.

칠 년째 되던 해에 한 결혼식에서 이반의 며느리가 가브리엘이 말을 훔치다 붙잡혔다고 비난하며 창피를 주었다. 거나하게 취해 있던 가브리엘은 화를 참지 못하고 주먹을 휘두르는 바람에 며느리는 일주일 동안 드러누워 있어야 했다. 그 당시 이반의 며느리는 임신 중이었다. 이반은 좋은 기회라고 기뻐하며 치안판사를 찾아가 고소를 했다.

"이제 이웃집 녀석을 해치울 수 있겠어. 놈은 감옥에 갇히거나 시베리아로 쫓겨나는 꼴을 면치 못할 거야."

하지만 이반의 소망은 이루어지지 않았다. 치안판사가 소송을 기각한 것이다. 검진 결과 며느리의 상태가 호전되었고 상처를 입은 흔적이 전혀 보이지 않았기 때문이다. 이반은 치안판사를 찾아갔지만 판사는 사건을 지방법원으로 넘겨 버렸다. 이반은 팔을 걷어붙이고 나섰다. 지방법원의 서기와 원로에게 술을 대접해 가브리엘에게 태형이 내려지게 했다. 서기가 가브리엘에게 선고문을 읽었다.

"본 법정은 농부 가브리엘 고르데예프에게 지방법원에서 자작나무 몽둥이로 스무 대의 태형을 명한다."

이반도 선고문 낭독을 들었고 가브리엘이 선고를 어떻게 받아들이는지 궁금해서 그쪽을 보았다. 가브리엘은 얼굴이 백짓장처럼 창백해지더니 돌아서서 복도로 나갔다. 이반은 말을 보러 갈 요량으로 그 뒤를 따라가다가 가브리엘이 중얼거리는 소리를 들었다.

"좋아! 그놈이 내 등에 매가 떨어지게 했으렷다. 등짝에 불이 나겠지. 하지만 그놈의 뭔가는 내 등보다 더 심하게 불타게 될 거야!"

이 말을 들은 이반은 당장 법원으로 되돌아가 고해바쳤다.

"존경하는 재판장님! 가브리엘이 제 집을 불태우겠다고 위협했습니다! 불러서 물어보세요. 증인도 있는 데서 말했다니까요!"

가브리엘이 다시 불려 왔다.

"그런 말을 한 게 사실인가?"

"저는 아무 말도 안 했습니다. 저를 때리십시오. 당신이 권한을 갖고 계시잖습니까? 어쩐지 저 혼자만 고통을 당하는 것 같네요. 그놈은 하고 싶은 대로 다 해도 옳으니 말입니다."

가브리엘은 뭔가를 더 말하려 했지만 입술과 뺨이 떨려서 벽 쪽으로 돌아섰다. 관리들도 가브리엘의 모습에 겁이 나서 '저 사람이 자신이나 이웃에게 뭔가 못된 짓을 할지도 몰라'라는 생각이 들었다.

그때 나이 든 판사가 말했다.

"여러분, 여길 보세요. 당신들은 이성을 찾아 화해하는 편이 좋을 겁니다. 친애하는 가브리엘, 임신한 여성을 때린 것이 옳았습니까? 무사했으니 다행이지, 안 그랬으면 어떻게 됐겠습니까! 그 행동이 옳았습니까? 당신은 잘못을 인정하고 그에게 용서를 비는 편이 좋을 겁니다. 그러면 그는 당신을 용서할 것이고 우리는 선고문을 수정하겠습니다."

이 말을 들은 서기가 말했다.

"법령 백십칠 조에 따라 수정은 불가능합니다. 당사자끼리 합의가 이루어지지 않았을 때 법원의 결정이 선고되면 반드시 집행되어야 합니다."

하지만 판사는 서기의 말에 아랑곳하지 않았다.

"아무 말 하지 마십시오. 모든 법보다 우선하는 것은 평화를 사랑하시는 하나님의 뜻을 따르는 겁니다."

그런 다음 판사는 다시 농부들을 설득하기 시작했지만 소용이 없었다. 가브리엘이 판사의 말을 들으려 하지 않았기 때문이다.

"저는 내년이면 쉰 살이 됩니다. 결혼한 아들도 있습죠. 저는 평생 매를 맞아 본 적이 없는데 저 곰보 이반 녀석이 제게 태형이 선고되도록 만들었어요. 그런데 저보고 그놈에게 용서를 빌라는 말입니까? 그럴 순 없습니다. 저는 참을 만큼 참았어요. 이반은 저를 똑똑히 기억하게 될 겁니다."

가브리엘은 다시 목소리가 떨려서 말을 잇지 못하고 돌아서서 나갔다.

법원에서 마을까지는 십일 킬로미터쯤 떨어져 있었고 이반은 어둑어둑해서야 집에 도착했다. 이반은 마구를 풀어 말을 마구간에 넣어 놓고는 집으로 들어갔다. 집에는 아무도 없었다. 여자들은 벌써 소를 몰고 오려고 나갔고 아들들은 아직 들에서 돌아오지 않았다.

이반은 집에 들어가 앉아서 생각했다. 가브리엘이 선고문을 듣던 모습과 창백해지던 얼굴, 벽으로 돌아서던 모습이 떠올랐다. 그러자 마음이 무거워졌다. 자신이 그런 선고를 들었으면 기분이 어땠을지 생각하니 가브리엘이 불쌍해졌다. 그때 화덕 위의 늙은 아버지가 기침하는 소리가 들리더니 노인이 일어나서 다리를 내리고 기어 내려오는 모습이 보였다. 노인은 천천히 다리를 끌며 자리로 와서 앉았다. 진력을 다해 힘이 부치는지 한참 동안 기침을 하다가 겨우 목을 가다듬었다. 노인은 탁자에 몸을 기대며 말했다.

"그래, 가브리엘에게 선고가 내려졌니?"

이반이 대답했다.

"네, 몽둥이로 스무 대 맞으라는 선고를 받았어요."

노인은 고개를 절레절레 저었다.

"안타깝구나. 넌 잘못을 하고 있어, 이반! 아, 불행한 일이야. 가브리엘이 아니라 너한테! 가브리엘은 매를 맞겠지. 그런다고 너한테 좋을 게 뭐 있니?"

"다시는 그런 짓을 안 하겠죠."

이반이 대답했다.

"어떤 짓을 다시 안 한단 말이냐? 가브리엘이 너보다 나쁜 짓을 한 게 뭐 있니?"

"그놈이 저한테 해코지한 걸 생각해 보세요!"

이반이 말했다.

"제 며느리를 죽일 뻔했어요. 지금은 우리 집에 불을 지르겠다고 으름장을 놓고 있고요. 그런데도 제가 그놈한테 고마워해야 합니까?"

노인은 한숨을 쉬더니 말했다.

"이반, 너는 넓은 세상을 돌아다니고 있고 나는 요 몇 년간 늘 화덕 위에 누워만 있으니 넌 모든 것을 보고 나는 아무것도 못 본다고 생각하는구나. 이 녀석아! 보지 못하는 사람은 바로 너야. 앙심이 네 눈을 가려 버렸어. 다른 사람들의 죄는 네 눈앞에 있는데 너 자신의 죄는 네 등 뒤에 있구나. 넌 '그놈이 잘못했어!'라고 말하지. 하지만 말도 안 되는 소리! 한쪽만 잘못했는데 어떻게 갈등이 일어날 수 있어? 사람들 사이의 갈등이 한쪽만의 잘못으로 일어나니? 갈등은 항상 두 사람 사이에서 일어나는 거야. 네 눈에는 가브리엘의 잘못만 보이고 자기 잘못은 보이지 않아. 가브리엘이 나쁘게 굴고 너는 착하게 굴었다면 갈등이 생길 리가 없어. 가브리엘의 수염은 누가 뽑았니? 가브리엘이 쌓아 놓은 건초더미는 누가 망가뜨렸어? 누가 가브리엘을 법원으로 끌고 갔지? 그런데도 너는 가브리엘 탓만 하는구나. 넌 잘못 살고 있어. 그게 문제야! 아들아, 나는 그렇게 살지 않았다. 너한테 그렇게 가르치지도 않았고.

나와 가브리엘의 아버지가 그렇게 살았니? 우린 이웃 간에 정을 나누며 살았어! 가브리엘의 집에 밀가루가 떨어지면 여자 중 한 명이 와서 부탁했지. '트롤 아저씨, 밀가루 좀 빌려 주세요.' 그럼 나는 '헛간에 가서 필요한 만큼 가져가렴' 하고 대답했어. 가브리엘네 말을 목초지에 데려갈 사람이 없으면 내가 말했어. '이반, 가서 그 집 말들을 돌봐 주렴.' 우리 집에 뭔가가 부족하면 내가 가서 말했어. '고르데이, 이런저런 게 필요해.' 그러면 두말없이 '가져가게, 트롤'이라는 대답이 돌아왔지. 우리는 그렇게 지냈고 편하게 살았어. 그런데 지금은?

예전에 한 군인이 와서 플레브나에서 벌어진 전쟁 얘기를 하더구나. 너희들 사이에 벌어진 싸움이 플레브나 전쟁보다 더 위험해! 이게 사람 사는 꼴이냐? 이건 죄를 짓는 거야! 넌 남자고 이 집의 가장이야. 책임을 져야 할 사람은 너야. 여자들과 아이들에게 대체 뭘 가르치고 있는 거니? 입에 담을 수 없는 욕을 퍼붓는 것? 지난번에는 아무것도 모르는 타라스카가 이웃집 이레나에게 욕을 하고 있는데 그 애 어미는 나무라지 않고 듣기만 하더니 웃지 뭐냐. 그러는 게 옳아? 책임을 져야 할 사람은 바로 너야. 네 영혼을 생각하렴. 이 모든 게 정상이니? 누가 나에게 한 마디를 하면 두 마디로 돌려주고 누가 나를 한 대 치면 두 대를 치는 것이? 아니란다, 얘야! 주님이 지상에 계실 때 우리 바보들에게 주신 가르침은 그것과는 아주 달랐어. ⋯⋯ '누군가에게 욕을 들으면 침묵을 지켜라. 그의 양심이 그를 비난할 것이니라.' 주님은 우리에게 이렇게 가르치셨지. '한 대 맞으면 다른 쪽 뺨을 내밀어라. 자, 나를 때리시오. 내가 맞을 짓을 했다면. 그러면 그의 양심이 그를 질책할 것이니라. 그는 마음을 누그러뜨리고 네 말을 들을 것이니라.' 주님은 이렇게 가르치셨어. 교만해지지 말라고! 왜 말이 없어? 내 말이 틀렸니?"

이반은 말없이 앉아서 듣고 있었다.

노인은 기침을 하더니 힘겹게 목을 가다듬고 다시 말을 이었다.

"주님이 우리를 잘못 가르치셨다고 생각하니? 아니, 그건 모두 우리를 위한 가르침이야. 네 생활을 생각해 봐. 이 플레브나 전쟁이 벌어진 뒤부터 네 생활이 나아졌는지, 나빠졌는지. 송사 문제 때문에 네가 쓴 걸 계산해 봐. 왔다 갔다 하느라 쓴 시간이며 오가면서 쓴 밥값이 얼마니? 네 아들들은 잘 자랐니? 너는 편안하게 살고 이웃과 사이좋게 지냈을 수도 있어. 그런데 왜 이렇게 됐니? 모두 네 어리석은 행동과 교만 탓이야. 넌 아들들과 땅을 갈고 씨를 뿌려야 하는데 악마가 너를 판사나 궤변가들에게 데려갔어. 제때에 땅을 갈지 않고 씨를 뿌리지 않으면 어머니 대지는 제대로 열매를 맺지 못해. 올해 귀리 농사가 왜 실패했니? 귀리 씨를 뿌린 게 언제였어? 읍내에서 돌아와서야 뿌렸지! 그래서 얻은 게 뭐니? 네 어깨의 짐뿐이지…… 아, 아들아, 네가 해야 할 일에 신경을 써! 네 아들들과 함께 들판과 집에서 일을 해라. 누군가 때문에 불쾌해진다 해도 그를 용서해. 하나님은 네가 그렇게 하길 바라시니까. 그러면 삶이 편안해지고 마음이 항상 가벼울 거야."

이반은 계속 말이 없었다.

"이반, 내 아들아, 이 늙은 아버지의 말을 들어! 가서 말에 마구를 채우고 당장 관청으로 달려가 모든 송사를 끝내. 아침이 되면 가브리엘에게 가서 하늘에 맹세하며 화해하고. 그리고 내일이 성모마리아 탄신 축일이니 집으로 그를 초대하렴. 차를 준비하고 보드카 한 병을 가져와서 앞으로 다시는 이런 일이 일어나지 않도록 이 못된 싸움을 완전히 끝내. 여자들과 아이들에게도 똑같이 하라고 이르고."

이반은 한숨을 내쉬며 생각했다.

"아버지 말씀이 옳아."

그러자 이반의 마음이 한결 가벼워졌다. 단지 이반은 어떻게 사태를 바로잡기 시작해야 할지 몰랐다.

노인은 마치 이반의 마음을 읽기라도 한 것처럼 말했다.

"지금 가거라, 이반. 미루지 마! 불은 번지기 전에 끄지 않으면 너무 늦는 법이야."

노인이 무슨 말을 더 하려 했으나 여자들이 까치처럼 조잘대며 들어오는 바람에 말을 잇지 못했다. 가브리엘이 태형을 선고받았고 집에 불을 지르겠다고 위협했다는 소식이 이미 여자들에게도 전해져 있었다. 여자들은 목초지에서 모든 소식을 듣고는 거기에 살을 보태 가브리엘네 여자들과 또 한바탕 다툰 참이었다. 여자들은 가브리엘의 며느리가 어떻게 또 위협을 했는지 일러바치기 시작했다. 가브리엘이 심문 담당 치안판사의 비위를 맞춰 놓았으니 이제 그 판사가 모든 걸 뒤집을 것이라고도 했다. 게다가 학교 선생이 황제에게 이반과 관련된 탄원서를 쓰고 있는데 수레 연결핀과 채마밭 사건에 대해서도 빠짐없이 썼기 때문에 곧 이반이 가진 농지의 절반이 그들 차지가 될 것이라고도 조잘거렸다. 여자들의 말을 들으니 이반의 마음은 다시 냉담해졌다. 이반은 가브리엘과 화해해야겠다는 생각을 접었다.

농장에는 늘 가장의 손을 필요로 하는 일이 많다. 이반은 여자들과 이야기를 나누는 걸 그만두고 탈곡장과 헛간으로 갔다. 그곳 청소를 끝냈을 때쯤 해가 저물어 젊은 아들들이

들에서 돌아왔다. 아들들은 겨울 작물을 재배하려고 말 두 마리로 땅을 갈고 오는 길이었다. 이반은 아들들을 맞아 농사일에 대해 이것저것 묻고는 정리하는 것을 도왔다. 말의 찢어진 목사리를 수선하려고 한쪽으로 치워 놓은 다음 말뚝 몇 개를 헛간 아래에 넣으려고 보니 날이 꽤 어두워져 있었다. 그래서 그 일은 다음 날로 미루기로 하고 그 자리에 두었다. 그런 다음 이반은 소들에게 먹이를 주고 문을 열어 타라스가 밤에 꼴을 먹이러 데리고 나갈 말들을 내보낸 뒤 다시 문을 닫아걸었다. 이반은 '이제 저녁을 먹고 자야겠어'라고 생각하며 목사리를 집어 들고 오두막으로 들어갔다. 이반은 가브리엘에 대한 일이나 늙은 아버지가 했던 말들은 잊고 있었다. 복도로 들어가려고 그가 손잡이를 잡는 순간, 울타리 너머 옆집에서 쉰 목소리로 저주하는 소리가 들렸다.

"세상에 그런 나쁜 놈이 어디 있어? 그놈은 죽어야 돼!"

가브리엘의 목소리였다. 이 말을 듣자마자 옆집 사람들에게 품은 앙심이 되살아났다. 이반은 가브리엘의 욕설을 듣고 서 있다가 그의 말이 끝나자 오두막으로 들어갔다.

집 안에는 불이 켜져 있었다. 며느리는 앉아서 실을 잣고 아내는 저녁을 준비하는 중이었다. 큰아들은 나무껍질 신발을 엮을 끈을 꼬고 있었고, 둘째 아들은 탁자 옆에서 책을 읽고 있었다. 타라스는 밤 동안 말들을 목초지에 데려갈 채비를 하는 참이었다. 못돼 먹은 그 골칫거리 이웃만 없다면 이 집은 만사가 즐겁고 행복할 텐데!

이반은 부루퉁한 얼굴로 안으로 들어가 의자에서 고양이를 쫓아내고는 구정물 통을 엉뚱한 곳에 두었다고 여자들을 야단쳤다. 이반은 마음이 몹시 상해 얼굴을 찡그리고 앉아 목사리를 수선하기 시작했다. 가브리엘의 말이 계속 귓가에 맴돌았다. 법정에서는 그를 위협했으며 쉰 목소리로 "죽어야 마땅한 놈" 어쩌고 고함을 질렀다.

이반의 아내가 타라스에게 저녁을 차려 주었다. 타라스는 저녁을 먹은 뒤 낡은 양가죽 옷 위에 외투를 하나 덧입고 허리띠를 둘렀다. 그러고는 빵을 좀 집어 들고 말들에게 갔다. 타라스를 배웅하는 건 큰아들 몫이지만 이반이 대신 일어나 현관으로 나갔다. 밖은 몹시 캄캄했다. 구름이 몰려들며 바람도 거세졌다. 이반은 계단을 내려가 아들이 말에 타는 것을 도와준 뒤 망아지를 뒤따라 보냈다. 그리고 타라스가 말을 타고 마을로 내려가다가 자기네 말을 몰고 나온 마을 청년들과 만나는 소리를 들으며 서 있었다. 이반은 청년들의 말소리가 전혀 들리지 않을 때까지 기다렸다. 문 옆에 서 있는 동안에도 가브리엘이 한 말들은 머리에서 떠나지 않았다.

"네놈이 가진 뭔가가 더 끔찍하게 불타지 않으려면 조심해야 할 거야!"

"아주 발악을 하고 있군."

이반이 생각했다.

'지금은 모든 것이 건조한 데다 바람까지 불고 있어. 그놈은 뒤쪽 어딘가에서 몰래 들어와 불을 지른 뒤 사라지겠지. 집을 태워 버리고 싹 빠져나갈 거야. 못된 놈! 그놈이 불을 지르는 현장을 잡을 수만 있다면 그놈은 처벌을 면치 못할 텐데!'

머릿속에는 온통 그 생각뿐이어서 이반은 계단을 올라가지 않고 집 모퉁이 쪽으로 돌아갔다.

"집 주위를 둘러봐야겠어. 그놈이 무슨 짓을 저지를지 누가 알아?"

이반은 살금살금 걸어 대문을 나갔다. 모퉁이에 이르러 울타리 주위를 둘러보는데 반대편에서 갑자기 누군가가 움직이는 걸 본 것 같았다. 누군가가 나왔다가 다시 사라진 듯했다. 이반은 걸음을 멈춘 채 숨죽이고 서서 귀를 기울이며 살폈다. 모든 것이 조용했다. 바람에 버드나무 잎이 흔들리고 초가지붕의 짚들이 바스락거릴 뿐이었다. 처음에는 칠흑같이 캄캄한 것 같더니 눈이 어둠에 익숙해지자 먼 구석까지 보였다. 쟁기 하나가 놓여 있고 처마도 보였다. 얼마간 지켜봤지만 사람은 보이지 않았다.

'내가 잘못 본 모양이야. 어쨌든 더 둘러봐야겠어.'

이반은 이렇게 생각하고 발소리를 죽여 광을 끼고 돌았다. 나무껍질 신발을 신었는데도 얼마나 살금살금 걸었는지 발자국 소리도 나지 않았다. 이반이 구석진 곳까지 다가갔을 때였다. 쟁기 근처에서 잠시 불길이 확 솟구치더니 이내 사라지는 것 같았다. 이반은 오싹한 느낌이 들어 걸음을 멈추었다. 바로 그때 같은 장소에서 더 환한 불꽃이 타올랐다. 모자를 쓴 한 남자가 등을 보이고 쭈그리고 앉아 손에 든 짚단에 불을 붙이는 모습이 보였다. 이반의 심장이 새처럼 팔딱거렸다. 이반은 필사적으로 뛰었다. 다리에 감각이 없었다. 이반은 소리를 질렀다.

"이제 그놈은 도망 못 가! 내가 현장에서 붙잡을 거니까!"

그런데 이반이 미처 가브리엘에게 닿기도 전에 갑자기 눈앞에 밝은 빛이 보였다. 하지만 아까 그 장소가 아니고 작은 불꽃도 아니었다. 초가지붕의 처마가 불타오르면서 지붕까지 불길이 번지고 있었다. 불빛 아래 가브리엘의 온몸이 환히 드러났다.

이반은 종달새를 덮치는 매처럼 절름발이 가브리엘에게 돌진했다.

"넌 내 손에 걸렸어. 빠져나가지 못한다고."

그런데 가브리엘이 이반의 발소리를 들은 게 분명했다. 가브리엘은 용케도 이반을 흘낏 본 후 토끼처럼 허겁지겁 광을 지나 달아났다.

"어딜 도망가!"

이반이 쏜살처럼 뒤를 쫓으며 고함을 질렀다.

이반이 가브리엘을 막 붙잡으려는 순간 가브리엘이 잽싸게 피했다. 이반은 가브리엘의 코트 자락을 간신히 움켜잡았다. 옷이 북 찢어지면서 이반이 넘어졌다. 이반은 일어서서 "도와주시오! 저놈 잡아요! 저 도둑놈! 살인자!"라고 고함치며 다시 내달렸다. 하지만 어느 틈에 가브리엘은 자기 집 문 앞까지 달아났다. 뒤쫓아간 이반이 가브리엘에게 와락 덤벼드는 순간 무언가가 이반을 세게 후려쳤다. 관자놀이를 돌로 내리친 것처럼 귀가 터질 것 같았다. 가브리엘이 문 옆에 놓여 있던 참나무 쐐기를 집어 있는 힘을 다해 이반을 후려쳤던 것이다.

이반은 그대로 기절하고 말았다. 눈앞에서 불꽃이 어른거리더니 사방이 캄캄해지면서 몸이 비틀거렸다. 정신이 돌아왔을 때 가브리엘은 이미 그곳에 없었다. 주위는 낮처럼 환했고 이반의 집 쪽에서 엔진이 돌아가는 소리 같은 굉음과 탁탁 튀는 소리가 들렸다. 돌아보니 집 뒤쪽의 헛간까지 불길에 휩싸여 있었다. 집 옆구리에 있는 헛간에도 화염과 연기가 치솟고 불이 붙은 짚더미가 오두막 쪽으로 번지고 있었다.

"이게 무슨 꼴이야!"

이반이 자기 허벅지를 때리면서 고함을 질렀다.

"처마 밑에서 불씨를 뺏어서 확 밟아 버리기만 했으면 됐는데! 이게 뭐야⋯⋯."

이반은 같은 말만 계속 되뇌었다. 고함을 지르고 싶었지만 숨이 콱 막히고 목이 잠겼다. 달려가려 해도 다리가 꼬여 말을 듣지 않았다. 이반은 천천히 움직여 보았지만 다시 비틀거렸고 숨이 막혔다. 그래서 호흡이 돌아올 때까지 가만히 서 있다가 다시 움직였다. 이반이 불붙은 뒤쪽 곳간을 지나기도 전에 옆쪽 헛간이 온통 불길에 휩싸였고 오두막 귀퉁이와 지붕이 덮인 입구에도 불이 붙었다. 불길이 오두막 위로 활활 타오르는 바람에 마당으로 들어갈 수가 없었다. 사람들이 잔뜩 모여들었지만 속수무책이었다. 이웃들은 저마다 자기네 세간을 꺼내고 헛간에서 소들을 끌어내느라 정신이 없었다. 이반의 집에 이어 가브리엘의 집에 불이 붙었고 바람이 거세지면서 길 반대편까지 불길이 번져 마을의 절반이 타고 말았다.

이반의 집에서 가족들이 늙은 아버지를 가까스로 구해 냈다. 가족들은 겨우 몸만 빠져 나왔다. 이반 가족은 목초지로 몰고 간 말들만 빼고 모든 걸 잃었다. 소, 횃대에 있던 닭, 수레, 쟁기, 써레, 여자들이 옷을 넣어둔 커다란 가방, 곡물 창고의 곡식 할 것 없이 모조리 불에 타 버리고 말았다.

가브리엘 가족은 소를 몰고 나왔고 몇 가지 물건들을 건졌다.

불은 밤새도록 타올랐다. 이반은 자기 집 앞에 서서 같은 말만 되풀이했다.

"이게 뭐야…… 불씨를 뺏어서 밟아 버리기만 하면 됐는데!"

하지만 지붕이 무너져 내리자 이반은 불길이 활활 타오르는 집 안으로 뛰어 들어가 숯덩이가 된 들보를 붙잡고 끌어내려 했다. 여자들이 이반을 보고 당장 나오라고 소리를 질렀다. 이반은 들보를 끌고 나온 다음 다른 들보를 가지러 다시 들어가려다 발을 헛디뎌 불길 속에 쓰러졌다. 이반의 아들이 쫓아가 아버지를 끌어냈다. 이반은 불에 머리카락이 그슬리고 옷이 탔다. 손에도 화상을 입었지만 이반은 아무 느낌도 없었다.

"너무 황망해서 얼이 빠졌나 봐."

사람들이 수군거렸다. 불은 모든 걸 다 태워 버렸지만 이반은 여전히 중얼거리며 서 있었다.

"이게 뭐야…… 불씨를 뺏어서 밟아 버리기만 하면 됐는데!"

아침이 되자 마을 장로의 아들이 이반을 데리러 왔다.

"이반 아저씨, 할아버님이 돌아가시려 해요! 마지막 인사를 하려고 아저씨를 찾으세요."

아버지 생각은 까맣게 잊고 있던 이반은 지금 무슨 말을 하는 건지 알아듣지 못했다.

"어떤 할아버님?"

이반이 물었다.

"누굴 데려오라고 하신 거야?"

"아저씨를 데려오라고 하셨어요. 마지막 인사를 하시려고 요. 우리 집에서 지금 돌아가시려고 해요. 얼른 가요, 아저씨."

장로의 아들이 이반의 팔을 잡아끌자 이반은 청년을 따라 갔다.

불길 속에서 노인을 집 밖으로 모시고 나오면서 불붙은 짚 더미가 몸 위에 떨어졌다. 마을의 장로가 화상을 입은 노인을 자기 집으로 모셨다. 그 집은 이반의 집에서 멀리 떨어져 불길 이 번지지 않았다.

이반이 아버지에게 가자 오두막에는 장로의 아내와 화덕 위에 눕혀 놓은 어린아이들만 있었다. 다른 가족들은 아직 불 이 난 곳에 있었다. 노인은 밀랍 양초를 손에 쥐고 의자 위에 누운 채 계속 문 쪽만 바라보고 있었다. 그러다 아들이 들어 오자 몸을 약간 들썩했다. 노파가 다가가 아들이 왔다고 말하 자 노인은 가까이 데려와 달라고 부탁했다. 이반이 다가갔더 니 노인이 말했다.

"내가 뭐라고 했니, 이반? 누가 마을을 태운 게냐?"

"그놈이었어요, 아버지."

이반이 대답했다.

"제가 현장에서 그놈을 붙잡았어요. 놈이 짚단에 불을 붙여 초가지붕 새에 찔러 넣는 걸 봤다고요. 제가 그걸 뺏어서 밟아 버릴 수 있었는데. 그러면 아무 일도 일어나지 않았을 텐데."

노인이 말했다.

"애야, 나는 지금 죽어 가고 있다. 그리고 언젠가는 너도 죽음을 맞게 되겠지. 이게 누구의 죄라고 생각하느냐?"

이반은 말없이 아버지를 쳐다보았다. 아무 말도 할 수가 없었다.

"자, 하나님 앞에서 말해 보렴. 그것이 누구의 죄인지? 내가 너에게 뭐라고 했니?"

이반은 그제야 정신을 차리고 모든 걸 깨달았다. 이반은 코를 훌쩍이며 말했다.

"제 죄입니다, 아버지!"

이반은 아버지 앞에 무릎을 꿇으며 말했다.

"용서해 주세요, 아버지. 제가 아버지와 하나님 앞에 죄를 지었습니다."

노인은 오른손에 든 초를 왼손으로 바꿔 쥐고는 오른손을 들어올려 성호를 그으려 애썼지만 하지 못했다.

노인은 "주님을 찬양하라! 주님을 찬양하라!"라고 말하고 다시 아들 쪽으로 눈길을 돌렸다.

"이반! 아, 이반!"

"네, 아버지."

"이제 무엇을 해야 되겠니?"

이반이 훌쩍였다.

"이제 어떻게 살아야 할지 모르겠어요, 아버지."

이반이 대답했다.

노인은 눈을 감고 기운을 내려고 애쓰면서 입술을 달싹였다. 그러고는 다시 눈을 뜨고 말했다.

"넌 할 수 있다. 하나님의 뜻을 지키면 넌 할 수 있을 거야!"

노인은 말을 멈춘 뒤 미소를 지었다. 그리고 말을 이었다.

"명심해라, 이반! 누가 불을 질렀는지 말하지 마라. 다른 사람의 죄를 숨겨 주면 하나님은 너희 둘 다를 용서하실 거야."

노인은 양손으로 초를 붙잡아 가슴에 댔다. 그리고 긴 숨을 내쉰 뒤 몸이 축 늘어지면서 세상을 떠났다.

이반은 가브리엘이 한 짓을 입에 올리지 않았다. 그래서 누가 불을 질렀는지 아무도 몰랐다. 가브리엘에 대한 이반의 분노는 모두 사라졌고 가브리엘은 이반이 왜 아무에게도 그 일을 말하지 않는지 이상하게 여겼다. 가브리엘은 처음에는 두려움을 느꼈지만 시간이 좀 지나자 아무렇지 않게 되었다. 두 사람은 저절로 싸움을 그만두었다. 그러자 가족들도 싸우지 않게 되었다. 오두막을 다시 짓는 동안 두 가족은 한 집에서 함께 살았다. 마을이 재건되었을 때 두 가족은 서로 멀리 떨어진 곳으로 이사 갈 수 있었다. 하지만 나란히 집을 짓고 예전처럼 이웃으로 지냈다.

그 뒤 두 가족은 좋은 이웃으로 살았다. 이반 스체르바코프는 하나님의 율법을 지켜야 하며 불은 처음 불씨가 생겼을 때 꺼야 한다는 아버지의 가르침을 기억했다. 그리고 누군가가 피해를 주면 복수하려는 대신 문제를 바로잡으려고 애썼다. 누군가가 욕을 하면 더 심한 욕으로 되갚아주는 대신 상대에게 나쁜 말을 쓰지 말라고 가르치려 애썼다. 이반은 집안의 여자들과 아이들에게도 그렇게 가르쳤다. 이반 스체르바코프는 다시 일어섰고 지금은 그전보다 더 잘 살고 있다.

(1885년)

두 노인

여자가 이르되, 주여 내가 보니 선지자로소이다. 우리 조상들은 이 산에서 예배하였는데 당신들의 말은 예배할 곳이 예루살렘에 있다 하더이다. 예수께서 이르시되, 여자여 내 말을 믿으라. 이 산에서도 말고 예루살렘에서도 말고 너희가 아버지께 예배할 때가 이르리라. …… 아버지께 참되게 예배하는 자들은 영과 진리로 예배할 때가 오나니 곧 이 때라. 아버지께서는 자기에게 이렇게 예배하는 자들을 찾으시느니라. _요한복음 4:19~21, 23

1

예루살렘에서 하나님께 예배를 드리기 위해 성지 순례를 떠나기로 한 두 노인이 있었다. 한 명은 에핌 타라시츠 셰베레프라는 부유한 농부였고 다른 한 명은 썩 부자는 아닌 엘리사 보드로프라는 노인이었다.

에핌은 고리타분하고 진지하며 강직한 사람이었다. 술 담배는 일절 하지 않았고 코담배도 손에 대지 않았다. 평생 나쁜 말은 입에 올린 적도 없었다. 에핌은 두 번이나 마을 장로를 지냈고 자리에서 물러날 때도 셈이 분명했다. 에핌은 대가족을 거느렸다. 두 아들과 결혼한 손자 한 명이 있었는데 모두 한 집에서 살았다. 그는 몸이 꼿꼿하고 건강했으며 턱수염을 길게 길렀다. 예순 살이 되었을 때야 흰 수염이 조금 보이기 시작했다.

엘리사는 부자도 아니고 그렇다고 가난하지도 않았다. 예전에는 집을 떠나 목수 일을 했지만 나이가 들자 집에 머물며 꿀벌 치는 일을 했다. 아들 하나는 일자리를 구하러 집을 떠나 있었고 다른 아들은 함께 살고 있었다. 엘리사는 다정하고 활기찬 노인이었다. 사실 가끔 술을 마시고 코담배도 했다. 노래 부르는 것도 좋아하고 성격이 온순해서 가족이나 이웃과 사이좋게 지냈다. 엘리사는 키가 작았고 곱슬곱슬한 검은 턱수염을 길렀으며 자신의 수호신인 엘리사와 마찬가지로 머리가 거의 벗어졌다.

두 노인은 오래전에 함께 예루살렘으로 순례를 떠나기로 맹세하고 계획을 짜 놓았다. 하지만 에픰이 도통 시간이 나지 않았다. 에픰은 늘 할 일이 너무 많았고 한 가지 일을 끝내면 바로 다른 일을 시작했다. 처음에는 손자의 결혼 준비를 해야 했고, 그러고 나자 막내아들이 군대에서 돌아오기를 기다려야 했다. 그 뒤에는 새 오두막을 짓기 시작했다.

어느 휴일, 두 노인은 집 밖에서 만나 목재 더미에 걸터앉아 이야기를 나누기 시작했다.

엘리사가 물었다.

"그래, 우리 맹세는 언제 지킬 작정인가?"

에픰이 얼굴을 찡그리며 대답했다.

"기다리게. 올해는 나한테 힘든 해라네. 난 비용을 백 루블 정도로 예상하고 이 집을 짓기 시작했네. 그런데 이미 삼백 루블 가까이 들어갔는데도 아직 다 짓지 못했어. 여름까지는 기다려야 할 것 같네. 그땐 별일이 없는 한 꼭 떠나기로 하세."

엘리사가 말했다.

"더 이상 미루지 말고 당장 출발하는 게 어떤가? 순례를 떠나기에는 봄이 가장 좋아."

"봄이 좋긴 하지. 하지만 내 집은 어쩌고? 내가 어떻게 집을 비울 수 있겠나?"

"일을 맡길 사람이 한 명도 없는 것처럼 말하는군. 자네 아들이 맡으면 되잖아."

"하지만 그렇게는 못하네. 큰애는 미덥지가 않아. 가끔 술을 너무 많이 마시거든."

"이보게 친구. 우리가 죽으면 그 애들은 우리 없이 살아가야 하네. 이제 아들이 경험을 좀 쌓도록 해 줘야지."

"맞는 말일세. 하지만 누구든 뭔가 일을 시작하면 끝나는 것을 보고 싶어 하잖나."

"허어, 우린 어차피 모든 일을 결코 다 끝내지는 못해. 얼마 전에 집안 여자들이 부활절을 준비하며 빨래를 하고 집 안을 청소했어. 여기에도 할 일, 저기에는 또 다른 할 일이 있어서 결국 모든 일을 다 끝내지 못했지. 그러자 현명한 내 큰며느리가 말했어. '축일이 우리가 준비를 다 마치길 기다리지 않고 어김없이 찾아오는 것에 감사해야 할지도 모르겠어요. 아무리 열심히 일해도 준비를 다 끝내지 못하니까요.'"

에핌은 생각에 잠겼다가 말했다.

"나는 이 집을 짓느라 돈을 많이 썼어. 빈털터리로 여행길에 오를 수는 없다네. 각자 백 루블은 필요할 텐데 작은 액수가 아니잖나."

엘리사가 웃으며 말했다.

"자, 자, 친구. 자네는 재산이 나보다 열 배는 많네. 그런데 돈 얘기를 하다니. 우리가 언제 떠날지만 말하게. 난 지금은 수중에 가진 게 없지만 그때까진 마련할 테니."

에핌도 미소를 지었다.

"이런, 자네가 그렇게 부자인 줄 몰랐네. 그런데 어디서 돈을 마련할 생각인가?"

"집에서 좀 긁어모으고 그것도 모자라면 이웃집에 벌통을 몇 개 팔 생각이네. 옆집 사람이 오래전부터 벌통을 사고 싶어 했어."

"올해 꿀 수확이 좋으면 후회할 텐데."

"후회하다니! 그럴 리 없네, 친구! 나는 평생 아무것도 후회해 본 적이 없다네. 내가 지은 죄만 빼고. 영혼보다 더 소중한 것은 아무것도 없어."

"그렇긴 하지. 어쨌든 집안일을 방치하는 것도 옳은 건 아니야."

"그럼 우리 영혼을 방치하는 건 어떻고? 그게 더 나쁘지. 우리는 맹세를 했어. 그러니 출발하세! 진지하게 말하는 거라네. 출발하세!"

2

엘리사는 친구를 설득하는 데 성공했다. 이 문제를 곰곰이 생각해 본 에핌이 아침에 엘리사를 찾아왔다.

"자네 말이 맞아. 출발하세. 삶과 죽음은 하나님 손에 달려 있어. 아직 우리가 살아 있고 힘이 있는 바로 지금 떠나야 해."

일주일 뒤 노인들은 떠날 준비를 마쳤다. 수중에 지닌 돈이 넉넉한 에핌은 백 루블은 자신이 들고 가고 이백 루블은 아내에게 맡겼다.

엘리사 역시 준비를 했다. 엘리사는 벌통 열 개를 이웃에 팔았고 여름 전에 그 벌통들에서 분봉하게 되면 새 벌통까지 주기로 했다. 벌통 값으로 전부 칠십 루블을 받았고 나머지 삼십 루블은 가족들이 지닌 것을 싹싹 긁어모았다. 엘리사의 아내는 자기 장례에 쓰려고 모아 놓았던 돈을 다 내놓았고 며느리도 가진 돈을 보태 주었다.

에핌은 장남에게 풀을 언제, 얼마나 벨지, 거름을 어디로 운반할지, 오두막을 어떻게 완공하고 지붕을 씌울지 등 모든 일을 정확하고 꼼꼼하게 지시해 두었다. 반면 엘리사는 아내에게 이웃에 판 벌통에서 분봉한 새 벌통은 구별해 두었다가 속이지 말고 이웃에게 다 주어야 한다는 설명만 했고 집안일에 대해서는 한마디도 하지 않았다.

"일이 닥치면 무엇을 해야 하고 어떻게 해야 하는지 알게 될 거야. 너희들이 주인이니 너희들 자신을 위해 최선을 다하려면 방법을 곧 깨닫게 되겠지."

이렇게 노인들은 준비를 끝냈다. 가족들은 케이크를 굽고 가방을 만들어 주고 종아리를 싸맬 행전行纏도 마련해 주었다. 노인들은 새 가죽신을 신고 나무껍질로 만든 여분의 신발을 챙겼다. 가족들은 마을 어귀까지 배웅 나와 작별인사를 했다. 그렇게 두 노인은 순례길에 올랐다.

엘리사는 유쾌한 기분으로 집을 떠났고 마을을 떠나자마자 집안일은 까맣게 잊어버렸다. 엘리사의 관심사는 어떻게 친구를 즐겁게 해 줄지, 어떻게 누구에게든 무례한 말을 하지 않을지, 어떻게 평화와 사랑에 젖어 목적지에 도착했다가 집으로 돌아올지에 대한 것뿐이었다. 길을 걸으며 엘리사는 낮은 목소리로 기도문을 외거나 기억나는 성인들의 삶 같은 것을 마음속으로 되새겼다. 길에서 누구를 만나든, 혹은 하룻밤 묵어가기 위해 어디를 들어가든 되도록 점잖게 행동하고 경건한 말을 하려고 노력했다. 엘리사는 그렇게 행복하게 여행을 했지만 딱 한 가지 못하는 것이 바로 코담배 끊기였다. 엘리사는 집에 두고 온 코담배 생각이 간절했다. 그러다 길에서 만난 한 남자가 코담배를 조금 나눠 주었고 엘리사는 친구가 유혹에 빠지지 않게 하려고 가끔씩 뒤에 처져서 코담배를 맡았다.

에핌도 능숙하고 당당하게 걸어갔다. 그릇된 행동을 하지 않았고 쓸데없는 말도 하지 않았다. 하지만 마음이 그리 가볍지는 않았다. 집 걱정이 마음을 짓눌렀기 때문이다. 에핌은 집에서 무슨 일이 벌어지고 있는지 계속 마음이 쓰였다. 잊어버리고 아들에게 당부하지 않은 일이 혹시 있지 않을까? 아들이 일을 제대로 처리할까? 길을 걷다가 감자를 심거나 거름을 운반하는 모습을 보면 아들이 자기가 지시한 대로 잘하고 있을지 궁금했다. 심지어 돌아가서 아들에게 방법을 보여주거나 직접 일을 하고 싶어서 안달이 났다.

3

노인들이 길을 떠난 지 오 주가 지났다. 소러시아(우크라이나의 옛 이름)에 도착했을 때는 집에서 만든 나무껍질 신발이 닳아서 새 신발을 사야 했다. 집을 떠난 뒤로는 돈을 내고 음식을 사 먹고 잠을 자야 했지만 소러시아에 도착하자 사람들이 경쟁하듯 두 노인을 자기 집으로 청했다. 이곳 사람들은 노인들을 자기 집에서 묵게 하고 음식을 대접하면서도 돈은 받지 않으려 했다. 뿐만 아니라 길에서 먹으라고 빵이나 케이크까지 챙겨 주었다.

두 노인은 이렇게 공짜로 팔백 킬로미터 정도를 여행했다. 하지만 다음 지방을 지나자 흉년이 든 곳이 나타났다. 이곳 농부들은 노인들을 공짜로 재워 주긴 했지만 공짜로 음식을 주지는 않았다. 때로는 빵 한 조각조차 구하기 힘들었다. 노인들이 빵 값을 내겠다고 해도 줄 빵이 없었기 때문이다. 사람들은 작년 수확을 완전히 망쳤다고 했다. 잘살던 사람들도 망해서 가진 걸 모두 팔아야 했고 그럭저럭 살던 사람들은 지독한 가난에 시달리게 되었다. 팔 것도 없는 가난한 사람들은 이리저리 구걸을 하거나 빈털터리로 속절없이 굶고 있었다. 겨울이 되자 사람들은 밀기울이나 명아주로 끼니를 이어야 했다.

어느 날 밤 노인들은 작은 마을에 들렀다. 노인들은 마을에서 빵 칠 킬로그램을 사고는 잠이 들었다. 뜨거운 볕이 내리쬐기 전에 더 많이 걸을 요량으로 해 뜨기 전에 출발했다. 노인들은 십이 킬로미터 정도 걷다가 개울가에 앉아 그릇에 물을 떠 빵을 조금 적셔 먹으며 잠시 쉬었다. 엘리사가 코담배 상자를 꺼냈다. 에핌은 그 모습을 보고 고개를 흔들었다.

"그 고약한 버릇은 왜 버리질 못하는 건가?"

엘리사가 손사래를 쳤다.

"이 몹쓸 버릇이 나를 이겨 먹는다네."

노인들은 곧 일어나 출발했다. 다시 십이 킬로미터쯤 걸은 뒤 노인들은 큰 마을에 도착했지만 쉬지 않고 통과했다. 햇살이 뜨거워져 있었다. 지친 엘리사는 잠시 쉬면서 물을 마시고 싶었지만 에핌은 걸음을 멈추지 않았다. 에핌은 친구보다 걸음이 빨랐고 엘리사는 친구와 보조를 맞추기가 힘들다는 것을 알게 되었다.

"물을 마실 수 있으면 좋으련만."

엘리사가 말했다.

"음, 마시게. 나는 괜찮아."

엘리사가 멈춰 섰다.

"자네는 계속 가게. 나는 저기 작은 오두막에 잠시 들렀다가 바로 뒤따라가겠네."

에핌은 알았다고 대답하고는 혼자 큰길을 따라 걸어갔고 엘리사는 오두막 쪽으로 몸을 돌렸다.

진흙으로 지은 작은 오두막이었다. 아래쪽은 어두운 색으로, 꼭대기는 흰색으로 칠해 놓았지만 진흙덩이가 바스러져 있었다. 진흙을 다시 바른 지 오래된 게 틀림없었고 지붕 한쪽의 짚도 떨어져 나가고 없었다. 오두막에 들어가려면 마당을 지나야 했다. 마당으로 들어선 엘리사는 오두막 주위를 둘러싼 흙더미 옆에 누워 있는 한 남자를 보았다. 남자는 깡마르고 수염이 없었으며 소러시아의 풍습대로 셔츠를 바지 안에 집어넣은 차림이었다. 남자는 분명 그늘에 누웠겠지만 지금은 해가 높이 떠서 햇빛을 고스란히 받고 있었다. 잠이 든 건 아닌데도 계속 그곳에 누워 있었다. 엘리사가 남자에게 말을 걸며 물을 청했지만 대꾸가 없었다.

'아프거나 쌀쌀맞은 사람인가 보군.'

엘리사가 생각했다. 엘리사가 문가로 가는데 그때 오두막 안에서 아이의 울음소리가 들렸다. 엘리사는 손잡이 역할을 하는 종을 잡고 문을 두드렸다.

"계세요?"

아무 대답도 없었다. 엘리사는 지팡이로 다시 문을 두드렸다.

"안에 계세요?"

아무 기척도 없었다.

"여보세요!"

여전히 대답이 없었다.

엘리사가 막 돌아서려 했을 때였다. 문 안쪽에서 신음소리가 들리는 것 같았다.

"이런! 이 가족에게 뭔가 불행한 일이 닥친 게 분명해. 무슨 일인지 알아봐야겠어."

엘리사는 오두막 안으로 들어갔다.

4

엘리사는 손잡이를 돌려 보았다. 문은 잠겨 있지 않았다. 조심스레 문을 열고 좁은 복도를 걸어 들어갔다. 거실로 향하는 문도 열려 있었다. 왼쪽에는 벽돌 화덕이 있고 마주 보이는 벽 앞에는 성상을 올려놓은 받침대가, 그 앞에는 탁자가 놓여 있었다. 탁자 옆의 의자에 모자도 쓰지 않고 옷을 하나만 걸친 노파가 앉아 있었다. 노파는 탁자에 고개를 처박고 있었다. 그 옆에는 비쩍 마르고 배만 불룩 튀어나온, 얼굴이 누렇게 뜬 아이가 노파의 소매를 잡아당기며 울어 대면서 뭔가를 달라고 보채고 있었다.

엘리사는 거실로 들어갔다. 집 안에서는 악취가 진동했다. 주위를 둘러보니 화덕 뒤쪽에 한 여자가 바닥에 누워 있었다. 여자는 눈을 감고 목에서 가래 끓는 소리를 내며 바닥에 납작 드러누워서는 다리를 바르작거리고 있었다. 악취는 그 여자에게서 나는 듯했다. 여자는 혼자서는 아무것도 할 수 없는데 도와주는 사람도 없는 게 분명했다. 노파가 고개를 들더니 낯선 이를 쳐다보았다.

"무슨 일이세요?"

노파가 물었다.

"뭐가 필요하세요? 우린 가진 게 아무것도 없답니다."

노파는 소러시아 사투리를 썼지만 엘리사는 그 말을 알아들었다.

"물을 얻어 마시려고 들어왔습니다."

엘리사가 대답했다.

"물을 떠올 사람이 아무도, 아무도 없어요. 그냥 가세요."

엘리사가 물었다.

"그러면 저 여인을 돌볼 만한 사람도 없습니까?"

"없어요. 아무도 없어요. 내 아들은 집 밖에서 죽어 가고 있고 우리는 집 안에서 죽어 가고 있는걸요."

어린 남자아이는 낯선 사람을 보더니 울음을 그쳤다가 노파가 말을 시작하자 다시 노파의 소매를 잡아당기며 울부짖었다.

"빵 주세요, 할머니. 빵 주세요."

엘리사가 노파에게 무언가를 물어보려고 하는데 남자가 비틀거리며 오두막으로 들어왔다. 남자는 벽에 기대어 복도를 지나 거실로 들어오자 문지방 옆의 구석에 쓰러져 버렸다. 겨우 다시 일어나서는 의자까지 오려 하지도 않고 더듬더듬 말하기 시작했다. 남자는 한 번에 한 단어를 뱉고는 말을 멈추고 헐떡거리며 숨을 돌렸다.

"병마가 우리를 덮쳤습니다…… 굶주림도요. 아이가 굶어 죽어 가고 있어요."

남자는 아이 쪽을 가리키더니 흐느끼기 시작했다.

엘리사는 어깨에 메고 있던 가방을 벗어 의자 위에 올려놓고 끈을 풀었다. 엘리사는 가방에서 빵 한 덩어리를 꺼내 칼로 잘게 잘라서 남자에게 건넸다. 남자는 빵을 받지 않고 남자아이와 화덕 옆에 쪼그리고 앉아 있는 어린 여자아이를 가리켰다. "저 아이들에게 빵을 주세요"라고 말하는 것 같았다.

엘리사는 남자아이에게 빵을 내밀었다. 아이는 빵 냄새를 맡더니 팔을 뻗어 조그만 양손으로 빵 조각을 움켜쥐었다. 그러고는 빵에 코를 파묻고 물어뜯었다. 어린 소녀는 화덕 뒤에서 나와 빵을 뚫어져라 쳐다보았다. 엘리사는 이 아이에게도 한 조각을 주었다. 그런 다음 또 한 조각을 잘라 노파에게 내밀자 노파도 우적우적 먹었다.

"물을 좀 떠올 수 있으면 얼마나 좋을까. 애들 입 안이 바싹 말랐을 텐데. 어제, 아니 오늘이었나? 기억이 잘 안 나네. 내가 물을 좀 떠 오려고 했지만 넘어져서 도저히 갈 수가 없었어요. 누가 집어 가지만 않았다면 들통이 아직 거기에 있을 텐데."

엘리사는 우물이 어디에 있는지 물었다. 노파가 알려 주자 엘리사는 밖으로 나가 들통을 찾았다. 그러고는 물을 좀 길어 와서 사람들에게 마시게 했다. 아이들과 노파는 물과 함께 빵을 조금 더 먹었지만 남자는 먹지 않았다.

"저는 빵을 넘길 수가 없습니다."

남자가 말했다.

그때까지도 젊은 여자는 정신을 차리지 못했고 계속해서 다리를 버둥거렸다. 잠시 후에 엘리사는 마을의 상점으로 가서 수수와 소금, 밀가루, 기름을 샀다. 도끼를 찾아 장작도 좀 패서 불을 지폈다. 어린 소녀가 와서 엘리사를 도왔다. 엘리사는 수프를 끓여 굶주린 사람들에게 먹게 했다.

5

남자는 수프를 조금 먹었고 노파도 약간 먹었다. 어린 여자아이와 남자아이는 그릇까지 깨끗하게 핥아 먹은 뒤 몸을 동그랗게 말고 누웠다. 그러고는 서로 안은 채 금세 잠이 들었다.

남자와 노파는 엘리사에게 왜 이 지경에 이르게 되었는지 들려주기 시작했다.

"우리는 전에도 무척 가난했어요. 그런데 흉년이 들어 우리가 거둔 작물로는 가을까지 버티기도 힘들었지요. 겨울이 되자 먹을 게 바닥나서 이웃집들을 다니며 구걸을 해야 했어요. 손 벌릴 수 있는 사람들은 다 찾아갔지요. 사람들은 처음에는 먹을 걸 주었지만 곧 거절하기 시작했어요. 어떤 사람들은 우리를 돕고 싶어 했지만 줄 것이 없었고요. 우리는 도와달라고 하기가 부끄러웠어요. 모두에게 신세를 졌죠. 돈과 밀가루, 빵을 빌렸거든요."

"일자리를 찾아보았지만 구할 수가 없었어요."

남자가 말했다.

"어디나 품삯이 형편없는 일밖에 없었어요. 하루 일하고 나면 그 뒤에 이틀은 또 일을 찾아다녀야 했지요. 노모와 딸이 멀리까지 가서 구걸을 했지만 거의 빈손으로 돌아왔어요. 빵이 아주 귀했죠. 그래도 우리는 어떻게든 음식을 긁어모아서 다음 추수 때까지 버틸 수 있길 바랐는데 봄 즈음이 되자 사람들이 아무것도 주지 않았어요. 그러다 이 병이 우리를 덮쳤지요. 상황이 점점 더 나빠졌어요. 하루 먹을 것을 겨우 구하면 그 뒤에 이틀은 쫄쫄 굶어야 했어요. 하는 수 없이 우리는 풀을 먹기 시작했어요. 그런데 풀 때문인지, 무엇 때문인지 모르지만 아내가 병에 걸렸어요. 아내는 저렇게 누워 일어설 수가 없고 저도 기력이 다 떨어졌답니다. 도저히 우리 가족이 살아날 방법이 없어요."

노파가 말을 이었다.

"한동안 저 혼자서 발버둥 쳐 봤지만 먹는 게 없으니 결국 저도 점점 쇠약해졌어요. 손녀딸도 허약해지고 겁이 많아졌지요. 이웃집에 심부름을 보내도 나가지 않고 구석으로 기어들어가 웅크리고 있어요. 그저께 한 이웃이 와서 들여다보더니 병들고 굶주린 우리를 외면하고 돌아갔어요. 그 여자는 남편이 떠나 버린 데다 자기 아이들 먹일 것도 없었거든요. 그래서 우리는 죽음을 기다리며 누워 있었답니다."

사연을 들은 엘리사는 그날 안으로 친구를 뒤따라갈 생각을 단념하고 그 집에 머물렀다.

아침에 일어난 엘리사는 마치 자기 집인 양 집안일을 하기 시작했다. 엘리사는 노파의 도움을 받아 빵을 반죽하고 불을 지폈다. 그런 다음 어린 여자아이와 함께 이웃집에 가서 당장 필요한 물건들을 얻었다. 요리 기구며 옷까지 전부 빵을 사려고 내다 팔아서 오두막에는 아무것도 없었기 때문이다. 엘리사는 집에 필요한 것들은 직접 만들거나 돈을 주고 장만하기 시작했다. 엘리사가 그 집에 머문 지 하루, 이틀, 사흘이 지났다. 남자아이는 기운을 차려 엘리사가 의자에 앉아 있으면 다가와 엘리사의 품을 파고들었다. 여자아이도 생기를 되찾아 "아저씨, 아저씨" 부르면서 엘리사 뒤를 졸졸 쫓아다니며 무슨 일이든 도왔다.

노파는 기력을 회복하여 바깥나들이를 할 정도가 되었다. 남자 역시 병세가 호전되어 벽을 짚고 걸을 수 있게 되었다. 그의 아내만 일어나지 못했지만 사흘째 되던 날에는 의식이 돌아와 먹을 것을 달라고 했다.

엘리사는 생각했다.

'흠, 순례 중에 다른 일에 이렇게 시간을 뺏기게 될 줄은 예상하지 못했는데. 하지만 이제 떠나야겠어.'

6

나흘째 되던 날은 여름 단식이 끝나고 맞이하는 첫 축일이었다. 엘리사는 생각했다.

'오늘은 이 사람들과 함께 단식을 마치는 기념으로 식사를 해야겠어. 나가서 뭘 좀 사다가 이 가족과 축일을 지킨 다음 내일 저녁에 떠나야겠다.'

엘리사는 마을에 가서 우유, 밀가루, 기름을 사 왔고 다음 날 먹을 음식을 장만하는 노파를 도왔다. 축일 날 엘리사는 교회에 다녀온 뒤 오두막 식구들과 단식을 끝내는 식사를 했다. 그날 그 집 안주인이 몸을 일으켜 조금씩 움직일 수 있게 되었다. 남자는 면도를 하고 노파가 빨아 놓은 깨끗한 셔츠를 입었다. 그리고 자기 논밭과 목초지를 저당 잡은 마을의 부유한 농부를 찾아가 자비를 구했다. 남자는 농부에게 다음 추수 때까지 목초지와 논밭을 사용할 수 있게 해 달라고 간청했다. 하지만 부유한 농민은 인정을 베풀지 않고 "돈을 가져오게"라고만 잘라 말했다.

엘리사는 다시 혼자 생각에 빠졌다.

'이 가족은 이제 어떻게 살아야 하나? 다른 사람들은 건초를 만들겠지만 이 가족은 목초지를 저당 잡혀서 풀을 벨 곳이 없어. 올해는 어머니이신 대지가 대풍작을 주시고 있어서 호밀이 익으면 다른 사람들은 거두어들이겠지만 이 가족은 아무것도 거둘 게 없어. 사천 평에 가까운 땅은 부자 농부에게 저당이 잡혀 있으니까. 내가 떠나면 이 사람들은 처음에 내가 발견했을 때의 상태로 되돌아갈 거야.'

엘리사는 마음을 정하지 못하다가 결국 그날 저녁에 떠나지 않고 다음 날까지 기다리기로 했다. 엘리사는 마당으로 나가 잠을 청했다. 기도를 하고 누웠지만 잠이 오지 않았다. 너무 많은 시간과 돈을 썼기 때문에 마음 한구석에서는 떠나야 겠다고 생각했지만 다른 한편으로는 이 가족이 측은했다.

"밑 빠진 독에 물 붓는 격이야. 처음에 난 물을 좀 떠다 주고 빵을 한 조각씩 나눠 주려고 했을 뿐이야. 그런데 지금 내가 어디에 있는지 봐. 당장은 목초지와 옥수수 밭을 되찾아야 돼. 그런 다음에는 가족에게 소를 사 주고, 곡물을 실어 나를 수 있도록 남자에게 말도 사 줘야 할 거야. 고생길에 접어들었군, 엘리사! 넌 제 발등을 찍고 이러지도 저러지도 못하고 있구나!"

엘리사는 일어나서 베개로 쓰고 있던 외투를 편 뒤 상자를 꺼내 코담배를 한 줌 집었다. 코담배를 맡으면 생각이 정리될지 모른다는 기대에서였다.

하지만 전혀 그렇지 않았다! 아무리 생각해도 결론이 나지 않았다. 그는 떠나야 했다. 하지만 동정심이 발목을 잡았다. 엘리사는 어찌 해야 할지 갈피를 잡을 수가 없었다. 엘리사는 다시 외투를 접어 베고 누웠다. 그렇게 한참을 누워 있자니 어느새 수탉이 첫울음을 울었다. 그제야 졸음이 몰려오는데 갑자기 누군가가 그를 깨우는 것 같았다. 가만 보니 자신은 길 떠날 채비를 하고 등에 가방을 짊어진 채 지팡이를 들고 있었다. 그리고 엘리사가 빠져나갈 수 있게 문이 조금 열려 있었다. 엘리사가 막 나가려는데 한쪽 울타리에 가방이 걸렸다. 엘리사가 가방을 빼내려 했지만 이번에는 종아리를 묶은 행전이 다른 쪽 울타리에 걸려 풀어져 버렸다. 엘리사가 가방을 잡아당기다 보니 가방은 울타리에 걸린 게 아니었다. 어린 소녀가 가방을 잡고 "빵 주세요, 아저씨. 빵 주세요!"라며 울고 있었다.

엘리사가 발치께를 내려다보니 이번에는 어린 소년이 행전을 부여잡고 있었고 오두막 주인과 노파는 창문에서 자기를 바라보고 있었다.

그 순간 엘리사는 잠에서 깨어났다. 그리고 또렷한 목소리로 말했다.

"내일 이 가족이 저당 잡힌 옥수수 밭을 찾아 주고 말 한 마리와 추수 때까지 버틸 밀가루를 사 주자. 아이들을 위해 소도 한 마리 사 주고. 그러지 않으면 바다를 건너 주님을 뵈러 가는 동안 내 안에서 주님을 잃게 될지도 몰라."

엘리사는 곧 잠이 들었고 아침까지 잤다. 그는 일찍 일어나 부유한 농부를 찾아가 옥수수 밭과 목초지를 되찾고 큰 낫(이것도 팔아 버리고 없었다)을 사서 들고 왔다. 그런 뒤 남자에

게 낫을 주어 풀을 베러 보내고 자신은 마을로 갔다. 주막에
서 말과 수레를 판다는 이야기를 들은 엘리사는 주인과 흥정
하여 그것들을 샀다. 그리고 밀가루 한 포대를 사서 수레에
싣고 이번에는 소를 보러 갔다. 엘리사는 이야기를 나누면서
지나가던 두 여자를 앞질러 걸어갔다. 여자들은 소러시아 사
투리를 썼지만 엘리사는 두 사람 말을 알아들을 수 있었다.

"처음에는 그 사람이 누군지 몰랐나 봐. 그냥 평범한 사
람이라고 생각했대. 물을 얻어 마시려고 들어왔다가 그 집에
머물게 됐다고 하더라고. 그 사람이 그 집 식구들에게 사 준
것들을 생각해 봐! 세상에, 오늘 아침에는 주막에서 말과 수
레를 샀대! 세상에 어디 그런 사람이 흔해? 어떤 사람인지 가
서 한번 보자고."

엘리사가 들어 보니 여자들이 자기 칭찬을 하고 있었다.
엘리사는 소를 사러 가지 않고 주막으로 되돌아가 말 값을 내
고 마구를 채운 뒤 오두막까지 타고 갔다. 오두막의 가족들은
말을 보고 깜짝 놀랐다. 자기들 주려고 사 온 것일지도 모른
다는 생각이 들었지만 물어볼 엄두가 나지 않았다. 남자가 나
와서 문을 열었다.

"말이 어디에서 나셨어요, 어르신?"

남자가 물었다.

"음, 내가 샀다네."

엘리사가 대답했다.

"싸게 샀어. 이놈이 밤에 먹을 수 있게 가서 풀을 좀 베어다 여물통에 넣어 주게. 밀가루 포대도 들여놓고."

남자는 마구를 푼 뒤 포대를 헛간에 들여놓고 풀을 베어다 여물통에 넣었다. 모든 사람이 자려고 누웠다. 엘리사는 밖으로 나가 길가에 누웠다. 그날 저녁 엘리사는 가방을 가지고 나왔다. 모두 잠들자 엘리사는 일어나 가방을 꾸려서 짊어지고 다리에 행전을 둘렀다. 그리고 신발을 신고 외투를 입은 뒤 에핌을 쫓아가기 위해 서둘러 출발했다.

7

오 킬로미터 정도를 걷다보니 동이 트기 시작했다. 엘리사는 나무 밑에 앉아 가방을 열어 남은 돈을 세어 보았다. 고작 십칠 루블 이십 코페이카뿐이었다.

"음, 이 돈으로 바다를 건너려면 어림도 없겠어. 구걸까지 하면서 길을 가는 건 아예 가지 않느니보다 못해. 친구 에핌이 혼자 예루살렘에 도착해 신전에 내 이름으로 초를 올려 주겠지. 이번 생에 내 맹세를 지키지 못하는 건 아쉽지만 자비로운 주님과 죄인을 용서하는 분이 하신 일이니 감사해야 돼."

엘리사는 벌떡 일어서서 가방을 어깨에 들쳐 메고 돌아섰다. 엘리사는 누구의 눈에도 띄고 싶지 않아서 그 가족이 사는 마을을 멀리 돌아 집을 향해 힘차게 걸었다. 갈 때는 길이 험하게 느껴지고 에픰을 따라가기 힘들었지만 돌아가는 길은 하나님이 도와주셔서 피로한 줄 몰랐다. 걷는 게 마치 아이들 놀이처럼 느껴질 정도였다. 엘리사는 지팡이를 휘두르며 하루에 육십에서 팔십 킬로미터씩 걸었다.

엘리사가 집에 도착하자 추수는 이미 끝나 있었다. 가족들은 엘리사를 반갑게 맞이했다. 모두들 무슨 일이 있었는지 궁금해하며 왜 뒤에 처졌는지, 왜 예루살렘에 가지 않고 돌아왔는지 물어보았다. 하지만 엘리사는 사실대로 이야기하지 않았다.

"내가 예루살렘에 가는 건 하나님의 뜻이 아니었어."

엘리사가 말했다.

"가는 도중에 돈을 잃어버린 데다 친구 뒤에 처지게 되었어. 가족들 볼 낯이 없군."

엘리사는 남은 돈을 늙은 아내에게 주었다. 그러고 나서 집안일에 대해 물었다. 들어 보니 만사가 순조로웠다. 모든 게 잘 마무리되었고 내버려 둔 일도 없었으며 가족 모두 뜻을 맞춰 평화롭게 살고 있었다.

그날 에픰의 가족이 엘리사가 돌아왔다는 소식을 듣고 에픰의 소식을 물으려고 찾아왔다. 엘리사는 에픰의 가족에게도 같은 대답을 했다.

"에핌은 걸음이 빨라요. 우리는 성 베드로 축일 사흘 전에 헤어졌지요. 원래는 뒤따라가 에핌을 만날 생각이었지만 갖가지 일이 벌어졌지 뭡니까. 그러다 돈을 잃어버리는 바람에 더 이상 갈 수 없어서 난 그냥 돌아왔답니다."

사람들은 이 현명한 노인이 그렇게 어리석은 행동을 했다는 데 놀랐다. 길을 떠났는데 목적지에 도착하지도 못하고 돈을 다 허비해 버렸다니. 사람들은 한동안 의아하게 여겼지만 시간이 지나자 그 일은 머릿속에서 모두 지워졌다. 엘리사도 잊어버렸다. 엘리사는 다시 집안일을 하기 시작했다. 아들의 도움을 받아 겨울을 날 땔감을 장만하고 여자들과 함께 곡식을 탈곡했다. 그런 다음 별채의 초가지붕을 손보고 벌통에 덮개를 씌웠다. 그리고 봄에 팔았던 벌통 열 개와 거기서 분봉한 벌통들까지 모두 이웃에게 넘겨주었다. 아내는 이 벌통들에서 벌통이 몇 개나 분봉되었는지 말하려 하지 않았지만 엘리사는 그 벌통에서 분봉한 것들과 아닌 것을 얼마든지 구분할 수 있었다. 그래서 엘리사는 열 개가 아니라 열일곱 개의 벌통을 이웃에게 주었다. 월동 준비를 모두 마치자 엘리사는 아들에게 일자리를 찾아보라고 내보내고 자신은 벌통을 만들 통나무의 속을 파내 나무껍질 신발을 삼기 시작했다.

엘리사가 병든 사람들의 오두막에 남았던 날 에핌은 하루 종일 친구를 기다렸다. 에핌은 엘리사와 헤어진 뒤 조금 걸어가다 쉬며 기다리고 또 기다렸다. 잠깐 눈을 붙이고 일어나 또 기다렸지만 친구는 오지 않았다. 에핌은 눈이 빠지도록 엘리사가 올 방향을 쳐다보았다. 태양이 나무 뒤로 지고 있었지만 엘리사의 모습은 여태 보이지 않았다.

에핌은 이렇게 생각했다.

'엘리사가 나를 지나쳤나 보군. 아니면 누군가가 태워 줘서 내가 잠든 사이 나를 못 보고 지나쳤는지도 모르고. 그런데 어째서 날 못 봤을까? 이곳 초원지대에서는 멀리까지 한눈에 다 보이는데 말이야. 되돌아가야 할까? 하지만 엘리사가 나보다 앞서갔으면 어쩌지. 그럼 서로를 완전히 놓치게 될 텐데, 그래선 안 되지. 계속 앞으로 가는 편이 낫겠어. 어쩌면 오늘 밤 묵을 곳에서 만날지도 모르지.'

마을에 도착한 엘리사는 야경꾼에게 이러저러한 노인이 오면 자기가 머무는 집으로 데려와 달라고 말해 두었다. 하지만 그날 밤 엘리사는 나타나지 않았다. 에핌은 계속 길을 걸었고 도중에 만나는 사람마다 머리가 벗어진 몸집이 작은 노인을 보지 않았는지 물어보았다. 그러나 그런 여행자를 본 사람은 아무도 없었다. 에핌은 이상한 생각이 들었지만 "분명

오데사나 배 위에서 만날 거야"라고 중얼거리며 더 이상 신경 쓰지 않았다.

도중에 에핌은 사제복을 입고 긴 머리에 성직자들이 쓰는 것 같은 테두리 없는 작은 모자를 쓴 순례자를 만났다. 이 순례자는 아토스 산(그리스 북부에 있는 산. 그리스 정교회의 성지)에 간 적이 있었으며 지금은 예루살렘에 두 번째 가는 길이었다. 같은 숙소에서 하룻밤 묵게 된 두 사람은 함께 길을 떠났다.

두 사람은 오데사에 무사히 도착했고 그곳에서 사흘 동안 배를 기다려야 했다. 여러 다른 지역에서 온 많은 순례자들도 같은 처지였다. 이곳에서도 에핌은 엘리사를 본 사람이 있는지 수소문했지만 그를 본 사람은 아무도 없었다.

에핌은 여권을 발급받느라 오 루블, 예루살렘까지 갔다 올 왕복표를 사는 데 사십 루블을 썼다. 여행 중에 먹을 빵과 청어도 샀다.

순례자는 에핌에게 삯을 내지 않고 배에 타는 방법을 알려 주려 했지만 에핌은 듣지 않고 "싫소, 나는 뱃삯을 준비해 왔소. 돈을 내고 타겠소"라고 말했다.

화물을 배에 먼저 싣고 난 뒤 순례자들이 배에 올랐다. 에핌과 그의 새로운 길동무도 그 틈에 끼었다. 닻이 오르고 배는 항구를 떠나 바다로 나갔다.

낮에는 내내 평온한 항해였는데 밤이 다가오면서 바람이

거세지고 비가 오기 시작했다. 배가 이리저리 흔들렸고 바닷물이 배 안으로 넘쳐 들어왔다. 승객들은 잔뜩 겁에 질렸다. 여자들은 울면서 비명을 질렀고 남자들 중에도 심약한 치들은 안전한 곳을 찾아 배 안을 뛰어다녔다. 에픾도 무서웠지만 내색하지 않고 처음 배에 탔을 때 자리 잡았던 갑판 위에 꿋꿋이 버티고 있었다. 에픾의 옆에는 탐보프에서 온 노인들 몇 명이 있었다. 노인들은 밤새, 그리고 그다음 날까지도 짐 가방을 꼭 붙잡고 그 자리에 조용히 누워 있었다. 사흘째 되던 날 파도가 잔잔해졌고 다섯째 날 배가 콘스탄티노플에 정박했다. 몇몇 순례자들은 터키인의 손에 들어간 세인트 소피아 성당을 방문하려고 배에서 내렸다. 에픾은 배에 머무른 채 흰 빵만 조금 샀다. 배는 콘스탄티노플에서 하루를 머물고는 다시 출항했다. 스미르와 알렉산드리아에 들렀다가 마침내 최종 목적지인 야파에 무사히 도착했다. 여기에서 예루살렘까지는 육십 킬로미터 넘게 남아 있었다. 배에서 내릴 때 사람들은 다시 겁을 먹었다. 뭍으로 실어다 줄 보트에 옮겨 타야 했는데 배가 높아서 보트 위로 뛰어내려야 했다. 게다가 보트가 심하게 흔들리는 바람에 바닷물에 빠지기 십상이었다. 남자 두 명이 물에 젖었지만 결국 모두 무사히 땅을 밟았다.

에픾과 새 길동무는 계속해서 걸어 사흘째 되던 날 정오에 예루살렘에 도착했다. 두 사람은 시내 외곽에 있는 러시아 여인숙에 묵으면서 여권 수속을 밟았다. 점심을 먹은 뒤 에핌은 새 길동무와 함께 성소聖所를 방문했지만 입장 시간이 아니어서 대주교 관할교구로 갔다. 순례자들이 그곳에 모두 모여 있었다. 여자들은 남자들과 떨어져 따로 앉아 있었는데, 모두 맨발로 둥글게 둘러앉아야 했다. 그런 뒤 수사 한 명이 수건을 들고 와서 순례자들의 발을 씻고 닦아 준 다음 발에 입을 맞추었다. 둘러앉은 모든 순례자들에게 다 그렇게 했다. 에핌의 발도 씻어 주고 입을 맞춰 주었다. 에핌은 저녁기도와 아침기도 시간 내내 서서 기도를 드렸다. 그리고 성전에 초를 올리고 자신의 부모 이름이 쓰인 작은 책자를 제출했다. 교회의 기도시간에 이 이름들이 언급될 수도 있었다. 대주교 관할교구에서는 순례자들에게 음식과 포도주를 주었다.

다음 날 아침 두 사람은 이집트의 성 마리아가 고행을 하며 살았던 작은 기도처에 갔다. 두 사람은 여기에도 초를 올리고 기도문을 읽었다. 그다음에는 아브라함의 수도원에 가서 아브라함이 자기 아들을 하나님에게 제물로 바치려 했던 장소를 보았다. 이어서 예수가 막달라 마리아에게 나타났던 장소와 예수의 형제인 야고보의 교회를 방문했다. 함께 다니던 순례자가 에핌에게 이곳들을 모두 구경시켜 주었고 각 장소에서 돈을 얼마나 내야 하는지도 알려 주었다. 두 사람은 정오에 여인숙으로 돌아가 점심을 먹었다. 누워서 쉴 준비를 하는데 순례자가 고함을 지르며 자기 옷들을 샅샅이 뒤지기 시작했다.

"내 지갑을 잃어버렸소. 이십삼 루블이 들어 있었는데. 십 루블짜리 지폐 두 장에 나머지는 동전이었소."

순례자는 한숨을 쉬며 몹시 안타까워했지만 뾰족한 방도가 없었기 때문에 두 사람은 그냥 누워서 잠을 청했다.

9

자려고 누운 에핌은 시험에 들었다.

'누군가가 이 자의 돈을 훔쳐 간 게 아냐. 난 이 자에게 돈이 있었다는 말을 안 믿어. 이 사람은 나보고는 내라고 하면서 자기는 한 번도 돈을 낸 적이 없어. 나한테 일 루블을 빌리기까지 했잖아.'

이런 생각이 들자 에핌은 자신을 꾸짖었다.

'내가 무슨 권리로 사람을 판단하지? 그건 죄야. 이 일은 더 이상 생각하지 말자.'

하지만 딴 생각을 하려고 해도 자꾸만 옆에 누운 순례자에 대한 생각이 떠올랐다. 그는 돈에 대해 관심이 많았으며, 지갑을 도둑맞았다고 하는 말은 더더욱 믿기 어려웠다. 에핌은 이런 생각이 들었다.

'저 사람은 처음부터 돈이 없었어. 지갑을 잃어버렸다는 건 지어낸 말이야.'

두 사람은 저녁 무렵에 일어나 예수의 무덤이 있는 부활교회의 자정예배에 참석했다. 순례자는 에핌 옆에 바싹 붙어서 어디든 함께 갔다. 두 사람이 교회에 도착하니 많은 순례자들이 와 있었다. 러시아인들과 그리스, 미국, 터키, 시리아 등 여러 나라에서 온 사람들이었다. 에핌은 순례자들과 함께 성스러운 문으로 들어갔다. 한 수사가 이들을 이끌고 터키인 보초병들을 지나 예수를 십자가에서 내려 몸에 향유를 발랐던 곳으로 데려갔다. 아홉 개의 커다란 촛대에 초가 밝혀져 있었다. 수사가 하나하나 보여 주면서 설명했다. 에핌은 그곳에 초를 바쳤다. 그러자 수사는 에핌을 오른쪽으로 안내하더니 계단을 올라갔다. 십자가가 서 있던 골고다 언덕이 나타났다. 에핌은 그곳에서 기도를 올렸다. 그런 다음 수사는 에핌에게 땅이 가장 깊은 곳까지 갈라졌던 장소, 예수의 손과 발을 십자가에 못 박았던 장소, 예수의 피가 아담의 뼈에 떨어진 곳인 아담의 무덤을 구경시켜 주었다. 가시면류관을 씌울 때 예수가 앉아 있었던 돌과 예수가 묶여 채찍질을 당했던 기둥도 보여 주었다. 그런 뒤 에핌은 예수의 발을 놓으려 두 개의 구멍을 뚫은 돌을 보았다. 수사가 에핌에게 다른 것을 보여 주려는데 사람들이 술렁거리더니 모두들 부리나케 예수 성묘교회로 갔다. 이제 막 라틴어 예배가 끝나고 러시아어 예배가 시작되고 있었다. 에핌도 무리에 섞여 바위 속에 판 무덤으로 갔다.

에핌은 아직도 마음으로 죄를 짓고 있어서 순례자에게서 벗어나려 애썼지만 순례자는 그의 곁을 떠나지 않고 성묘교 회의 예배까지 동행했다. 두 사람은 앞쪽으로 가려고 했지만 너무 늦었다. 사람들이 너무 많아서 옴짝달싹할 수가 없었다. 에핌은 앞쪽을 쳐다보며 서서 기도를 드렸다. 그러면서 가끔 씩 자기 지갑을 만져 보았다. 마음이 갈팡질팡했다. 순례자가 자기를 속이고 있다는 생각이 들다가도 지갑을 도둑맞았다 는 순례자의 말이 사실이라면 자기에게도 같은 일이 벌어질 수 있다고 걱정이 되었던 것이다.

10

에핌은 서서 작은 예배당을 뚫어져라 바라보았다. 예배당 안에는 불이 밝혀진 서른여섯 개의 등불 아래에 성묘가 있었 다. 에핌은 사람들의 머리 너머로 무언가를 보고는 깜짝 놀 랐다. 맨 앞쪽, 신성한 불이 타고 있는 등잔 바로 아래에 회색 외투를 입은 노인이 보였는데 벗어진 머리가 번쩍거리는 것 이 꼭 엘리사 보드로프 같았다.

에핌은 노인이 엘리사를 닮았다고 생각했다.

'하지만 엘리사일 리가 없어. 엘리사가 나를 앞지를 수는 없잖아. 우리 앞에 떠난 배는 일주일 전에 출발했어. 엘리사가 그 배를 탔을 리는 없고 우리 배에도 타지 않았어. 내가 배에 탔던 순례자들은 다 살펴봤는데 없었잖아.'

에핌이 이런 생각을 하고 있을 때 몸집이 작은 그 노인이 기도를 하기 시작했다. 노인은 하나님을 향해 한 번 절한 뒤 양 옆의 순례자들에게 한 번씩 모두 세 번 절을 했다. 노인이 고개를 오른쪽으로 돌렸을 때 에핌은 그를 알아보았다. 엘리사 보드로프였다. 희끗희끗해지고 있는 구불거리는 검은 턱수염, 눈썹, 이마, 코 그리고 표정까지 엘리사가 분명했다!

에핌은 친구를 다시 만나게 되어 몹시 기뻤고, 어떻게 엘리사가 자기를 앞질렀는지 궁금했다.

에핌은 속으로 생각했다.

'훌륭해, 엘리사! 저렇게 앞쪽까지 밀고 나간 것 좀 봐. 누가 방법을 가르쳐 준 게 틀림없어. 이곳에서 나가면 엘리사를 찾아야지. 사발 모양 모자를 쓴 저 작자를 떼어 버리고 엘리사 옆에 꼭 붙어 있을 거야. 아마 엘리사가 내게 앞쪽으로 가는 요령을 가르쳐 줄 거야.'

에핌은 엘리사를 놓치지 않으려고 그에게서 눈을 떼지 않았다. 하지만 예배가 끝나자 많은 사람들이 성묘에 입을 맞추려고 우르르 몰려가는 바람에 에핌은 옆으로 밀려났다. 에핌은 지갑을 도둑맞을까 봐 또 두려움에 휩싸였다. 에핌은 손으로 지갑을 꼭 잡고 사람들을 밀치고 나아가기 시작했다. 오로지 여기를 빠져나갈 생각뿐이었다. 문까지 온 에핌은 교회 안과 밖을 헤매고 돌아다니며 엘리사를 찾았다. 에핌은 교회의 각 방에서 온갖 사람들을 보았다. 음식을 먹는 사람, 포도주를 마시는 사람, 책을 읽는 사람, 자는 사람. 그러나 어디에도 엘리사는 보이지 않았다. 하는 수 없이 에핌은 친구를 찾지 못한 채 여인숙으로 돌아갔다. 그날 저녁 사발 모양 모자를 쓴 성직자는 여인숙에 나타나지 않았다. 그는 일 루블을 갚지 않고 사라졌고 에핌은 혼자 남겨졌다.

다음 날 에핌은 배에서 만났던 탐보프에서 온 노인과 함께 다시 성묘교회에 갔다. 앞쪽으로 가려고 했지만 또 뒤로 밀려났다. 그래서 에핌은 기둥 옆에 서서 기도를 드렸다. 앞을 바라보니 맨 앞쪽 등잔 아래에 엘리사가 서 있었다. 엘리사는 예수의 무덤과 가까운 곳에서 제단 위의 신부처럼 팔을 뻗고 있었고 머리는 밝게 빛났다.

"음, 이번에는 놓치지 않을 거야!"

에핌은 다짐했다.

에핌은 앞쪽으로 밀고 나갔다. 하지만 앞쪽에 와서 보니 엘리사가 없었다. 가 버린 게 분명했다.

세 번째 날도 에핌은 가장 신성한 장소인 성묘교회에서 엘리사가 모든 사람들이 볼 수 있는 곳에 팔을 펼치고 서 있는 모습을 보았다. 엘리사는 저 위의 무언가를 보는 것처럼 위쪽을 쳐다보고 있었고 역시 머리가 밝게 빛나고 있었다.

"음, 이번에는 나한테서 빠져나가지 못할 거야! 내가 문가에 지키고 서 있으면 서로를 놓칠 리가 없어!"

에핌은 밖으로 나가 정오가 지날 때까지 문 옆에 서 있었다. 하지만 모든 사람이 다 나가도록 엘리사는 나타나지 않았다.

에핌은 예루살렘에서 육 주 동안 머물며 베들레헴, 베다니, 요단강에 이르기까지 모든 곳을 찾아갔다. 성묘에서 자기 장례식에 쓸 새 수의를 봉인했고 요단강 물을 병에 담고 신성한 흙을 떠 왔다. 신성한 불꽃으로 불을 붙인 초들도 샀다. 기도를 올려 주길 바라는 이름을 쓴 것도 여덟 곳이나 되었다. 에핌은 집에 돌아가는 데 필요한 돈만 남겨 놓고 가져온 돈을 다 쓴 뒤 집을 향해 출발했다. 에핌은 요파까지 걸어간 뒤 배를 타고 오데사에 도착했고 거기서부터는 걸어서 집으로 향했다.

11

에핌은 올 때와 같은 길로 돌아갔다. 집이 가까워질수록 자기가 없는 동안 집안일이 어떻게 되었을지 슬슬 걱정이 되기 시작했다. '일 년이면 많은 물이 흘러 지나간다'라는 속담이 있다. 에핌은 농가를 세우는 데는 평생이 걸리지만 몰락하는 건 순간이라고 생각했다. 그래서 아들이 자기 없이 집안을 어떻게 건사했는지, 가족들이 봄을 어떻게 맞고 있는지, 가축들이 겨울을 어떻게 보냈는지, 오두막 공사는 잘 마무리되었는지 궁금했다. 어느덧 에핌은 지난여름 엘리사와 헤어졌던 곳에 이르렀다. 그런데 에핌은 그곳에 사는 사람들이 작년과 같은 사람들이라는 게 도무지 믿기지 않았다. 작년에는 굶주림에 허덕이고 있던 사람들이 지금은 편안히 잘 살고 있었다. 농사가 잘되어 사람들은 가난에서 벗어나 예전의 불행을 떨쳐 버렸다.

어느 날 저녁 에핌은 엘리사가 뒤에 처졌던 바로 그곳에 이르렀다. 에핌이 마을에 들어서자 헐렁한 흰옷을 입은 여자아이가 오두막에서 달려 나왔다.

"할아버지, 할아버지, 우리 집으로 오세요!"

에핌은 그냥 지나가려 했지만 어린 소녀가 좀체 놔주려 하지 않았다. 소녀는 에핌의 외투를 붙잡고 웃으며 오두막 쪽으로 끌었다. 오두막에서 여자와 남자아이가 현관으로 나와 에핌에게 손짓을 했다.

"들어오세요, 어르신. 저희 집에서 저녁 드시고 주무세요."

주인 여자가 말했다. 그래서 에핌은 그 집으로 들어갔다.

'엘리사에 관해 물어봐야겠어. 여기가 엘리사가 물을 얻어

마시러 갔던 바로 그 오두막인 것 같으니까'라고 에핌은 생각했다.

여자는 에핌이 메고 있던 가방을 벗도록 도와주고 세수할 물도 가져다주었다. 그런 다음 식탁에 앉히고 우유, 커드 케이크, 오트밀 죽을 차려 주었다. 에핌은 고마워하며 순례자에게 이런 친절을 베푸는 여자를 칭찬했다. 그러나 여자는 고개를 가로저었다.

"저희가 순례자를 환영하는 건 당연하답니다. 우리에게 삶이 무엇인지 보여 주신 분이 순례자셨거든요. 저희는 하나님을 잊고 살았고 하나님이 저희에게 거의 죽음에 이르는 벌을 내리셨어요. 지난여름 우리는 곤경에 빠져 먹을 것 하나 없이 속수무책으로 앓아누워 있었어요. 그대로 두었다면 저희는 모두 분명히 죽었을 거예요. 그런데 하나님이 저희를 도우려고 노인 한 분을 보내셨어요. 바로 어르신 같은 분이셨죠. 어느 날 그분이 물을 얻어 마시러 오셨다가 우리 꼴을 보고 가엾게 여겨 여기에 머무셨어요. 그분은 우리에게 먹을 것과 마실 것을 주셨고 우리가 다시 일어설 수 있게 해 주셨어요. 우리 땅을 되찾아 주고 수레와 말을 사서 주셨지요."

그때 한 노파가 오두막으로 들어와 여인의 말에 끼어들었다.

"우리는 그분이 사람인지, 하나님께서 보낸 천사인지 모른답니다. 그분은 우리 모두를 사랑하고 가엾게 여기셨어요. 하지만 이름도 알려 주지 않고 떠나셔서 저희는 누구를 위해 기도를 드려야 할지도 모른답니다. 지금도 그때 일이 생생해요! 죽음을 기다리며 누워 있는데 머리가 벗어진 한 노인이 들어왔어요. 생김새는 별로 볼품이 없었지요. 그분은 물을 좀 달라고 하셨어요. 죄인인 저는 생각했지요. '이런 집에 뭐하러 온 거야?' 그런데 그분이 어떻게 하셨을까요? 그분은 우리를 보자마자 가방을 바로 이 자리에 내려놓더니 풀었어요."

이때 여자아이가 참견했다.

"아니에요, 할머니. 처음에는 오두막 중간 여기에 가방을 내려놓았다가 의자 위에 올려놓으셨어요."

노파와 아이는 그 노인이 했던 모든 말과 행동, 그가 어디에 앉았고 어디에서 잠을 잤는지, 각자에게 무슨 말을 했는지 세세하게 떠올렸다.

밤이 되자 농부가 말을 타고 돌아왔다. 농부 역시 엘리사가 어떻게 이 가족과 지내게 되었는지 이야기하기 시작했다.

"그분이 오시지 않았다면 저희 모두 죄를 지은 채로 죽었을 겁니다. 저희는 하나님과 사람들에 대한 원망을 늘어놓으며 절망 속에서 죽어 가고 있었거든요. 하지만 그분이 저희를 다시 일으켜 세워 주셨어요. 그분을 통해 저희는 하나님을 알게 되었고 사람 안에 선함이 있다는 것도 믿게 되었습니다. 그분에게 신의 축복이 있기를! 저희는 동물처럼 살았는데 그분이 저희를 인간답게 만드셨어요."

가족들은 에핌에게 먹을 것과 마실 것을 준 뒤 잠자리를 마련해 주고 자신들도 자려고 누웠다.

에핌은 자리에 누웠지만 잠을 이룰 수 없었다. 엘리사가 계속 머릿속을 맴돌았다. 예루살렘에서 맨 앞자리에 서 있던 엘리사를 세 번이나 본 일이 생각났다.

에핌은 그래서 엘리사가 자신을 앞질렀을 거라고 생각했다.

"하나님이 내 순례를 받아들이셨을 수도 있고 아닐 수도 있지만 분명 엘리사의 순례는 받아 주셨어!"

다음 날 아침 에핌은 오두막 식구들과 작별 인사를 했다. 가족들은 엘리사의 가방에 파이를 넣어 준 뒤 일하러 갔고 에핌은 다시 길을 떠났다.

12

에핌이 길을 떠난 지 꼭 일 년이 흘렀다. 어느 날 저녁 그가 집에 도착했을 때는 다시 봄이 되어 있었다. 에핌의 아들은 집에 없었다. 아들은 술집에서 오는 길인지 불콰하게 취한 꼴로 돌아왔다. 에핌은 아들을 붙잡고 집안일을 묻기 시작했다. 자기가 집을 떠나 있었을 때 이 녀석이 착실하지 않았다는 건 어디를 보나 알 수 있었다. 돈은 엉뚱한 데 다 써 버렸고 농사일은 팽개쳐 두었다. 에핌이 아들을 꾸짖기 시작하자 아들이 버릇없이 대들었다.

"그럴 거면 집에 계시면서 직접 집안을 돌보지 그러셨어요? 아버지가 돈 들고 가셨으면서 이제 와서 저보고 내놓으라니요!"

노인은 울화가 치솟아 아들을 때리고 말았다.

아침에 에핌은 아들의 행실을 불평하려고 마을 장로의 집으로 갔다. 엘리사의 집을 지나는데 현관에 서 있던 친구의 아내가 에핌을 보고 반가워했다.

"안녕하세요? 어떻게 지내셨어요? 예루살렘에는 무사히 다녀오셨어요?"

에핌이 발걸음을 멈추었다.

"네, 다행히 잘 다녀왔답니다. 엘리사와 길이 엇갈리긴 했지만 그 친구가 집에 무사히 도착했다는 소식을 들었습니다."

엘리사의 아내는 원래 말하기를 좋아하는 사람이었다.

"네, 남편은 돌아왔어요. 오래전에 왔지요. 아마 성모승천 대축일이 지나서 바로 왔던 것 같아요. 하나님이 남편을 다시 우리에게 보내 주셔서 너무 기뻤어요! 남편이 없으면 집안에 활기가 없어요. 남편이 많은 일을 하리라고 기대하는 건 아니고요. 일을 할 나이는 지났으니까요. 하지만 남편은 여전히 우리 집 가장이고 남편이 집에 있으면 분위기가 명랑해지지요. 우리 아들이 얼마나 반가워하는지! 그 애는 '아버지가 집에 안 계시니 햇빛이 비치지 않는 것 같아요!'라고 하더군요. 우린 남편을 좋아하고 소중히 여긴답니다."

"엘리사가 지금 집에 있습니까?"

"네. 꿀벌들을 살피고 있어요. 벌떼를 벌통에 몰아넣고 있지요. 남편 말로는 올해 분봉이 잘되고 있대요. 하나님이 벌들에게 큰 힘을 주셨어요. 여태 이렇게 분봉이 잘된 걸 본 적이 없을 정도래요. 남편은 '하나님은 우리 죄를 보시고 우리를 벌하지 않으신다'라고 말해요. 들어오세요. 남편이 에핌 씨를 보면 반가워할 거예요."

에핌은 마당으로 들어가 집 모퉁이를 돌아 양봉장으로 가서 엘리사를 보았다. 회색 외투를 걸친 엘리사는 얼굴에 망사도 안 쓰고 장갑도 끼지 않은 채 자작나무 아래에 서서 위쪽을 쳐다보고 있었다. 에핌이 예루살렘의 성묘교회에서 봤을 때처럼 팔을 쫙 펼치고 있었는데 벗어진 머리에서 빛이 났다.

엘리사의 몸 위로 성소의 불꽃처럼 햇빛이 자작나무 사이로 비치고 있었고 금빛 꿀벌들은 엘리사를 쏘지 않고 후광처럼 그의 머리 주위를 빙빙 날고 있었다.

에핌은 걸음을 멈추었다. 엘리사의 아내가 남편을 불렀다.

"친구 분이 오셨어요."

아내는 큰 소리로 말했다.

엘리사는 수염에 붙은 벌들을 조심스럽게 떼어 내며 고개를 돌려 즐거운 표정으로 에핌을 보았다.

"자네로군, 안녕하신가, 친구. 예루살렘에는 무사히 도착했었나?"

"그곳에 가기는 갔지. 자네를 위해 요단강에서 물을 좀 떠왔다네. 우리 집에 들러서 가져가게. 그런데 하나님께서 내 노력을 받아들이셨는지는……."

"하나님께 감사드려야지! 하나님이 자네에게 축복을 주시기를!"

엘리사가 말했다.

에핌은 한동안 잠자코 있다가 덧붙였다.

"내 발은 그곳에 갔지만 내 영혼 혹은 다른 사람의 영혼이 정말 그곳에 갔는지는……."

"그건 하나님이 하시는 일이라네, 친구. 그분이 하시는 일일세."

엘리사가 말을 가로막았다.

"여행에서 돌아오는 길에 자네가 나와 헤어져 머물렀던 오두막에 들르게 되었다네……."

그 말에 엘리사는 놀랐지만 황급히 말했다.

"하나님이 하시는 일이라네, 친구. 그분이 하시는 일이라고! 안으로 들어가세. 꿀을 좀 주겠네."

엘리사는 집안일로 화제를 돌렸다.

에핌은 한숨을 내쉬었다. 그리고 오두막 사람들 이야기와 예루살렘에서 자신이 엘리사를 보았던 일은 말하지 않았다. 하지만 에핌은 하나님께 한 맹세를 지키고 하나님의 뜻을 실천하는 가장 좋은 방법은 다른 사람들에게 사랑을 보여 주고 도움을 주는 것임을 깨닫게 되었다.

(1885년)

사랑이 있는 곳에 신이 있다

어떤 마을에 마틴 아브데이치라는 구두 수선공이 살았다. 마틴이 사는 지하의 작은 방에는 한길 쪽으로 창문이 하나 있었다. 방에서는 행인들의 발만 보였지만 마틴은 사람들이 신은 장화만 보고도 누군지 알 수 있었다. 마틴은 그곳에서 오래 살아서 아는 사람이 많았다. 동네 사람들은 마틴에게 거의 한두 번은 장화를 수선해 신었기 때문에 마틴은 종종 창밖으로 자신의 작품이 지나가는 것을 보았다. 어떤 장화는 구두창을 새로 갈고 어떤 장화는 천을 덧대어 기워 주었다. 둘레를 다시 꿰맨 것도 있었고 새 갑피로 갈아 준 것도 있었다. 마틴은 솜씨가 좋고 재료도 좋은 걸 쓰는 데다 삯도 많이 부르지 않는, 믿을 수 있는 사람이어서 일감이 많았다. 마틴은 원하는 날짜까지 수선을 끝낼 수 있을 때만 일을 맡았고 그러지 못할 경우에는 사실대로 말하고 거짓 약속을 하지 않았다. 그래서 일을 잘한다는 소문이 자자했고 일감이 떨어지는 때가 없었다.

마틴은 원래 착한 사람이었지만 나이가 들면서 자신의 영혼에 대해 더 많이 생각하고 하나님에게 더 가까이 다가가기 시작했다. 마틴이 아직 자기 가게를 열기 전 남의 밑에서 일하고 있을 때 아내가 세 살짜리 아들을 남겨 두고 세상을 떠났다. 이 아이 전에 낳은 아이들은 모두 어릴 때 죽었다. 처음에 마틴은 어린 아들을 시골에 있는 누이 집에 보낼 생각이었지만 아이를 떼 놓으려니 마음이 아팠다.

"어린 카피톤이 낯선 친척들 속에서 자라려면 힘들 거야. 그냥 내가 데리고 있자."

마틴은 일을 그만두고 어린 아들과 함께 셋방을 얻어 들어갔다. 하지만 마틴은 자식복이 없었다. 아들은 아버지를 도울 수 있고 기쁨을 안겨 줄 뿐 아니라 힘이 될 만한 나이에 이르자마자 덜컥 병에 걸리고 말았다. 그리고 일주일 동안 꼼짝 못하고 누워 높은 열에 시달리다가 세상을 떠나 버렸다. 아들을 땅에 묻은 마틴은 헤어날 수 없는 절망에 빠져 하나님을 원망했다. 비통함에 젖어 자기도 죽게 해 달라고 간절히 빌었고 늙은 자기 대신 사랑하는 외아들을 데려간 하나님을 탓했다. 그때부터 마틴은 교회에 발길을 끊었다.

어느 날 마틴과 한 고향 사람으로 팔 년 동안 성지순례를 하고 있던 노인 하나가 마틴에게 들렀다. 노인은 트로이차 수도원에서 오는 길이었다. 마틴은 노인에게 슬픈 심경을 하소연했다.

"저는 더 이상 살고 싶지도 않아요. 하나님께 바라는 건 오로지 저도 얼른 죽게 해 달라는 것뿐입니다. 저는 지금 아무 희망도 없이 살고 있습니다."

노인이 말했다.

"자네한테는 그렇게 말할 권리가 없네. 우리는 하나님이 하시는 일에 대해 뭐라고 할 수 없어. 모든 건 하나님이 알아서 결정하시니까. 자네 아들은 죽고 자네는 사는 것에도 다 하나님의 뜻이 있을 걸세. 자네가 절망에 빠진 이유는 자기 행복만을 위해 살고 싶어 하기 때문이야."

"그럼 사람이 자기 말고 무엇을 위해 살아야 합니까?"

마틴이 물었다.

"하나님을 위해 살아야지, 마틴."

노인이 대답했다.

"하나님이 자네에게 생명을 주셨으니 자네는 하나님을 위해 살아야 하네. 하나님을 위해 사는 법을 배우면 더 이상 슬퍼하지 않고 모든 게 편안해질 걸세."

마틴은 잠자코 말이 없다가 다시 물었다.

"하지만 하나님을 위해 살려면 어떻게 해야 하나요?"

노인이 대답했다.

"하나님을 위해 사는 방법은 주님께서 우리에게 보여 주셨네. 글을 읽을 수 있는가? 복음서를 사서 읽어 보게. 그러면 자네가 어떻게 살아야 하는지 하나님의 뜻을 알 수 있을 거야. 복음서를 읽으면 다 알 수 있어."

마틴은 이 말에 깊이 감화되어 그날 당장 큰 활자체 성경을 사다가 읽기 시작했다. 처음에는 휴일에만 읽을 생각이었지만 성경을 읽다 보니 마음이 차분해져서 날마다 읽었다. 때로는 성경에 푹 빠져 등불의 기름이 다 닳은 줄도 모르고 책에서 눈을 떼지 못하기도 했다.

마틴은 밤마다 꼬박꼬박 성경을 읽었다. 성경을 읽을수록 하나님이 자신에게 원하는 것과 하나님을 위해 어떻게 살아야 할지 더 분명히 알게 되어 마음이 점점 가벼워졌다. 전에는 잠자리에 들 때면 무거운 마음으로 누워 아들 카피톤 생각에 괴로워하고는 했지만 지금은 "당신에게 영광을, 당신에게 영광을. 오, 주여! 당신의 뜻이 이루어질 것입니다!"라는 말만 거듭 되뇌었다.

그때부터 마틴의 삶은 완전히 바뀌었다. 전에는 쉬는 날이면 주점에 가서 차를 마셨고 보드카 한두 잔 정도는 사양하지 않았다. 때로는 친구와 술을 마신 뒤 취하지는 않았지만 좀 들뜬 기분으로 주점을 나와 공연히 쓸데없는 말을 지껄이고는 했다. 누군가에게 고함을 지르거나 자신에게 욕을 하기도 했다. 하지만 이제 마틴에게서 그런 모습은 더 이상 찾아볼 수 없었다. 평화롭고 즐거운 날들이 흘러갔다. 아침에 일을 시작하여 하루 일과를 마치면 벽에서 등불을 내려 탁자 위에 놓은 뒤 선반에서 성경을 들고 와 펼쳤다. 성경을 읽을수록 더 잘 이해가 되었고 마음이 더 맑아지고 행복해졌다.

한번은 마틴이 밤늦게까지 자지 않고 성경에 몰두하고 있다가 누가복음 육 장에서 다음 구절을 발견했다.

"너의 이 뺨을 치는 자에게 저 뺨도 돌려대며 네 겉옷을 빼앗는 자에게 속옷도 거절하지 말라. 네게 구하는 자에게 주며 네 것을 가져가는 자에게 다시 달라 하지 말며 남에게 대접을 받고자 하는 대로 너희도 남을 대접하라."

또 다음과 같은 그리스도의 말씀도 읽었다.

"너희는 나를 불러 주여, 주여 하면서도 어찌하여 내가 말하는 것을 행하지 아니하느냐. 내게 나아와 내 말을 듣고 행하는 자마다 누구와 같은 것을 너희에게 보이리라. 집을 짓되 깊이 파고 주추를 반석 위에 놓은 사람과 같으니 큰 물이 나서 탁류가 그 집에 부딪치되 잘 지었기 때문에 능히 요동하지 못하게 하였거니와 듣고 행하지 아니하는 자는 주추 없이 흙위에 집 지은 사람과 같으니 탁류가 부딪치매 집이 곧 무너져 파괴됨이 심하니라 하시니라."

이 말씀을 읽으며 마틴의 영혼은 기쁨으로 가득 찼다. 마틴은 안경을 벗어 성경 위에 올려놓은 뒤 탁자에 팔꿈치를 괴고 앉아 금방 읽은 구절들을 곰곰이 되새겼다. 그리고 자신의 삶을 이 말씀에 견주어 보며 스스로에게 물어보았다.

'내 집은 반석과 모래 중 어디에 지어졌을까? 반석 위에 지어졌다면 좋을 텐데. 여기 호젓하게 앉아 생각하면 너무나 쉽고 자신이 하나님의 명을 모두 행한 것 같지. 하지만 잠깐 방심을 하면 금세 또 죄를 짓고 말아. 하지만 난 열심히 노력할 거야. 그렇게 하면 큰 기쁨을 얻게 되지. 오, 주님, 도와주세요!'

마틴은 이런 생각을 하며 잠자리에 들려고 했다. 하지만 성경을 손에서 놓을 수가 없어 백부장, 과부의 아들, 요한의 제자들에게 하신 대답이 적힌 칠 장을 읽어 나갔다. 한 부유한 바리새인이 예수를 자기 집으로 초대한 부분도 읽었다. 그리고 죄 지은 여인이 어떻게 예수의 발에 향유를 붓고 자신의 눈물로 예수의 발을 적셨는지, 예수가 그 여인의 죄를 어떻게 사하여 주셨는지도 읽었다. 그러다 사십사 절에 이르렀다.

"그 여자를 돌아보시며 시몬에게 이르시되, 이 여자를 보느냐. 내가 네 집에 들어올 때 너는 내게 발 씻을 물도 주지 아니하였으되 이 여자는 눈물로 내 발을 적시고 그 머리털로 닦았으며 너는 내게 입맞추지 아니하였으되 그는 내가 들어올 때로부터 내 발에 입맞추기를 그치지 아니하였으며 너는 내 머리에 감람유도 붓지 아니하였으되 그는 향유를 내 발에 부었느니라."

마틴은 이 구절을 읽고 생각했다.

'시몬은 예수님께 발을 씻을 물도 드리지 않고 입맞춤도 하지 않고 머리에 향유도 붓지 않았어…….'

마틴은 다시 안경을 벗어 성경 위에 올려놓고 생각에 잠겼다.

'아무래도 나는 그 바리새인과 같았어. 오로지 내 생각만 했지. 차 한 잔 마실 생각만 하고 어떻게 하면 따뜻하고 안락하게 지낼까만 생각하고 손님은 전혀 배려하지 않았던 거야. 자기 자신만 신경 쓰고 손님은 전혀 보살피지 않았어. 하지만 손님이 누구지? 바로 주님이셨어! 주님이 내게 오신다면 나도 그렇게 대할까?'

마틴은 두 팔 위에 머리를 얹고 있다가 자기도 모르게 깜빡 잠이 들었다.

"마틴!"

마틴은 갑자기 누군가 부르는 소리를 들었다. 마치 귀에 대고 속삭이는 듯한 소리였다.

마틴은 잠에서 깨어 "누구세요?" 하고 물었다.

고개를 돌려 문 쪽을 보았지만 아무도 없었다. 마틴은 다시 둘러보았다. 그러자 아주 또렷한 목소리가 들렸다.

"마틴, 마틴! 내일 날이 밝으면 거리를 내다보아라. 내가 지나갈 것이니라."

마틴은 의자에서 일어나 눈을 비볐다. 하지만 꿈결에 들은 말인지, 진짜 들은 건지 분간이 가지 않았다. 마틴은 등잔을 끄고 누워 잠을 청했다.

다음 날 아침, 마틴은 날이 새기 전에 일어나 기도를 올린 뒤 불을 지피고 양배추 수프와 메밀 죽을 끓였다. 그런 다음 사모바르(찻물을 끓일 때 쓰는 큰 주전자)를 불에 올려놓고 앞치마를 두른 뒤 일을 하려고 창가에 앉았다. 일을 하는 동안 마틴은 지난밤에 있었던 일을 곰곰이 생각해 보았다. 어찌 보면 꿈같기도 하고 혹은 실제로 목소리를 들은 것 같기도 했다. 마틴은 '하긴 전에도 그런 일이 있긴 했지'라고 생각했다.

창가에 앉은 마틴은 일을 한다기보다 거리를 내다보는 데 시간을 더 빼앗겼다. 낯선 장화를 신은 사람이 지나갈 때마다 마틴은 그 사람의 발뿐 아니라 얼굴까지 보려고 상체를 구부리고 올려다보았다. 수위가 새 펠트 장화를 신고 지나갔고 물지게꾼도 지나갔다. 이어 니콜라스 황제 시대의 한 늙은 군인이 삽을 들고 창가로 다가왔다. 마틴은 가죽을 덧댄 낡고 오래된 펠트 장화를 보고 그 사람이 누구인지 알아차렸다. 이웃에 사는 상인이 자비를 베풀어 집에 들인 스테파니츠라는 노인이었다. 노인이 하는 일은 수위를 돕는 일이었다. 스테파니츠는 마틴의 창문 앞에서 눈을 치우기 시작했다. 마틴은 노인을 힐긋 보고는 자기 일을 계속했다.

"나이를 먹으니 정신이 이상해졌나 봐."

마틴은 공상에 빠진 자신을 비웃으며 말했다.

"눈을 치우러 오는 스테파니츠를 보면서 나를 보러 오는 주님이라고 상상하다니. 이 노망난 늙은이 같으니!"

그러나 장화를 여남은 바늘 꿰매고 나니 마틴은 또 창밖을 내다보고 싶어졌다. 스테파니츠는 삽을 벽에 세워 놓고 있었는데 쉬거나 몸을 녹이려는 듯 보였다. 스페파니츠는 늙고 쇠약했으며 눈을 치울 기력조차 없는 게 분명했다.

'노인을 불러서 차라도 대접할까? 마침 사모바르에 물이 끓고 있으니.'

마틴은 이런 생각을 하고 송곳을 제자리에 꽂아 놓은 뒤 일어났다. 그리고 사모바르를 탁자 위에 올려놓고 차를 만들었다. 그런 뒤 손가락으로 창문을 가볍게 두드렸다. 스테파니츠가 몸을 돌려 창가로 왔다. 마틴은 노인에게 집으로 들어오라는 시늉을 한 뒤 문을 열어 주러 나갔다.

"들어와서 몸 좀 녹이세요. 추우시죠?"

마틴이 말했다.

"하나님의 은총이 있으시길!"

스테파니츠가 대답했다.

"아닌 게 아니라 뼈가 시릴 정도로 추웠다오."

집에 들어온 노인은 먼저 눈을 턴 뒤 바닥에 자국이 남지 않도록 발을 닦기 시작했다. 그런데 그렇게 하느라 비틀비틀 넘어질 뻔했다.

"그냥 놔두세요. 제가 나중에 바닥을 닦을게요. 늘 하는 일인걸요. 들어오세요, 어르신. 앉아서 차를 좀 드세요."

마틴은 큰 컵 두 개에 차를 부어 노인에게 하나를 내밀고
자기는 컵을 받쳐 들고 후후 불며 차를 마시기 시작했다.

스테파니츠는 차를 마신 뒤 컵을 엎어 놓고 남은 설탕 조
각을 그 위에 올려놓았다. 노인은 감사를 표현했지만 좀 더
마시고 싶은 게 분명했다.

"한 잔 더 드세요."

마틴이 노인과 자신의 컵에 다시 차를 따르며 말했다. 마
틴은 차를 마시면서도 계속 거리를 내다보았다.

"누굴 기다리고 계십니까?"

노인이 물었다.

"저요? 그게, 말씀드리기 부끄럽습니다만 꼭 누군가를 기
다리는 건 아닙니다. 그런데 어젯밤에 들은 소리가 머리에서
떠나질 않는군요. 실제로 들은 건지 아니면 그냥 상상이었는
지 모르겠지만요. 음, 어젯밤에 복음서에서 주님이 세상 곳곳
을 다니시며 고난을 당한 이야기를 읽고 있었어요. 어르신께
서도 그 이야기는 들어 보셨을 테지요."

"들어 본 적은 있습니다. 하지만 저는 일자무식이라 글을
읽지 못한답니다."

스테파니츠가 대답했다.

"그러니까 전 주님이 이 세상 곳곳을 다니신 이야기를 읽
고 있었어요. 그러다 주님이 한 바리새인의 집에 간 대목을
읽었지요. 그 바리새인은 주님을 극진히 대접하지 않았어요.

어르신, 그 부분을 읽으면서 저는 그 바리새인이 주님을 제대로 섬기지 않았다고 생각했어요. 만약 그런 일이 저 같은 사람한테 일어나면 주님을 접대하기 위해 못할 일이 뭐가 있을까! 그런데 그 바리새인은 전혀 주님을 접대하지 않다니……이런 생각을 하다가 저는 졸기 시작했어요. 졸고 있는데 누군가 속삭이는 소리가 들렸지요. '나를 기다려라. 내가 내일 가겠다.' 이 소리는 두 번이나 들렸어요. 솔직히 말씀드리면 그 소리가 제 마음 깊숙이 박혀 버렸어요. 그래서 부끄럽지만 저는 지금 그분, 주님을 기다리고 있답니다!"

스테파니츠는 조용히 고개를 젓더니 자기 컵을 비운 뒤 탁자에 내려놓았다. 마틴은 다시 노인의 잔에 또 차를 따랐다.

"한 잔 더 드세요! 그리고 저는 주님이 이 세상을 다니며 하신 일을 생각하고 있어요. 누구도 무시하지 않고 주로 평범한 사람들과 함께하셨지요. 주님은 보통 사람들과 함께 다니셨고 우리 같은 사람들, 우리 같은 노동자들, 우리 같은 죄인들 중에서 제자를 선택하셨어요. 주님은 '무릇 자기를 높이는 자는 낮아지고 자기를 낮추는 자는 높아지리라', '너희가 나를 주라 하니 내가 너희 발을 씻겨 주리라', '너희 중에 누구든지 으뜸이 되고자 하는 자는 너희의 종이 되어야 하리라'고 하셨어요. 왜냐하면 '가난하고 겸손하고 온유하고 자비로운 자에게 복이 있나니'라고 하셨으니까요."

스테파니츠는 차를 마시는 것도 잊어버렸다. 마틴의 말에 감동을 받아 금세 눈물이 글썽해지는가 싶더니 뺨을 타고 눈물이 흘러내렸다.

"자, 차를 좀 더 드세요."

마틴이 권했다. 하지만 스테파니츠는 성호를 긋고 마틴에게 감사를 표시하고는 컵을 밀어 놓으며 일어섰다.

"고맙습니다, 마틴 아브데이치. 제 영혼과 육체 모두에 양식과 위안을 주셨습니다."

"별 말씀을 다하십니다. 다음에 또 오세요. 저는 손님이 오는 걸 좋아한답니다."

마틴이 말했다.

스테파니츠가 가자 마틴은 남은 차를 따라 마신 뒤 사모바르와 컵 등을 치웠다. 그러고는 곧 일감을 붙들고 앉아 장화의 뒤쪽 솔기를 꿰맸다. 마틴은 일을 하면서도 계속 창밖을 내다보며 주님을 기다렸다. 그리고 주님과 주님이 하신 일들을 생각했다. 마틴의 머릿속은 그리스도의 말씀들로 가득 차 있었다.

두 명의 군인이 지나갔다. 한 명은 군화를, 다른 한 명은 개인 장화를 신고 있었다. 반짝이는 덧신을 신은 이웃집 주인이 지나갔고 곧이어 바구니를 든 제빵사도 지나갔다. 이들이 지나간 뒤에 털실로 짠 양말에 농가에서 만든 신발을 신은 여자가 다가왔다. 여자는 마틴의 창문을 지나가다가 벽 옆에서 걸음을 멈췄다. 마틴이 창문으로 올려다보니 여자는 허술한 옷차림에 아기를 안고 있었는데, 처음 보는 사람이었다. 여자는 바람을 등지고 벽 옆에 서서 아기의 몸을 감싸 주려고 했지만 감쌀 만한 것이 없었다. 여자는 얇은 여름옷을 걸치고 있었는데 다 낡아 빠진 것이었다. 창밖에서 아기 울음소리가 들렸다. 여자는 아기를 달래려고 애를 썼지만 소용없었다. 마틴은 일어나 문밖으로 나가 계단을 올라가서 여자를 불렀다.

"여보세요, 여보세요!"

여자가 마틴의 목소리를 듣고 돌아보았다.

"이렇게 추운데 아기를 데리고 바깥에 서 계시면 어쩝니까? 안으로 들어오세요. 따뜻한 곳에 들어오면 아기도 울음을 그칠 거예요. 이쪽으로 오세요."

여자는 앞치마를 두르고 코끝에 안경을 걸친 노인이 자기를 부르는 걸 보고 놀랐지만 노인을 따라 집 안으로 들어갔다.

두 사람은 계단을 내려가 작은 방 안으로 들어갔고 노인은 여자를 침대 쪽으로 안내했다.

"자, 아주머니. 난로 가까이에 앉으세요. 몸을 녹이면서 아기에게 젖을 먹이세요."

"젖이 나오지 않는답니다. 아침부터 여태 아무것도 못 먹었거든요."

여자는 이렇게 말하면서도 아기에게 젖을 물렸다.

마틴은 고개를 저으며 그릇 하나와 빵 한 조각을 꺼내 왔다. 그리고 화덕을 열고 양배추 수프를 떠서 그릇에 담았다. 죽 냄비도 꺼냈지만 죽이 아직 다 퍼지지 않은 상태였다. 그래서 마틴은 탁자에 식탁보를 깔고 수프와 빵만 차렸다.

"앉아서 드세요, 아주머니. 제가 아기를 볼게요. 다행히 저도 아이들을 길러 봐서 아기를 어떻게 보는지 알고 있답니다."

여자는 성호를 긋고 탁자 앞에 앉아 먹기 시작했다. 그동안 마틴은 아기를 침대에 눕히고 그 옆에 걸터앉았다. 그리고 혀로 입천장을 차서 소리를 내려고 했다. 하지만 이가 없어서 잘되지 않았고 아기는 영 울음을 그치지 않았다. 마틴은 손가락으로 아기를 살짝 찌르는 시늉을 했다. 손가락을 아기의 입가에 갖다 댔다가 얼른 떼는 동작을 하며 아기를 얼렀다. 마틴은 아기 입에 손가락이 닿지 않게 조심했다. 손에 구두를 수선할 때 쓰는 왁스가 잔뜩 묻어 있었기 때문이다. 아기는 손가락을 쳐다보느라 울음을 그치더니 이윽고 웃기 시작했다. 그 모습을 보자 마틴은 아주 기분이 좋았다.

여자는 음식을 먹으며 마틴에게 자신이 누구며 어디에서 왔는지 들려주었다.

"저는 군인의 아내예요. 남편은 여덟 달 전에 아주 먼 데로 전속되었는데, 지금까지 아무 소식이 없답니다. 저는 요리사로 일했지만 아기가 태어나자 주인이 아이가 딸린 저를 데리고 있지 않으려고 했어요. 석 달째 열심히 찾아다녀도 일자리를 구하지 못했어요. 그래서 입에 풀칠이라도 하려고 가진 걸 내다 팔았지요. 유모라도 하고 싶었지만 아무도 절 받아 주지 않았어요. 사람들 말이 제가 너무 굶주려 보이고 말랐대요. 지금 막 장사하는 집 주인 아주머니를 만나고 오는 길이에요. 우리 마을에 사는 한 여자가 그 집에서 일하거든요. 그 아주머니가 저를 써 주겠다고 약속하셨어요. 전 드디어 문제가 다 해결되었다고 생각했지요. 그런데 그 아주머니가 다음 주부터 오라고 하시지 뭐예요. 집이 얼마나 먼지 거기까지 갔다 오다 보니 녹초가 되었고 아기도 쫄쫄 굶었어요. 불쌍한 우리 아기. 다행히 여인숙 주인아주머니가 저희를 가엾이 여겨 공짜로 재워 주었지만…… 그렇지 않았더라면 어떻게 됐을지 정말 눈앞이 캄캄해요."

마틴은 한숨을 내쉬면서 물었다.

"좀 따뜻한 옷은 없습니까?"

"어디에서 따뜻한 옷을 구하겠어요? 마지막 남은 숄도 어제 육 펜스를 받고 전당포에 잡혔답니다."

여자가 다가와 아기를 안자 마틴은 자리에서 일어섰다. 마틴은 벽에 걸린 물건들을 살펴보다가 낡은 망토를 하나 들고 왔다.

"이거 받으세요. 낡아 빠지긴 했지만 아기를 감싸는 데 도움이 될 겁니다."

여자는 망토와 노인을 차례로 보더니 옷을 받아 들고 왈칵 눈물을 쏟았다. 마틴은 돌아서서 침대 밑을 더듬어 작은 가방을 꺼냈다. 그리고 가방 안을 뒤적거린 다음 다시 여자의 맞은편에 앉았다. 여자가 말했다.

"하나님의 은총이 있기를. 주님이 저를 어르신의 창가로 보내신 게 분명해요. 아니었으면 아기 몸이 꽁꽁 얼었을 거예요. 나올 때만 해도 날씨가 포근했는데 갑자기 추워졌네요. 분명 주님께서 어르신이 창밖을 내다보게 하고 불쌍한 저를 가엾이 여기게 하셨을 거예요!"

마틴은 미소를 지으며 말했다.

"맞아요. 저를 그렇게 하도록 이끈 건 그분이에요. 제가 밖을 내다본 건 그저 우연이 아니었답니다."

마틴은 여자에게 꿈 이야기를 들려주었고 그날 자신을 보러 오겠다고 약속하신 주님의 목소리를 들었다고 말했다.

"누가 알아요? 진짜로 오실지요."

여자는 이렇게 말하며 일어나서 어깨에 망토를 두르고 아기를 감싸 안았다. 그런 다음 허리를 굽혀 다시 한 번 고맙다는 인사를 했다.

"이 돈을 가지고 가세요."

마틴은 전당포에 맡긴 숄을 찾을 수 있도록 여자에게 육펜스를 주었다. 여자가 성호를 그었고 마틴도 따라 했다. 그런 다음 마틴은 여자를 배웅했다.

여자가 돌아간 뒤 마틴은 양배추 수프를 조금 먹고 그릇들을 치운 뒤 다시 앉아서 일을 했다. 하지만 창가를 떠나지 않고 창문에 그림자가 비칠 때마다 얼른 올려다보며 누가 지나가는지 살폈다. 아는 사람들과 낯선 이들이 지나갔지만 특별히 눈에 띄는 사람은 없었다.

잠시 뒤 마틴은 사과 장수 여자가 창문 바로 앞에서 걸음을 멈추는 걸 보았다. 여자는 커다란 바구니를 들고 있었는데, 거의 다 팔았는지 사과가 많이 들어 있는 것 같지는 않았다. 어깨에는 나뭇조각들이 가득 든 자루를 메고 있었다. 틀림없이 어느 공사장에서 주워 집으로 가져가는 모양이었다. 여자는 무거운 자루 때문에 어깨가 아팠는지 자루를 다른 쪽 어깨에 옮겨 메려고 했다. 일단 길에 자루를 내려놓고 바구니는 말뚝 위에 걸어 놓은 채 자루 안의 나무토막들을 흔들어 정리했다. 그 사이에 너덜너덜해진 모자를 쓴 남자아이가 달려오더니 바구니에서 사과 하나를 낚아채 도망치려고 했다. 하지만 노파가 먼저 낌새를 채고 몸을 돌려 소년의 소매를 붙들었다. 소년은 빠져나가려고 몸부림을 쳤지만 노파는 양손으로 소년을 꼭 붙잡고 모자를 벗기더니 머리카락을 움켜쥐었다. 소년은 고함을 질렀고 노파는 야단을 쳤다. 마틴은 그 바람에 송곳을 떨어뜨렸지만 송곳을 미처 제자리에 꽂아 둘 겨를도 없이 문가로 달려 나갔다. 얼마나 허둥댔던지 계단에서 발을 헛디뎌 안경도 떨어졌지만 그대로 길로 뛰어 나갔다. 노파는 소년의 머리카락을 잡아당기며 야단을 치고 있었다. 소년을 경찰서에 데려가겠다고 노파가 으름장을 놓자 소년은 발버둥을 치며 대들었다.

"전 사과 안 가져갔어요. 왜 때려요. 이거 놔요!"

마틴은 두 사람을 떼어 놓았다. 그리고 소년의 손을 잡으며 말했다.

"할머니, 이 아이를 보내주세요. 제발 아이를 용서해 주세요."

"놓아줄 거요. 하지만 일 년 동안 이 일을 잊지 못하게 해 주겠어! 이 못된 놈을 경찰에 데려갈 거예요!"

마틴은 노파를 붙잡고 사정하기 시작했다.

"그만 놔주세요, 할머니. 다시는 이런 짓 안 할 거예요. 부디 아이를 보내 주세요!"

노인은 소년의 몸을 놓았고 소년은 달아나려 했다. 하지만 마틴이 소년을 불러 세웠다.

"할머니께 용서를 빌어야지! 그리고 다시는 이런 짓 하지 마. 난 네가 사과를 집는 걸 봤단다."

소년은 울면서 용서를 빌었다.

"이제 됐다. 자, 이 사과를 가져가렴."

마틴은 바구니에서 사과를 하나 꺼내 소년에게 건네며 말했다.

"사과 값은 제가 내겠습니다, 할머니."

노파가 말했다.

"그렇게 하면 애를 망쳐요. 저 녀석은 일주일 동안 잘못한 걸 잊지 않도록 매를 맞아야 돼요."

"아, 할머니, 그거야 우리 생각이지 하나님의 뜻이 아닙니다. 아이가 사과 한 개를 훔쳤다고 매를 맞아야 한다면 우리는 우리 죄에 대해 어떤 벌을 받아야 합니까?"

노파는 아무 대답도 하지 못했다.

마틴은 노파에게 그리스도의 우화를 들려주었다. 자신에게 큰 빚을 진 종을 그 주인이 용서해 주자, 종은 주인의 앞을 물러 나와 자신에게 빚을 진 사람을 찾아가 빚을 갚으라고 다그쳤다는 이야기였다. 노파는 잠자코 이야기를 듣고 있었고 소년도 옆에 서서 들었다.

"하나님은 우리에게 용서하라고 하셨습니다. 아니면 우리가 용서받지 못할 겁니다. 모든 사람을 용서하세요. 특히 철없는 어린아이들을요."

노파는 고개를 절레절레 저으며 한숨을 푹 내쉬었다.

"맞는 말이에요. 하지만 애들이 너무나 버릇이 없어요."

"그럴수록 우리 나이 든 사람들이 잘 타일러야죠."

마틴이 대답했다.

"그러게 말이오."

노파가 말을 꺼냈다.

"저는 아이를 일곱 낳았는데 그중 딸 하나만 남았지요."

노파는 딸과 어디서, 어떻게 살고 있는지, 손주가 몇 명인지 이야기했다.

"저는 이제 기력이 거의 다 떨어졌지만 손주들을 위해 열심히 일한답니다. 착한 아이들이지요. 집에 가면 절 맞아 주는 것은 그 아이들뿐이에요. 어린 애니는 좀처럼 제 곁에서 떨어지려 하지 않아요. '할머니, 내 귀한 할머니, 사랑하는 할머니' 하면서 말이에요."

손주들을 떠올리자 노파는 완전히 마음이 누그러졌다.

"물론 이 아이도 철이 없어서 그랬겠죠. 불쌍한 것."

노파가 소년을 가리키며 말했다.

노파가 자루를 짊어지려 하자 소년이 재빨리 나서며 말했다.

"제가 들어다 드릴게요, 할머니. 저도 그쪽으로 가요."

노파는 고개를 끄덕거리며 소년의 어깨에 자루를 올려 주었고 두 사람은 나란히 걸어갔다. 노파는 마틴에게 사과 값을 받는 것도 잊어버렸다. 마틴은 두 사람이 이야기를 나누며 걸어가는 모습을 지켜보고 서 있었다.

두 사람의 모습이 사라지자 마틴은 집으로 돌아왔다. 계단에 떨어졌던 안경은 깨지지 않았다. 마틴은 송곳을 집어 들고 다시 자리에 앉아 일을 했다. 일을 얼마 하지도 못했는데 금세 눈이 잘 보이지 않아 가죽을 꿰매는 뻣뻣한 털이 구멍에 잘 들어가지 않았다. 어느새 점등원이 가로등에 불을 켜려고 지나가는 모습이 보였다.

마틴은 불을 켜야 되겠다고 생각하며 등잔의 심지를 자르고 불을 켜서 걸어 놓은 뒤 다시 앉아서 일을 했다. 장화 한쪽을 다 고친 뒤 이리저리 살펴보았더니 문제없이 수선이 잘 되었다. 마틴은 연장들을 한데 모으고 잘라낸 조각들을 쓸어 담았다. 그리고 뻣뻣한 털과 실, 송곳을 치운 뒤 등잔을 탁자 위에 내려놓았다. 그런 다음 선반에서 복음서를 들고 왔다. 마틴은 전날 모로코가죽 조각을 끼워 표시해 둔 부분을 펼치려 했지만 다른 부분이 펼쳐졌다. 복음서를 펼치자 어제 꾼 꿈이 되살아났다. 그 생각이 나자마자 발소리가 들리는 것 같았다. 꼭 등 뒤에서 누군가가 움직이는 것 같았다. 뒤를 돌아보았더니 어두운 구석에 사람이 서 있는 것처럼 보였다. 하지만 누군지 알아볼 수 없었다. 그때 마틴의 귓가에 속삭이는 목소리가 들렸다.

"마틴, 마틴. 너는 나를 알아보지 못했느냐?"

"누구였습니까?"

마틴이 중얼거렸다.

"그게 나다."

목소리가 말했다. 그러자 어두운 구석에서 스테파니츠가 걸어 나왔다. 스테파니츠는 미소를 짓더니 구름처럼 사라져 다시는 보이지 않았다.

"그게 나다."

목소리가 다시 말했다. 그러자 어둠 속에서 팔에 아기를 안은 여자가 걸어 나왔다. 여자는 미소를 지었고 아기도 웃고 있었다. 그리고 두 사람도 사라졌다.

"그게 나다."

목소리는 또 한 번 말했다. 그러자 노파와 사과를 든 소년이 걸어 나와 미소를 짓고는 역시 사라졌다.

마틴의 영혼은 기쁨으로 차올랐다. 마틴은 성호를 긋고 안경을 쓴 뒤 방금 펼쳤던 부분을 읽기 시작했다. 첫머리에 이런 구절이 있었다.

"내가 주릴 때에 너희가 먹을 것을 주었고 목마를 때에 마시게 하였고 나그네 되었을 때에 영접하였다."

그리고 다음 구절은 이랬다.

"너희가 여기 내 형제 중에 지극히 작은 자 하나에게 한 것이 곧 내게 한 것이니라."

그제야 마틴은 자기의 꿈이 이루어졌다는 것을 알게 되었다. 그날 구세주 그리스도가 정말로 그에게 오셨고 자기가 그분을 따뜻하게 환대했다는 것을.

(1885년)

바보 이반 이야기

1

먼 옛날 어느 나라의 한 마을에 부유한 농부가 살았다. 농부에게는 세 아들이 있었다. 군인인 시몬, 뚱뚱보 타라스, 그리고 바보 이반이었다. 귀머거리에 벙어리인 딸 마르타도 있었다. 군인 시몬은 왕을 위해 전쟁에 나갔고 뚱뚱보 타라스는 도시의 상인에게 가서 장사를 배웠다. 바보 이반은 미혼의 누이와 함께 집에 남아 등이 휘도록 땅을 갈았다.

군인 시몬은 높은 지위와 땅을 하사받고 귀족의 딸과 결혼했다. 시몬은 봉급을 많이 받고 넓은 땅을 소유했지만 근근이 살아갔다. 귀부인 아내가 돈을 물 쓰듯 쓰는 바람에 벌어 온 돈이 남아나지 않았기 때문이다.

그래서 시몬은 소작료를 받으러 자신의 땅으로 갔다. 하지만 관리인이 말했다.

"돈이 어디서 나오겠습니까? 우리는 소도 연장도 말도 쟁기도 써레도 없는걸요. 일단 이런 것들이 있어야 돈이 들어올 거 아닙니까?"

시몬은 아버지에게 가서 말했다.

"아버지는 부자신데 저한테 아무것도 안 주셨어요. 재산을 나눠 삼 분의 일을 저에게 주세요. 그러면 제 땅을 늘릴 수 있을 거예요."

하지만 노인은 거절했다.

"네가 우리 집에 해 준 게 아무것도 없는데 왜 내가 너한테 재산의 삼 분의 일을 줘야 하는 거냐? 그건 이반과 마르타에게 불공평한 처사야."

그러자 시몬은 이렇게 대답했다.

"이반은 바보잖아요. 마르타는 노처녀인데다 듣지도 말하지도 못하고요. 그 애들에게 재산이 무슨 필요가 있어요?"

노인은 "이반이 뭐라고 하는지 들어 보자"라고 했고 이반이 말했다.

"형이 원하는 걸 주세요."

그리하여 군인 시몬은 아버지의 재산에서 자기 몫을 챙겨 자기 땅으로 이전했다. 그러고는 곧 다시 왕을 위해 일하러 떠났다.

뚱뚱보 타라스 역시 많은 돈을 모았고 상인의 집에 장가들었다. 하지만 더 많은 돈을 원한 타라스는 아버지에게 가서 말했다.

"저에게도 제 몫을 주십시오."

하지만 노인은 타라스에게도 재산을 나누어 주고 싶지 않았다.

"너는 이 집에 보태 준 게 아무것도 없다. 우리 집에 있는 건 모두 이반이 일하여 얻은 것인데 왜 우리가 이반과 마르타에게 못할 짓을 해야 하니?"

그러자 타라스가 말했다.

"이반에게 필요한 게 뭐 있어요? 그 녀석은 바보잖아요! 장가도 못 갈 거예요. 시집올 사람이 아무도 없을 테니까. 벙어리 마르타도 마찬가지고요. 이봐, 이반! 곡식의 반을 나한테 다오. 연장은 필요 없어. 가축 중에서는 회색 종마만 가져갈게. 어차피 땅을 가는 데 도움도 안 되잖니."

이반이 웃으며 말했다.

"형이 원하는 걸 가져가세요. 나는 일해서 더 많이 벌면 되니까요."

그래서 가족들은 타라스에게도 한몫을 떼 주었다. 타라스는 곡식을 도시로 실어 가고 회색 종마도 끌고 갔다. 늙은 암말 한 마리만 남은 이반은 예전처럼 농사를 지어 아버지와 어머니를 모셨다.

2

늙은 악마는 이반 형제들이 재산 다툼을 하지 않고 사이좋게 헤어지는 모습을 보고 약이 바짝 올랐다. 그래서 작은 도깨비 셋을 불러 모았다.

"들어 봐. 삼형제가 있는데 말이야. 군인 시몬, 뚱뚱보 타라스 그리고 바보 이반이라고. 이 셋은 마땅히 싸워야 하는데 평온하게 살면서 사이좋게 지내지 뭐야. 바보 이반이 내 일을 완전히 망쳐 놨어. 너희 셋이 가서 그 삼형제에게 달려들어 서로 쥐어뜯고 싸울 때까지 그놈들을 괴롭혀. 할 수 있겠어?"

"그럼요. 할 수 있어요."

도깨비들이 대답했다.

"어떻게 할 건데?"

"음, 먼저 그놈들을 망하게 할 거예요. 빵 한 조각 남지 않게 만들어서 한 집에 붙어살게 하면 보나마나 서로 물고 뜯으며 싸울 거예요."

"멋진 생각이야. 너희들이 해야 할 일을 잘 알고 있구나. 가

거라. 그리고 놈들 사이에 싸움을 붙이기 전까지는 돌아오지 마. 안 그러면 산 채로 가죽을 벗겨 버릴 테니!"

도깨비들은 늪으로 들어가 어떻게 일을 시작할지 궁리하기 시작했다. 도깨비들은 서로 수월한 일을 맡으려고 입씨름을 했다. 그러다 결국 제비를 뽑아 누가 어떤 형제를 맡을지 정하고 한 도깨비가 먼저 임무를 끝내면 다른 도깨비들을 돕기로 했다. 그래서 도깨비들은 제비를 뽑았고, 누가 임무에 성공했고 누가 도움이 필요할지 파악하기 위해 늪에서 다시 만날 날짜를 정했다.

정해진 날짜가 되자 도깨비들은 약속대로 늪에서 다시 만나 각자 일이 어떻게 되어 가고 있는지 설명하기 시작했다. 군인 시몬을 맡았던 첫째 도깨비가 먼저 말했다.

"내 일은 잘되어 가고 있어. 내일 시몬은 자기 아버지 집으로 돌아갈 거야."

다른 도깨비들이 물었다.

"어떻게 했는데?"

"먼저 나는 시몬을 세상에 겁나는 것이 없게 만들어 왕에게 전 세계를 정복하자고 제안하게 만들었지. 왕은 시몬을 장군으로 임명하고 인도 왕과 싸우라고 보냈지. 양쪽 군대가 전쟁을 하려고 맞섰어. 그런데 그전 날 밤에 나는 시몬의 진영에 있는 화약을 전부 물에 적셔 놓고는 인도 왕 쪽에는 짚으로 군사들을 아주 많이 만들어 놓았어. 시몬의 군사들은 지푸

라기 군사들이 에워싼 것을 보고 무서워 쩔쩔맸지. 시몬이 발포하라고 명령했지만 대포와 총은 꿈쩍도 안 했어. 시몬의 군사들은 벌벌 떨면서 양처럼 달아났고 인도 왕이 이들을 다 무찔렀지. 시몬은 치욕을 당했어. 시몬은 토지를 몰수당하고 내일 처형당하기로 되어 있어. 난 이제 하루치 일밖에 안 남았어. 시몬이 집으로 도망칠 수 있도록 감옥에서 빼내기만 하면 돼. 내일이면 누구든 도울 수 있어. 내 도움이 필요하면 말해."

그러자 타라스를 맡은 둘째 도깨비가 자기의 활약상을 들려주었다.

"나는 아무 도움도 필요 없어. 내 일은 순조롭게 진행되고 있거든. 타라스는 일주일 이상 못 버텨. 먼저 나는 타라스를 아주 탐욕스럽고 뚱뚱하게 만들었어. 타라스는 욕심이 머리 끝까지 차서 보는 것마다 다 사고 싶어 하게 됐지. 엄청나게 많은 물건들을 사느라 가진 돈을 다 썼으면서도 빚을 내서 계속 물건을 사들이고 있어. 빚더미에 올라 있는데도 그저 물건을 사들이는 데 푹 빠져서 빚을 청산할 수가 없어. 일주일 뒤면 돈을 갚아야 되는데 그전에 나는 타라스가 쟁여 놓은 물건들을 다 망가뜨려 버릴 거야. 그러면 타라스는 돈을 갚기는커녕 고향의 아버지에게 갈 수밖에 없을걸."

도깨비들은 이반을 맡은 셋째 도깨비에게 물었다.

"넌 어떻게 되어 가고 있어?"

셋째 도깨비가 대답했다.

"음, 내 일은 잘 안 되고 있어. 먼저 나는 이반이 마실 물에 침을 뱉어 배탈이 나게 했어. 그런 다음 이반의 땅에 가서 땅을 돌처럼 단단하게 두드려 놓았지. 이반이 땅을 갈지 못하게 하려고 말이야. 나는 이반이 땅을 갈지 않을 줄 알았어. 그런데 이 바보 같은 녀석이 쟁기를 들고 오더니 고랑을 파기 시작했어. 배가 아파서 신음을 하면서도 쟁기질을 계속했지. 내가 이반의 쟁기를 부러뜨려 놔도 그 녀석은 집에 가서 다른 쟁기를 들고 와서 또 고랑을 파기 시작했어. 나는 땅을 기어 다니며 쟁기 날을 꽉 붙들었지만 날카로운 날에 손만 베였지 뭐야. 이반은 작은 땅 하나만 남겨 놓고 쟁기질을 거의 끝냈어. 친구들아, 날 도와줘. 이반을 이기지 못하면 우리 노력이 모두 물거품이 돼. 그 바보가 버티면서 계속 농사일을 하면 그 형제들은 아쉬울 게 없을 거야. 이반이 둘을 먹여 살릴 테니까 말이야."

군인 시몬을 맡은 도깨비가 다음 날 도우러 오겠다고 약속했고 도깨비들은 헤어졌다.

3

귀퉁이 땅 한쪽만 빼고 묵혀 둔 땅을 모두 간 이반은 남은 것마저 쟁기질을 하려고 나왔다. 배가 아팠지만 쟁기질을 해야 했다. 이반은 마구의 밧줄을 풀고 쟁기를 부려 일을 시작했다. 한 고랑을 갈고 다시 돌아오는데 쟁기가 나무뿌리에 걸린 것처럼 나가지 않았다. 도깨비가 쟁기 날에 다리를 감고 쟁기가 앞으로 나가지 못하게 붙잡고 있기 때문이었다.

이반은 참 이상한 일도 다 있다고 생각했다.

"여기에는 나무뿌리가 없었는데? 이상한데……."

이반은 손을 고랑 깊숙이 집어넣고 더듬었다. 뭔가 물컹한 것이 만져져서 움켜쥐고 끌어냈더니 나무뿌리처럼 새까만 것이 꿈틀거리고 있었다. 세상에! 그것은 살아 있는 도깨비였다!

"고약한 녀석이군!"

이반은 손을 들어 도깨비를 쟁기에 내동댕이치려고 했다. 그러자 도깨비가 고함을 질렀다.

"절 다치게 하지 마세요. 그러면 시키는 건 뭐든 할게요."

"네가 뭘 할 수 있는데?"

"시키는 건 뭐든 할 수 있어요."

이반은 머리를 긁적거렸다.

"배가 아픈데 고쳐 줄 수 있어?"

"당연히 할 수 있지요."

"그럼, 고쳐 봐."

도깨비는 고랑 안으로 들어가 여기저기 쑤석거리며 손톱으로 땅을 파헤쳤다. 그러고는 세 가닥으로 나뉜 나무뿌리 하나를 이반에게 주었다.

"여기요. 누구든 이 뿌리 하나를 삼키면 어떤 병도 말끔히 낫는답니다."

이반은 뿌리들을 받아 떼어 낸 뒤 그중 하나를 삼켰다. 그러자 아프던 배가 금세 감쪽같이 나았다. 도깨비는 다시 사정하며 이렇게 말했다.

"저를 놓아주시면 바로 땅속으로 들어가 다시는 나오지 않을게요."

이반이 말했다.

"좋아. 가거라. 하나님께서 함께하시기를!"

이반이 하나님이라는 말을 꺼내자마자 도깨비는 물에 던진 돌멩이처럼 땅속으로 쑥 들어가 버리고 그 자리에는 구멍 하나만 남았다.

이반은 남은 뿌리 두 개를 모자 속에 넣은 뒤 쟁기질을 계속했다. 그리고 마지막 고랑까지 다 간 뒤 쟁기를 뒤집어 놓고 집으로 돌아왔다. 이반이 마구를 풀고 오두막으로 들어갔더니 군인 시몬과 그의 아내가 앉아서 저녁을 먹고 있었다. 땅을 압수당하고 감옥에서 몸만 겨우 도망쳐 나온 시몬이 아버지의 집에서 살려고 돌아와 있었다.

시몬이 이반을 보더니 말했다.

"너와 함께 살려고 왔어. 내가 다른 일을 구할 때까지만 나와 네 형수를 먹여 다오."

"알았어요."

이반이 대답했다.

"저희랑 함께 지내세요."

그런데 이반이 의자에 앉으려고 하자 귀부인이 이반의 몸에서 나는 냄새에 질겁하며 남편에게 말했다.

"더러운 농부와는 식사할 수 없어요."

그러자 군인 시몬이 말했다.

"네 형수가 너한테서 고약한 냄새가 난다는구나. 넌 밖에 나가서 먹으렴."

"좋아요. 어차피 저는 밤에 밖에 있어야 돼요. 암말에게 풀을 뜯겨야 하거든요."

이반은 빵과 외투를 집어 들고 암말을 데리고 들로 나갔다.

4

그날 밤, 시몬을 맡은 도깨비가 임무를 마치고 약속한 대로 이반을 맡은 도깨비를 찾아왔다. 바보를 제압하는 데 도와주러 온 것이다. 도깨비는 들로 가서 친구를 열심히 찾았지만 친구는 없고 구멍 하나만 발견했다.

"아무래도 무슨 나쁜 일이 벌어진 게 분명해. 내가 친구 대신 나서야겠군. 땅을 다 갈았으니 목초지에서 그 바보를 상대해야겠어."

그래서 도깨비는 목초지로 가서 이반의 풀밭을 물에 잠기게 했다. 풀들이 온통 진흙투성이가 되었다.

이반은 새벽녘에 목장에서 돌아와 낫을 간 뒤 풀밭으로 풀을 베러 갔다. 그런데 낫을 한두 번 휘둘렀을 뿐인데 날이 무뎌져 풀이 베어지지 않아 다시 갈아야 했다. 이반은 한동안 애를 쓰다가 중얼거렸다.

"소용없군. 집에 가서 낫을 갈 숫돌을 가져와야겠어. 아예 빵 한 덩어리도 들고 와야지. 일주일이 걸리더라도 풀을 다 베기 전까지는 집에 안 갈 거야."

이 말을 들은 도깨비는 생각했다.

'아주 질긴 녀석이군. 이런 식으로는 안 되겠어. 뭔가 다른 방법을 써야 돼.'

이반이 돌아와서 낫을 간 다음 풀을 베기 시작했다. 도깨비는 풀 속을 기어 다니며 낫자루를 붙잡고 낫 끝이 땅속에 처박히게 만들었다. 이반은 이상하게 힘이 들었지만 늪 한쪽 귀퉁이만 남겨 놓고 목초지의 풀을 다 벴다. 도깨비는 늪으로 기어들어 가 곰곰이 생각했다.

'내 손을 베는 한이 있어도 녀석이 풀을 베지 못하게 방해해야지.'

이반이 늪에 도착했다. 풀이 두꺼워 보이지도 않는데 낫을 휘둘러도 베어지지 않았다. 화가 난 이반은 온 힘을 다해 낫을 휘두르기 시작했다. 도깨비는 별수 없이 항복하고 말았다. 낫을 따라잡을 수 없는 데다 일이 틀어졌다고 생각한 도깨비는 덤불 속으로 뛰어들었다. 그런데 이반이 덤불을 잡고 낫을 휘두르다가 도깨비의 꼬리를 절반이나 잘라 버렸다. 풀을 다 베고 난 이반은 누이에게 풀을 갈퀴로 긁어모으라고 한 뒤 다시 호밀을 베러 갔다. 이반은 자루가 긴 큰 낫을 들고 갔지만 꼬리가 잘린 도깨비가 먼저 와서 호밀들을 마구 얽어 놓아서 큰 낫으로 베어지지 않았다. 그러자 이반은 집에 가서 작은 낫을 들고 와 호밀을 베어 전부 거둬들였다.

"이제 귀리 차례군."

꼬리가 잘린 도깨비는 이 소리를 듣고 생각했다.

'호밀밭에서는 이 녀석에게 졌지만 귀리밭에서는 꼭 이기고 말 거야. 아침까지만 두고 보자.'

이튿날 아침이 되자 도깨비는 서둘러 귀리밭으로 달려갔다. 그런데 이반이 귀리를 벌써 다 베어 버린 게 아닌가! 낟알이 조금이라도 덜 떨어지게 하려고 이반이 밤사이에 귀리를 벤 것이다. 도깨비는 화가 치밀어 올랐다.

"날 만신창이로 만들더니 아주 진을 빼는구나, 바보 녀석. 이건 전쟁보다 더한걸. 그 빌어먹을 바보 녀석은 잠도 자지 않으니 당해 낼 재간이 없군. 그렇다면 이제 그 녀석이 거둔 곡식 자루 안에 들어가 곡식들을 전부 썩혀 버려야겠다."

그래서 도깨비는 호밀을 쌓아 놓은 데로 가서 다발 사이로 기어들어간 뒤 호밀을 썩게 하기 시작했다. 그런데 호밀들을 뜨겁게 하다 보니 자기 몸도 따뜻해져서 도깨비는 그만 스르르 잠이 들었다.

이반은 암말의 마구를 채우고 누이와 함께 호밀을 실으러 갔다. 이반은 가리로 쌓아 놓은 호밀을 수레에 던져 넣기 시작했다. 두 단째 던지고 다시 쇠갈퀴를 찔러 넣었는데 그만 도깨비의 등이 갈큇발에 걸리고 말았다. 이반이 쇠갈퀴를 들어 올리자 갈큇발 사이에 살아 있는 도깨비가 보였다. 꼬리가 잘린 도깨비가 갈퀴에서 뛰어내리려고 발버둥치고 있었다.

"이 고약한 녀석, 왜 또 왔어?"

도깨비가 대답했다.

"전 다른 도깨비예요. 먼젓번 도깨비는 제 동생이고요. 저는 당신의 형인 시몬과 함께 있었답니다."

"네가 누구든 너도 똑같은 꼴을 당해야 돼!"

이반이 도깨비를 수레에 내팽개치려고 하자 도깨비가 비명을 질렀다.

"제발 놔주세요. 다신 나타나지 않고 시키는 일은 뭐든 할게요."

"네가 뭘 할 수 있는데?"

"원하시면 제가 무엇으로든 군인을 만들어 낼 수 있어요."

"군인을 뭣에 쓰게?"

"어디에든 쓸 수 있어요. 그 군인들은 뭐든 하라는 대로 다 하거든요."

"노래도 할 수 있어?"

"물론이죠, 당신이 원하신다면."

"좋아 그럼 몇 개 만들어 줘."

그러자 도깨비가 말했다.

"여기 호밀 한 단을 잡고 세워서 바닥을 두드린 다음 이렇게 말하기만 하면 돼요."

'오, 호밀단아! 내 종이여,
명령을 내리노라.
짚단의 수만큼
군인이 나타나게 하라.'

이반은 호밀단으로 바닥을 치면서 도깨비가 시키는 대로
말했다. 그러자 호밀단이 뿔뿔이 흩어지더니 모두 군인으로
변했다. 선두에 나팔수와 북을 치는 병사가 있는 연대가 하나
만들어졌다.

이반은 웃음을 터뜨렸다.

"대단한 솜씨군! 굉장한걸! 여자들이 좋아하겠어!"

"이제 절 놔주세요."

도깨비가 말했다.

"안 돼. 난 낟알을 떨어낸 짚으로 군인들을 만들 거야. 안 그러면 귀한 낟알을 다 버리게 되잖아. 군인들을 다시 호밀단으로 만드는 법을 알려줘. 낟알을 떨어야 하거든."

그러자 도깨비가 말했다.

"따라 하세요."

'군인들 수만큼
호밀단이 되게 하라.
내 충실한 종들에게
명령을 내리노라.'

이반이 따라 하자 눈앞에 호밀단이 나타났다.

도깨비가 다시 사정했다.

"이제 저를 놔주세요!"

"좋아."

이반이 도깨비를 수레 옆구리에 대고 손으로 붙잡아 갈퀴에서 빼냈다.

"하나님께서 함께하시기를."

이반이 말했다.

이반이 하나님이라는 말을 입 밖에 내자마자 이 도깨비도 물에 던진 돌멩이처럼 땅속으로 쑥 들어갔다. 그 자리에는 구멍 하나가 달랑 남았다.

이반이 집으로 돌아오니 둘째 형 타라스가 아내와 함께 앉아 저녁을 먹고 있었다.

뚱뚱보 타라스가 빚을 갚지 못하고 빚쟁이들을 피해 고향의 아버지 집으로 도망쳐 온 것이다. 타라스가 이반을 보더니 말했다.

"얘, 내가 다시 장사를 시작할 수 있을 때까지 네가 나와 네 형수를 먹여 살려야겠다."

이반이 말했다.

"좋아요. 원하신다면 이 집에서 사세요."

이반은 외투를 벗고 탁자에 앉았다. 하지만 상인의 아내가 말했다.

"난 이 시골뜨기와는 같이 앉아 있을 수 없어요. 땀 냄새가 지독해요."

그러자 뚱뚱보 타라스가 말했다.

"이반, 너한테서 지독한 냄새가 나는구나. 밖에 나가서 먹으렴."

"알았어요."

이반이 빵을 들고 마당으로 나가며 말했다.

"어차피 암말에게 풀을 뜯기러 나가야 할 시간이거든요."

5

그날 밤, 자기 일을 다 마치고 한가해진 타라스의 도깨비도 약속대로 친구 도깨비를 도와 바보 이반을 제압하려고 찾아왔다. 타라스의 도깨비는 밭으로 가서 친구들을 열심히 찾아보았다. 하지만 아무도 없고 구멍만 보였다. 그래서 목초지로 가 보았더니 늪에 도깨비의 꼬리가 떨어져 있고 호밀을 베어낸 밑동에 또 다른 구멍 하나가 나 있었다.

"내 친구들에게 무슨 나쁜 일이 벌어진 게 분명해. 내가 친구들을 대신해서 그 바보를 상대해 주지."

도깨비는 이반을 찾으러 갔다. 이반은 벌써 곡식을 쌓아올려 놓고 숲에서 나무를 베고 있었다. 형들이 한집에서 복작대며 살기 싫어서 이반에게 나무를 베어 자신들이 살 새 집을 지어 달라고 했기 때문이다.

도깨비는 숲으로 달려가 나뭇가지 위로 기어 올라가서는 이반이 나무를 쓰러뜨리지 못하도록 방해하기 시작했다. 이반은 있는 힘껏 나무 밑동을 베어 쓰러뜨렸다. 나무가 쓰러지면서 삐딱하게 기울더니 그만 나뭇가지들 사이에 걸리고 말았다. 이반은 막대를 잘라 지렛대로 사용해 겨우 나무를 땅에 쓰러뜨렸다. 계속 다른 나무를 베어 냈지만 아까와 똑같은 현상이 나타났고 이반은 온 힘을 다해 가까스로 나무를 넘어뜨렸다. 세 번째 나무도 같은 일이 벌어졌다.

이반은 애초에 작은 나무 오십 그루를 벨 계획이었다. 그런데 채 열 그루도 베지 못했는데 벌써 밤이 되고 이반도 지치고 말았다. 이반의 몸에서 김이 피어올라 안개처럼 숲에 퍼졌다. 하지만 이반은 일손을 놓지 않았다. 등이 아파서 도저히 일을 할 수 없자 이반은 도끼를 나무에 박아 놓고 앉아서 쉬었다.

도깨비는 이반이 일을 멈춘 걸 알고는 기분이 좋아졌다.

"드디어 녀석이 녹초가 되었군! 녀석은 포기할 거야. 이제 나도 쉴 수 있겠어."

도깨비는 두 다리를 벌리고 나뭇가지에 걸터앉아 싱긋 웃었다. 그런데 이반이 벌떡 일어나더니 도끼를 뽑아 들고 나무의 반대쪽을 세게 내리쳤다. 어찌나 세게 쳤는지 나무가 단번에 우지끈하고 쓰러져 버렸다. 도깨비는 전혀 예상을 하지 못하고 있다가 미처 발을 뺄 틈도 없이 쓰러진 나무에 손이 끼고 말았다. 나뭇가지를 쳐내던 이반은 살아 있는 도깨비가 나무에 매달려 있는 걸 알아차렸다! 이반은 깜짝 놀랐다.

"이 고약한 녀석, 또 왔구나!"

"전 다른 도깨비에요. 저는 당신의 형인 타라스와 함께 있었어요."

"네가 누구든 넌 끝장이야."

이반이 이렇게 말하며 도끼를 휘둘러 도끼자루로 도깨비를 치려고 했다. 그러자 도깨비가 애원을 했다.

"제발 치지 마세요. 그러면 시키는 건 뭐든 할게요."

"네가 뭘 할 수 있는데?"

"당신이 원하는 만큼 돈을 만들 수 있어요."

"좋아, 그럼 좀 만들어 봐."

도깨비는 이반에게 돈을 만드는 방법을 보여 주었다.

"이 떡갈나무 잎사귀를 한 줌 쥐고 손으로 비비면 땅에 금화가 떨어져 내릴 거예요."

이반이 나뭇잎을 한 줌 쥐고 비볐더니 정말 손에서 금화가 떨어졌다.

"이건 사람들이 축제 때 가지고 놀면 좋겠는걸."

"이제 절 보내 주세요."

도깨비가 부탁했다.

"좋아."

이반이 지렛대로 도깨비를 나무에서 빼내 주며 말했다.

"이제 가! 하나님께서 함께하시기를."

이반이 하나님이라는 말을 입 밖에 내자마자 이 도깨비도 물에 던진 돌멩이처럼 땅속으로 쑥 들어갔다. 그 자리에는 구멍 하나만 남았다.

6

이반의 형들은 집을 지어 따로 나가 살기 시작했다. 이반은 추수를 다 끝낸 뒤 맥주를 만들어 다음 축일을 함께 보내자며 형들을 초대했다. 하지만 형들은 오지 않았다.

형들은 "우린 농사꾼들의 축제에는 관심 없어"라고 말했다.

대신 이반은 농부와 농부의 아낙네들을 위해 잔치를 베풀고 얼큰하게 취할 때까지 술을 마셨다. 그런 다음 거리로 나가 둥글게 둘러서서 춤을 추고 있는 사람들에게로 갔다. 이반은 여자들에게 자신을 위해 노래를 한 곡 불러 달라고 했다.

"노래를 불러 주시면 그 보답으로 제가 여러분이 난생처음 보는 뭔가를 드릴게요!"

여자들은 웃으며 이반을 칭찬하는 노래를 불렀다. 노래가 끝나자 여자들이 말했다.

"자, 이제 선물을 주세요."

이반은 "바로 가져올게요"라고 말하고 씨앗 바구니를 들고는 숲으로 달려갔다.

그 모습을 본 여자들은 웃음을 터뜨리며 "저 사람은 바보야!"라고 말하고는 곧바로 화제를 바꾸었다.

잠시 후 이반이 무거운 것을 잔뜩 담은 바구니를 들고 달려왔다.

"이걸 드릴까요?"

"네! 주세요."

이반은 금화를 한 줌 집어 여자들에게 던졌다. 금화를 주우려고 달려드는 여자들의 모습을 여러분이 봤어야 했는데! 주위의 남자들도 앞다투어 금화를 주우며 서로 빼앗으려고 몸싸움을 벌였다. 한 노파는 하마터면 사람들에게 깔려 죽을 뻔했다. 이반이 그 모습을 보고 웃었다.

"이런 바보같이! 왜 늙은 할머니를 깔아뭉개는 거예요? 조용히 하세요, 금화를 더 드릴게요."

이반은 금화를 좀 더 던졌다. 사람들이 죄다 몰려들었고 이반은 가지고 있는 금화를 다 던졌다. 사람들이 더 달라고 하자 이반이 말했다.

"지금은 더 가진 게 없어요. 다음에 더 드릴게요. 이제 춤을 춥시다. 자, 노래를 들려주세요."

여자들이 노래를 부르기 시작했다.

"노래가 별로네요."

이반이 말했다.

"어디 노래 잘하는 사람 있어요?"

사람들이 물었다.

"금방 보여 드릴게요."

이반은 이렇게 말하고는 헛간에 가서 호밀 한 단을 집어 낟알을 떨어낸 다음 세워서 바닥을 두드렸다.

"자 이제 해 볼까!"

이반이 말했다.

"오, 호밀단아! 내 종이여,
명령을 내리노라.
짚단의 개수만큼
군인이 나타나게 하라."

그러자 호밀단이 뿔뿔이 흩어지더니 수많은 군인이 되었다. 북과 트럼펫 소리와 함께 연주가 시작되었다. 이반은 군인들에게 연주하며 노래를 부르라고 명령한 뒤 이들을 이끌고 거리로 나갔다. 사람들은 그 모습을 보고 깜짝 놀랐다. 군인들이 연주하면서 노래를 부르고 나자 이반은 누구도 따라오지 못하게 하고 군인들을 헛간으로 도로 데려갔다. 그리고다시 호밀단으로 변하게 하여 원래 있던 자리에 던져두었다.

그러고는 집으로 돌아와 마구간에 누워 잠이 들었다.

7

다음 날 아침 소문을 들은 군인 시몬이 동생을 찾아갔다.

"얘기해 보렴. 군인들을 어디서 데려왔다가 어디로 데려갔니?"

"그게 형님하고 무슨 상관인데요?"

이반이 물었다.

"무슨 상관이냐고? 군인들이 있으면 뭐든 할 수 있어. 왕국을 얻을 수 있다고."

이반은 그 말을 듣고 놀랐다.

"이런! 왜 진작 그렇다고 말을 안 하셨어요? 형님이 원하는 수만큼 군인을 만들어 드릴게요. 누이와 제가 낟알을 떨어내고 짚을 많이 만들어 두어서 다행이에요."

이반은 형을 헛간으로 데리고 가서 말했다.

"형님, 제가 군인을 만들어 드리면 당장 데리고 떠나셔야 돼요. 군인들을 다 먹이려면 하루 만에 마을이 거덜 날 거예요."

시몬이 바로 군인들을 데리고 떠나겠다고 약속하자 이반은 군인을 만들기 시작했다. 이반이 짚단으로 타작마당을 두드렸다. 그러자 한 중대가 나타났다. 또 다른 짚단을 두드리자 두 번째 중대가 나타났다. 이반은 들판을 가득 채울 만큼 많은 군인을 만들었다.

"이 정도면 되겠어요?"

이반이 물었다.

시몬은 기쁨에 넘쳐 말했다.

"이 정도면 충분해. 고맙다, 이반."

"별 말씀을요. 더 필요하면 오세요. 또 만들어 드릴게요.

지금은 짚이 아주 많으니까요."

군인 시몬은 당장 자기 군대를 지휘하고 대오를 정비한 다음 전쟁을 하러 떠났다.

시몬이 떠나자마자 뚱뚱보 타라스가 나타났다. 타라스도 어제 일을 듣고는 동생에게 말했다.

"금화가 어디에서 났는지 알려 줘! 장사를 시작할 돈이 좀 있으면 온 세상의 돈을 다 끌어 모을 수 있어."

이반은 깜짝 놀랐다.

"이런! 진작 말씀하시지요. 형님이 원하는 만큼 금화를 만들어 드릴게요."

타라스는 뛸 듯이 기뻐했다.

"우선 세 바구니를 채울 만큼 만들어 줘."

"좋아요. 숲으로 가요. 암말에 마구를 채워 수레를 끌고 가는 게 좋겠어요. 형님이 금화를 들고 오지 못할 테니까요."

두 사람은 숲으로 말을 몰고 갔고 이반은 떡갈나무 잎을 비비기 시작했다. 그러자 산더미처럼 많은 금이 만들어졌다.

"이 정도면 되겠어요?"

타라스는 기뻐서 어쩔 줄 몰랐다.

"지금은 이걸로 충분해. 고맙다, 이반."

"별 말씀을요. 더 필요하면 오세요. 나뭇잎은 얼마든지 있으니까요."

뚱뚱보 타라스는 금화를 쓸어 담아 수레 가득 싣고 장사를 하러 떠났다.

이렇게 두 형들이 집을 떠났다. 시몬은 전쟁을 하러, 타라스는 장사를 하러 갔다. 군인 시몬은 왕국을 정복했고 뚱뚱보 타라스는 장사를 해서 많은 돈을 벌었다.

두 형제는 서로 만나 시몬이 어떻게 군인들을 얻었고 타라스가 어떻게 돈을 구했는지 이야기를 주고받았다. 그러다 군인 시몬이 동생에게 말했다.

"나는 왕국을 정복해서 호화롭게 살고 있지만 내 군인들을 먹여 살릴 만한 돈이 충분하지 않아."

뚱뚱보 타라스도 말했다.

"저도 많은 돈을 벌긴 했는데, 문제는 그 돈을 지킬 사람이 없다는 거예요."

그러자 군인 시몬이 제안했다.

"이반에게 가자. 내가 이반에게 군인들을 더 만들어 달라고 해서 너한테 줄게. 그 군인들로 네 돈을 지켜. 그리고 너는 이반에게 내 군인들을 먹여 살릴 돈을 만들어 달라고 하면 되잖아."

두 사람은 이반에게 달려갔다.

"사랑하는 이반, 군인들이 부족해. 건초 두 가리 정도로 군인들을 만들어 줘."

이반이 고개를 저었다.

"싫어요! 군인은 더 이상 안 만들 거예요."

"얼마든지 만들어 주겠다고 약속했잖아."

"약속한 건 알지만 더 만들지는 않을 거예요."

"왜 안 만들겠다는 거야, 이 바보 녀석아?"

"형님의 군인들이 사람을 죽였으니까요. 지난번에 길가의 밭을 갈고 있는데 한 여자가 울면서 수레에 관을 싣고 가는 모습을 봤어요. 제가 누가 죽었는지 물었더니 '시몬의 군인들이 전쟁에서 제 남편을 죽였어요'라고 대답하지 뭐예요. 전 군인들이 연주만 하는 줄 알았는데 사람을 죽였어요. 더 이상 형님에게 군인을 만들어 주지 않을 거예요."

이반은 고집을 부리며 더 이상 군인을 만들려 하지 않았다.

뚱뚱보 타라스도 이반을 찾아와 금화를 더 만들어 달라고 애원했다. 하지만 이반은 고개를 저었다.

"아뇨, 더 이상 금화를 만들지 않을 거예요."

"약속하지 않았니?"

"약속은 했지만 더 안 만들 거예요."

"왜 안 만들겠다는 거야, 바보 녀석아?"

"형님의 금화가 미하일의 딸한테서 소를 빼앗아 갔으니까요."

"그게 무슨 말이야?"

"말 그대로 빼앗아 갔다고요! 미하일의 딸이 소 한 마리를 길렀어요. 그 집 아이들이 그 소의 젖을 먹었고요. 그런데 요전 날 아이들이 제게 와서 우유를 달라고 하더군요. 제가 '너희 소는 어디에 있어?'라고 물었더니 아이들이 '타라스의 관리인이 와서 엄마한테 금화 세 닢을 줬어요. 그러자 어머니가 소를 관리인에게 줘 버려서 우리는 마실 게 없답니다'라고 하더군요. 저는 형이 금화를 갖고 노는 줄 알았는데 형은 아이들의 소를 빼앗아 버렸어요. 다시는 형에게 금화 따윈 만들어 주지 않을 거예요."

이반은 고집을 부리며 더 이상 군인과 돈을 만들어 주지 않으려 했다. 그래서 형들은 가 버렸다. 가는 길에 두 사람은 자신들이 안고 있는 어려움을 해결할 방법을 의논했다. 시몬이 제안했다.

"자, 이렇게 하자. 너는 나한테 내 군인들을 먹여 살릴 돈을 주고 나는 네 돈을 지켜 줄 만큼 충분한 군인들과 내 왕국의 반을 주는 거야."

타라스도 이 말에 동의하여 형제는 각자 가진 것을 나누었다. 그래서 형제는 둘 다 왕이 되고 둘 다 부자가 되었다.

8

이반은 집에서 부모님을 부양하고 벙어리 누이와 들에서 일하며 살았다. 이반이 마당에서 키우던 개가 옴이 올라 죽어 가고 있었다. 개를 가엾게 여긴 이반이 누이에게서 빵 조각을 얻어 모자에 담아 들고 가서 개에게 던져 주었다. 그런데 모자에 구멍이 나 있어서 작은 뿌리 하나가 빵과 함께 땅에 떨어졌다. 늙은 개가 빵과 함께 뿌리도 주워 먹었다. 뿌리를 삼키기가 무섭게 개가 팔팔해지더니 뛰어놀기 시작했다. 짖기도 하고 꼬리도 흔들었다. 순식간에 건강을 되찾은 것이다.

이반의 부모님이 그 광경을 보고 신기해하며 물었다.

"어떻게 개를 낫게 한 거니?"

이반이 대답했다.

"제게는 어떤 고통이든 낫게 해 주는 작은 뿌리가 두 개 있었어요. 이 개가 그중 하나를 삼켰고요."

그 무렵 왕의 딸이 병에 걸렸다. 왕은 모든 도시와 마을에 누구든 공주의 병을 낫게 해 주는 사람에게 사례할 것이며 결혼하지 않은 남자일 경우 공주를 아내로 맞이하게 해 주겠다고 공표했다. 이반의 마을은 물론 나라 곳곳에 이 소식이 알려졌다.

이반의 부모님이 이반을 불러 말했다.

"왕이 공표한 것 들었지? 너한테 어떤 병이든 고칠 수 있는 뿌리가 있다니 가서 공주님의 병을 고쳐 드리렴. 그럼 넌 평생 행복하게 살 수 있을 거야."

"알았어요."

이반은 곧 길 떠날 준비를 하고 가장 좋은 옷을 차려입었다. 하지만 문을 나선 이반은 손이 불구가 된 거지 여자를 만났다.

"당신이 병을 고쳐 준다고 들었습니다. 부디 제 손을 낫게 해 주세요. 혼자서는 장화도 못 신는답니다."

"좋아요."

이반은 작은 뿌리를 거지 여자에게 주며 삼키라고 했다. 여자가 뿌리를 삼키자 손이 나았고 팔을 마음대로 움직일 수 있게 되었다.

이반과 함께 왕에게 가려고 나왔던 부모님은 아들이 뿌리를 여자에게 줘 버려서 공주에게 줄 게 없다는 말을 듣고 아들을 마구 야단치기 시작했다.

"거지 여자는 불쌍하게 생각하면서 공주님은 가엾게 여겨지지 않았니?"

이반은 공주님도 딱하게 생각되었다. 그래서 말에 마구를 채운 뒤 수레에 짚을 깔고 올라타 떠나려고 했다.

"어디 가려는 거니, 바보 녀석아?"

"공주님을 치료하러 가요."

"하지만 네겐 이제 공주님을 낫게 해 줄 게 아무것도 없잖아."

"걱정 마세요."

이반은 이렇게 대답하고는 길을 나섰다.

이반은 말을 몰아 왕의 궁전으로 갔다. 이반이 궁전 문턱을 밟자마자 공주의 병은 말끔히 나았다.

왕은 몹시 기뻐하며 이반을 데려오라고 하고는 좋은 옷을 입혔다.

"너를 내 사위로 삼겠다."

왕이 말했다.

"좋아요."

이반이 대답했다.

이반은 공주와 결혼했다. 얼마 안되어 왕이 세상을 떠나자 이반이 왕 자리에 올랐다. 그렇게 삼형제 모두 왕이 되었다.

9

형제들은 모두 나라를 다스리며 살았다. 장남인 군인 시몬의 나라는 번창했다. 시몬은 짚으로 만든 군인들과 함께 진짜 군인들도 모았다. 열 집마다 한 명씩 군인을 징집하라고 왕국 전체에 명령을 내렸고 군인들은 모두 키가 크고 몸과 얼굴이 깔끔해야 한다고 했다. 시몬은 그런 군인들을 많이 모아 훈련시켰다. 시몬은 자신에게 맞서는 사람이 있으면 당장 군인들을 보냈고 자기 하고 싶은 대로 했다. 사람들은 시몬을 점점 두려워하게 되었지만 시몬 자신은 편안하게 살았다. 시몬의 눈길이 닿는 것이나 원하는 것은 무엇이든 그의 차지가 되었다. 시몬은 군인들을 보내 자신이 원하는 것을 모두 가져오게 했다.

뚱뚱보 타라스도 편안하게 살았다. 타라스는 이반에게서 얻은 돈을 낭비하지 않고 크게 불렸다. 타라스는 왕국에 법과 질서를 도입했다. 자기 돈은 돈궤에 넣어두고 백성들에게는 세금을 뜯어냈다. 인두세를 걷었고, 걸어가든 마차를 타든 통행세를 받았으며 신발, 양말, 옷 장식에까지 세금을 매겼다. 타라스도 원하는 것은 뭐든 얻었다. 사람들은 돈을 벌기 위해 타라스에게 모든 걸 갖다 바치고 그를 위해 일하겠다고 했다. 모든 사람들이 돈을 원했기 때문이다.

바보 이반 역시 나쁘지 않게 살았다. 이반은 장인의 장례를 치르자마자 왕의 옷을 벗어 아내에게 주면서 장롱 안에 넣어 두라고 일렀다. 그리고 삼베옷에 껑충한 반바지를 입고 농부들의 신발을 신고는 다시 일을 하기 시작했다.

"따분해. 살이 붙고 입맛도 잃은 데다 잠도 안 와."

그래서 이반은 아버지와 어머니, 벙어리 누이를 데려와 함께 살면서 예전처럼 일을 했다.

백성들이 말했다.

"하지만 당신은 왕이 아니십니까!"

"그렇지요. 하지만 왕도 밥은 먹어야죠."

이반이 대답했다.

한 신하가 와서 고했다.

"월급을 줄 돈이 없습니다."

"알았어요. 그럼 급여를 주지 마세요."

"그러면 왕을 위해 일할 사람이 아무도 없을 겁니다."

"괜찮아요. 저를 위해 일하지 말라고 하세요. 그러면 각자 일할 시간이 더 늘어날 거예요. 그 사람들에게 거름을 실어 나르라고 하세요. 치워야 할 것들이 아주 많아요."

백성들이 재판을 해 달라고 이반을 찾아오기도 했다. 한 사람이 말했다.

"저 사람이 내 돈을 훔쳤습니다."

그러자 이반이 말했다.

"괜찮아요. 그 사람이 돈을 갖고 싶어 했군요."

사람들은 모두 이반이 바보라는 걸 알게 되었다. 왕비가 이반에게 말했다.

"사람들이 임금님을 보고 바보라고 합니다."

"괜찮아요."

이반이 대답했다.

이반의 아내는 이 문제에 대해 곰곰이 생각해 보았지만 아내 역시 바보였다.

"남편의 뜻을 어찌 거스를 수 있겠습니까? 바늘 가는 곳에 실이 가는 법인데요."

이반의 아내는 이렇게 말하며 자신도 왕비의 옷을 벗어 장롱 속에 집어넣은 다음 벙어리 시누이에게 일을 배우러 갔다. 그렇게 일을 배워 남편을 돕기 시작했다.

현명한 사람들은 모두 이반의 왕국을 떠나고 바보들만 남았다.

돈이 있는 사람은 아무도 없었다. 이반의 백성들은 일을 하여 자기 힘으로 먹고살고 다른 사람들도 먹여 살렸다.

10

늙은 악마는 도깨비들한테서 삼형제를 파멸시켰다는 소식

이 오기만 목이 빠지게 기다렸다. 하지만 아무런 소식도 없었다. 결국 악마는 일이 어떻게 되었는지 직접 알아보러 나섰다. 악마는 세 도깨비를 샅샅이 찾아다녔지만 도깨비들의 자취는 사라지고 구멍 세 개만 남아 있었다.

악마는 생각했다.

"아마 도깨비들이 실패한 게 분명해. 내가 직접 달라붙어야겠어."

악마는 이반 형제들을 찾으러 갔지만 형제들은 원래 살던 곳에 없었다. 결국 악마는 서로 다른 세 왕국에서 형제들을 찾아냈는데, 셋 모두 나라를 다스리고 있었다. 이걸 보고 늙은 악마는 눈이 확 뒤집혔다.

"그렇다면 내가 직접 나설 수밖에."

악마는 먼저 시몬 왕에게 갔다. 악마는 원래 모습이 아니라 장군으로 변장한 뒤 시몬의 궁전으로 말을 몰았다.

"사람들 말이 전하께서는 뛰어난 전사라고 하더군요. 제가 군사 쪽은 잘 알고 있으니 전하를 모시고 싶습니다."

장군에게 질문을 던져본 시몬 왕은 그가 현명한 사람이라고 판단하여 자기 밑에 두었다.

새 사령관은 시몬 왕에게 강한 군대를 만드는 법을 가르치기 시작했다.

"먼저 군인을 더 많이 모아야 합니다. 이 왕국에는 일자리가 없는 사람들이 많아요. 젊은이들을 모조리 징집해야 합니다. 그러면 전하는 전보다 다섯 배나 많은 병력을 얻게 되실 겁니다. 둘째, 소총과 대포를 새로 장만해야 합니다. 한 번에 백 발이 나가는 소총을 들여오겠습니다. 총알이 완두콩처럼 튀어나가는 겁니다. 또 사람이든, 말이든, 벽이든 박살내 버리는 대포를 만들겠습니다. 그 대포는 모든 걸 다 태워 버릴 겁니다!"

새 사령관의 말을 들은 시몬 왕은 모든 젊은이를 모조리 병적에 올리라고 지시하고 새 공장들을 지어 엄청난 수의 개량 소총과 대포를 생산했다. 그런 다음 서둘러 이웃나라의 왕에게 전쟁을 선포했다. 시몬 왕은 이웃 나라 군대와 맞닥뜨리자마자 총탄을 퍼붓고 대포를 발사하라고 명령했고 단숨에 적군의 절반을 처부수고 불태웠다. 이웃나라 왕은 완전히 겁을 집어먹고 시몬의 왕국에 항복했다. 시몬 왕은 기쁨에 넘쳐 선언했다.

"이제 인도 왕을 무찌를 것이다."

하지만 시몬 왕의 소식을 들은 인도 왕은 시몬의 전략을 모두 알아내어 거기에 자신의 계략까지 추가했다. 젊은 남자뿐만 아니라 미혼 여성들까지 모두 병적에 올려 시몬 왕의 군보다 더 큰 규모의 군대를 만들었다. 또한 시몬 왕의 소총과 대포를 모방한 무기를 만들고 하늘을 날아 공중에서 폭탄을 떨어뜨리는 방법까지도 고안했다.

시몬 왕은 이웃나라 왕을 이긴 것처럼 인도 왕도 무찌를 것이라 기대하며 싸우러 떠났다. 하지만 그렇게 잘 들던 낫의 날이 나가 버렸다. 인도 왕은 시몬의 군이 사정거리 안에 들어오지 못하게 막고 여군들에게 공중에서 폭탄을 던지게 했다. 여군들은 바퀴벌레에 붕산을 뿌리듯 시몬의 군대에 폭탄을 퍼붓기 시작했다. 병사들이 다 달아나 버리자 시몬 왕 혼자만 남았다. 그리하여 인도 왕이 시몬의 왕국을 정복했고 군인 시몬은 죽기 살기로 도망쳤다.

큰아들을 처리한 늙은 악마는 타라스 왕에게 갔다. 이번에는 상인으로 변장하여 타라스의 왕국에 정착해 상점을 열고 돈을 뿌리기 시작했다. 악마가 모든 물건을 후한 값을 주고 사들이자 사람들은 돈을 벌려고 새로 온 상인에게 몰려들었다. 많은 돈이 돌자 백성들은 세금을 바로바로 내기 시작했고 밀린 것까지 몽땅 갚았다. 타라스 왕은 크게 기뻐했다.

"새로 온 상인에게 감사할 일이군. 더 많은 돈이 들어오니 살기가 훨씬 더 편안해질 거야."

타라스 왕은 새로운 계획들을 세우고 궁전을 새로 짓기 시작했다. 왕은 백성들에게 목재와 석재를 가져와 일을 하러 오라고 명을 내리면서 물건이며 품삯을 후하게 쳐주겠다고 했다. 타라스 왕은 백성들이 전처럼 몰려와 일을 하리라고 생각했다. 그런데 놀랍게도 모든 목재와 석재는 상인에게 보내졌고 일꾼들도 다 그쪽으로 몰려갔다. 타라스 왕이 값을 더 올리자 상인은 그보다 더 높은 값을 불렀다. 상인이 더 돈이 많아서 항상 왕보다 비싼 값을 불렀다.

왕의 궁전은 공사가 진척되지 않고 제자리걸음만 할 뿐이었다.

타라스 왕은 정원도 만들 계획이었다. 가을이 되어 왕이 백성들에게 정원에 나무를 심으러 오라고 했지만 아무도 오지 않았다. 모든 사람이 상인의 연못을 파느라 바빴기 때문이다. 겨울이 닥치자 타라스 왕은 새 외투를 만들 흑담비 모피를 사고 싶었다. 그래서 모피를 사 오라고 시켰지만 심부름꾼이 돌아오더니 이렇게 고했다.

"흑담비 모피가 하나도 없었습니다. 상인이 모피란 모피는 몽땅 다 사들였습니다. 상인은 가장 높은 가격을 쳐주었고 그걸로 카펫을 만들었답니다."

타라스 왕은 종마도 몇 마리 사고 싶어서 심부름꾼을 보냈다. 하지만 심부름꾼이 돌아오더니 말했다.

"상인이 좋은 종마는 다 가지고 연못에 채울 물을 실어 나르는 데 쓰고 있습니다."

곧 왕의 모든 일이 중단되었다. 아무도 왕을 위해 일하려 하지 않고 모두들 상인의 일을 하느라 바빴다. 왕에게는 상인의 돈으로 세금만 낼 뿐이었다.

왕은 더 이상 쌓아 둘 곳이 없을 정도로 엄청난 돈을 모았지만 생활은 비참해졌다. 타라스 왕은 더 이상 계획을 세우지 않았다. 살아 있는 것만으로도 기뻐해야 할 형편이었으나 그마저도 위협을 받았다. 왕은 모든 게 부족해졌다. 요리사, 마부, 하인들이 차례로 왕을 떠나 상인에게 갔다. 먹을 음식조차 이내 바닥이 났다. 왕이 뭔가를 사오라고 시장에 사람을 보내도 빈손으로 돌아왔다. 상인이 물건이란 물건은 다 사들였고 백성들은 왕에게 세금만 바쳤다.

타라스 왕은 화가 나서 상인을 왕국에서 내쫓아 버렸다. 그러자 상인은 국경 바로 너머에 자리를 잡고는 전과 마찬가지로 물건을 사들였다. 사람들은 상인의 돈을 보고 모든 걸 왕이 아닌 상인에게 가져갔다.

타라스 왕은 결국 딱한 처지가 되고 말았다. 왕은 며칠째 아무것도 먹지 못한 데다 상인이 왕도 사들이겠다고 큰소리치고 있다는 소문까지 돌았다! 타라스 왕은 겁에 질려 어쩔 줄 몰랐다.

그 무렵 군인 시몬이 타라스를 찾아와 부탁했다.

"도와줘. 인도 왕에게 정복당했어."

하지만 타라스 왕도 곤경에 빠져 있었다. 타라스 왕이 말했다.

"난 이틀 동안 아무것도 먹지 못한걸요."

11

두 형제를 해치운 늙은 악마는 드디어 이반에게 갔다. 악
마는 장군으로 변장하고 이반에게 가서 군대를 만들어야 한
다고 설득했다.

"군대가 없으면 왕이 아닙니다. 저에게 명령만 내려 주시
면 백성들 중에서 군사를 뽑아 군대를 만들겠습니다."

이반은 악마의 말을 듣더니 말했다.

"좋아요. 군대를 만드세요. 그리고 군인들에게 노래를 잘 부
르도록 가르치세요. 저는 군인들의 노래를 듣고 싶으니까요."

그래서 늙은 악마는 이반의 왕국을 돌아다니며 지원병을
모집했다. 악마는 사람들에게 군인이 되면 각자 술 일 리터와
멋진 빨간 모자를 받을 거라고 말했다.

사람들은 그 말을 듣고 웃었다.

"술은 우리에게도 많아요. 직접 빚어 먹는걸요. 모자도 마
찬가지죠. 여자들은 못 만드는 모자가 없어요. 술이 달린 줄
무늬 모자까지요."

이반의 백성들은 아무도 입대하려 하지 않았다.

늙은 악마는 이반에게 돌아가서 말했다.

"어리석은 백성들이 자발적으로 군인이 되지 않으려고 합
니다. 강제로 징집해야겠어요."

"좋아요. 그렇게 하세요."

이반이 대답했다.

늙은 악마는 모든 사람이 입대해야 하며 거부하는 사람은 이반이 죽일 것이라고 알렸다.

사람들이 장군에게 와서 말했다.

"당신은 우리가 군인이 되지 않으면 왕이 우리를 죽일 거라고 말하는데, 우리가 군인이 되면 무슨 일을 당할지에 대해서는 아무 말도 하지 않는군요. 군인들은 전쟁에 나가 죽는다고 하던데요."

"물론 가끔 그런 일이 일어나기도 하지."

이 말을 듣자 사람들은 완강하게 고집을 피웠다.

"우리는 절대 입대하지 않을 거예요. 집에서 죽는 편이 나아요. 군인이 되건, 안 되건 죽을 테니까요."

"바보들! 당신들은 바보야!"

늙은 악마가 말했다.

"군인이 된다고 다 죽는 건 아니야. 하지만 군인이 되지 않으면 이반 왕이 분명히 당신들을 죽인다니까 그러네."

사람들은 곤혹스러워하다가 바보 이반에게 물어보러 갔다.

"한 장군이 와서 우리가 모두 군인이 되어야 한다고 말했습니다. '군인이 되면 당신들은 죽을 수도 있고 아닐 수도 있지만 군인이 되지 않으면 이반 왕이 분명히 너희들을 죽일 것이다'라고 했어요. 이게 사실입니까?"

이반이 웃으며 말했다.

"어떻게 나 혼자서 당신들을 모두 죽일 수 있겠습니까? 내가 바보가 아니라면 여러분에게 알아듣도록 설명할 수 있겠지만 솔직히 나도 무슨 말인지 모르겠습니다."

"그럼 우리는 군인이 되지 않을 겁니다."

"좋아요. 되지 마세요."

그래서 사람들은 장군에게 가서 입대를 거절했다. 늙은 악마는 일이 틀어진 것을 알고 떠났다. 그리고 타라칸의 왕을 찾아가 환심을 샀다.

"전쟁을 일으켜 이반 왕의 나라를 정복하십시오. 그 나라엔 돈은 없지만 곡식과 가축을 비롯해 온갖 물자가 풍부하답니다."

그 말에 타라칸 왕은 전쟁을 일으킬 준비를 했다. 왕은 대대적으로 군사를 모아 총과 대포를 지급한 뒤 국경을 넘어 이반의 왕국을 침략했다.

백성들이 이반에게 와서 말했다.

"타라칸 왕이 싸움을 걸어 왔어요."

"좋아요. 얼마든지 오라고 하세요."

이반이 말했다.

국경을 건넌 타라칸 왕은 이반 군대의 동정을 살피기 위해 정찰병을 보냈다. 그런데 정찰병들이 곳곳을 다니며 살폈지만 군대라곤 눈 씻고 찾아봐도 없었다! 어디선가 나타나겠지 하고 기다리고 또 기다려도 군대가 나타날 징후도 없었고, 싸울 만한 사람도 보이지 않았다.

그러자 타라칸 왕은 군사를 보내 마을을 점령하게 했다. 군인들이 한 마을에 들이닥치자 남자, 여자 할 것 없이 놀라서 몰려나와 군인들을 뚫어져라 쳐다보았다. 군인들은 곡식과 가축을 뺏기 시작했다. 사람들은 그들이 하는 대로 보고만 있고 전혀 저항하지 않았다. 다른 마을에서도 마찬가지였다. 군인들은 이틀 동안 계속 물건을 약탈했지만 어디서고 같은 반응을 보였다. 사람들은 군인들이 무엇이든 가져가도록 놔두었고 아무도 저항하지 않았다. 오히려 군인들에게 함께 살자고 권했다.

"가엾은 사람들, 당신들 나라에서 사는 게 힘들면 와서 우리와 함께 사는 건 어때요?"

군인들은 계속 전진했다. 군대는 어디에도 없었고 자신과 다른 사람들을 먹여 살리며 사는 사람들뿐이었다. 저항은커녕 군인들에게 그곳에 와서 함께 살자고 권유하기도 했다. 재미가 없어진 군인들은 타라칸 왕에게 가서 말했다.

"여기에서는 싸울 수가 없습니다. 우리를 다른 곳으로 보내주세요. 전쟁을 하러 왔는데, 이게 뭡니까? 콩 수프를 칼로 베는 격이잖아요! 여기서는 더 이상 전쟁을 하지 않을 겁니다."

타라칸 왕은 화가 나서 군인들에게 왕국 전체를 황폐하게 만들라고 명령했다. 마을을 파괴하고 곡식과 집은 불태우며 가축은 도살하라는 것이었다.

"내 명을 따르지 않으면 너희들을 전부 처형하겠다."

군인들은 겁에 질려 왕의 지시에 따르기 시작했다. 군인들은 집과 곡식을 불태우고 가축을 죽였다. 그런데도 바보들은 여전히 저항 한 번 안 하고 그저 울기만 했다. 노인, 노파, 젊은 사람들 할 것 없이 울었다.

"왜 우리를 해치는 겁니까? 왜 좋은 물건들을 망가뜨려요? 필요하다면 가져가면 될 텐데."

마침내 군인들은 더 이상 견딜 수 없게 되었다. 왕국을 휘젓고 다니는 일을 그만두었다. 그리고는 뿔뿔이 흩어져 달아났다.

늙은 악마는 두 손을 들었다. 군인들로도 이반을 이길 수 없었다. 그래서 이번에는 멋진 신사로 변장하여 이반의 왕국에 자리를 잡았다. 뚱뚱보 타라스에게 했던 것처럼 돈으로 이반을 누를 생각이었다.

"저는 이 나라 백성들에게 분별력과 도리를 가르쳐 호의를 베풀고 싶습니다. 이곳에 집을 짓고 장사를 하게 해 주십시오."

"좋아요. 원한다면 와서 우리와 함께 살아요."

이반이 말했다.

다음 날 아침 멋진 신사는 금화와 지폐가 든 커다란 가방을 들고 광장으로 나가 말했다.

"여러분은 모두 돼지처럼 살고 있습니다. 여러분에게 제대로 사는 법을 가르쳐 주고 싶습니다. 이 도면대로 집을 한 채 지어 주세요. 여러분은 일을 하고 저는 방법을 가르쳐 드릴게요. 품삯은 금화로 드리겠습니다."

신사는 사람들에게 금화를 보여 주었다.

바보들은 어리둥절했다. 이곳 사람들은 돈 쓸 일이 없었다. 서로 물물교환을 하고 품앗이를 해 주기 때문이다. 사람들은 신기한 듯 금화를 쳐다보며 감탄했다.

"아주 멋진데!"

사람들은 금화를 받고 물건을 팔거나 일한 품삯을 금화로 받았다. 늙은 악마는 타라스의 왕국에서처럼 금화를 펑펑 썼다. 사람들은 무엇이든 금화와 바꾸었고 금화를 얻기 위해 온갖 일을 하기 시작했다.

늙은 악마는 회심의 미소를 지으며 생각했다.

"이번에는 일이 잘 되어 가는군. 이제 타라스에게 했던 것처럼 바보 녀석을 망하게 하고 그놈의 육체와 영혼을 내 것으로 만들겠어."

그런데 바보들은 금화를 받자마자 목걸이를 만들라고 여자들에게 주었다. 처녀들은 땋은 머리에 금화를 늘어뜨렸고 급기야는 아이들이 거리에서 금화를 가지고 놀기 시작했다. 모두가 금화를 넉넉하게 가지게 되자 사람들은 더 이상 금화를 얻으려 하지 않았다. 하지만 멋진 신사의 저택은 절반도 지어지지 않았고 그해에 거둬들인 곡식과 가축도 아직 신사의 수중에 들어오지 않았다. 그래서 신사는 사람들에게 자기 일을 해 달라고 하며 가축과 곡식을 사고 싶다고 알렸다. 물건을 가져오거나 집 짓는 일을 해 주면 금화를 더 많이 주겠다고 했다.

하지만 아무도 일하러 오지 않았고 아무것도 가져오지 않았다. 가끔씩 꼬맹이들이 달려와 달걀 하나를 금화 한 닢과 바꿔 가는 게 전부였다. 그 외에는 아무도 얼씬도 하지 않자 신사는 먹을 음식조차 없었다. 신사는 배가 고파 먹을 것을 사려고 마을을 돌아다녔다. 한 집에 가서 닭 한 마리 값으로 금화를 내려고 하자 그 집 안주인은 받으려 하지 않았다.

"금화는 이미 많이 있답니다."

여자가 말했다.

신사는 한 과부의 집에 가서 청어를 사려고 금화를 내놓았다.

"금화는 받고 싶지 않아요, 신사 양반."

여자가 말했다.

"금화를 가지고 놀 아이도 없는 데다 신기해서 얻어 놓은 금화가 세 닢이나 있어요."

악마는 농부의 집에 가서 빵을 구하려고 했지만 농부도 돈은 안 받으려 했다.

"돈은 필요 없습니다. 하지만 당신이 '하나님의 은총'으로 간청하는 것이라면 잠깐만 기다려 봐요. 집사람에게 빵 한 조각을 잘라 주라고 할게요."

그 말을 들은 악마는 침을 뱉고 도망쳤다. 하나님의 은총으로 뭔가를 받는 건 고사하고 그 이름만 들어도 칼에 찔리는 것보다 고통스러웠다.

결국 악마는 빵을 얻지 못했다. 다들 금화를 가지고 있었고 어디를 가나 아무도 늙은 악마에게 돈을 받고 뭔가를 주려 하지 않았다. 모두들 입을 모아 이렇게 말했다.

"뭔가 다른 물건을 가져오거나 일을 하세요. 아니면 적선을 베풀어 달라고 하든지요."

하지만 늙은 악마는 돈 말고는 가진 게 없었다. 악마는 일은 하기 싫어했고 구걸 따윈 죽어도 하고 싶지 않았다. 악마는 화가 잔뜩 치밀었다.

"돈을 주겠다는데 뭘 더 원하는 겁니까? 돈이 있으면 뭐든 살 수 있고 일꾼도 얼마든지 부릴 수 있는데."

하지만 바보들은 신사의 말을 들은 척도 하지 않았다.

"아니요, 돈은 필요 없어요. 우리는 돈을 지불할 데도 없고 세금도 내지 않아요. 그런데 돈으로 뭘 하겠어요?"

늙은 악마는 저녁도 쫄쫄 굶고 잠자리에 들었다.

이 일이 바보 이반의 귀에 들어갔다. 사람들이 이반에게 와서 물었다.

"어쩌면 좋을까요? 멋진 신사가 한 사람 나타났는데, 그 사람은 먹고 마시는 걸 좋아하고 잘 차려입었지요. 그런데 일을 하고 싶어 하지 않고 그렇다고 구걸하는 법도 없고 누구에게나 금화만 내밀어요. 처음에는 사람들이 신사가 원하는 것을 주고 그 대가로 금화를 얻었어요. 하지만 지금은 신사에게 뭘 주는 사람조차 없어요. 그 신사를 어떻게 해야 할까요? 저대로 내버려 두면 굶어 죽고 말 거예요."

이반이 이 말을 듣더니 말했다.

"좋아요. 우리가 먹여 살려야죠. 양치기처럼 집집마다 돌아다니며 먹게 하세요."

늙은 악마는 어쩔 수 없이 이 집 저 집 돌아다니기 시작했다.

그러다 정해진 순서에 따라 악마가 이반의 집에 갈 차례가 되었다. 늙은 악마가 저녁을 먹으러 가자 벙어리 마르타가 식사를 준비하고 있었다. 마르타는 제 몫의 일을 끝내지 않고 일찍 저녁을 먹으러 와서는 죽을 몽땅 먹어 치워 버리는 게으름뱅이들에게 속은 적이 여러 번 있었다. 그래서 마르타는 손을 보고 게으름뱅이들을 가려냈다. 손에 굳은살이 박인 사람은 식탁에 앉게 했지만 그렇지 않은 사람들에게는 먹다 남은 음식만 주었다.

늙은 악마가 식탁에 앉자 벙어리 마르타가 그의 손을 잡고 살펴보았다. 손이 깨끗하고 부드러운 데다 손톱도 길었다. 벙어리 마르타는 툴툴거리며 악마를 식탁에서 끌어냈다. 이반의 아내가 악마에게 말했다.

"기분 나쁘게 생각하지 마세요, 멋진 신사양반. 제 시누이는 손에 굳은살이 박이지 않은 사람은 누구도 식탁에 오지 못하게 한답니다. 잠시 기다리세요. 사람들이 먹고 나면 남은 음식을 드릴 거예요."

늙은 악마는 왕의 집에서 자기에게 돼지에게나 줄 음식을 먹이려 하는 것에 화가 났다. 악마가 이반에게 말했다.

"당신의 왕국에는 모든 사람이 손으로 일을 해야 한다는 바보 같은 법이 있습니다. 다들 어리석기 때문에 그런 법이 생긴 거예요. 사람이 손으로만 일합니까? 똑똑한 사람들은 무엇으로 일한다고 생각하십니까?"

이반이 대답했다.

"우리 바보들이 어떻게 알겠습니까? 우리는 대부분 손과 등을 써서 일합니다."

"그래서 당신들이 바보라는 겁니다! 제가 머리로 일하는 법을 가르쳐 드리지요. 그러면 손보다 머리로 일하는 편이 훨씬 이익이 많다는 걸 알게 될 겁니다."

이반은 이 말을 듣고 놀랐다.

"그러니까 우리를 바보라고 부르는 데는 그만한 이유가 있군요."

늙은 악마는 계속 말을 이었다.

"물론 머리로 일하는 게 쉽지만은 않습니다. 당신은 제 손에 굳은살이 없다고 먹을 것을 주지 않았지만 머리로 일하는 게 백 배는 더 힘들다는 걸 모르고 있어요. 때로는 머리가 쪼개질 것 같다니까요."

이반은 생각에 잠겼다.

"아니, 자신을 그렇게 괴롭힐 게 뭐 있죠? 머리가 쪼개지는 게 좋아요? 손과 등을 써서 더 쉬운 일을 하는 게 낫잖아요?"

악마가 대답했다.

"그게 다 제가 당신네들 바보를 가엾게 여겨서입니다. 제가 저를 괴롭히지 않으면 여러분은 영원히 바보로 살겠죠. 하지만 저는 머리로 일하기 때문에 당신들을 가르칠 수 있습니다."

이반은 깜짝 놀랐다.

"가르쳐 주세요! 그러면 손에 쥐가 났을 때는 머리를 쓸 수 있겠네요."

악마는 사람들에게 그 방법을 가르쳐 주기로 약속했다. 이반은 왕국 전체에 방을 써 붙여 멋진 신사가 모두에게 머리로 일하는 법을 가르쳐 줄 것인즉, 머리로 일하면 손으로 일할 때보다 더 많은 일을 할 수 있으니 와서 배우라고 알렸다.

이반의 왕국에는 높은 탑이 하나 있었는데, 꼭대기에 있는 등까지 가려면 수많은 계단을 올라가야 했다. 이반은 모든 사람이 볼 수 있도록 신사를 탑 꼭대기로 데려갔다.

신사는 탑 꼭대기에 자리를 잡고 이야기를 하기 시작했고 사람들이 그를 보려고 모여들었다. 사람들은 신사가 손을 쓰지 않고 머리로 일하는 법을 실제로 보여 줄 거라고 기대했다. 하지만 늙은 악마는 일하지 않고 살 수 있는 방법에 대해 장황하게 늘어놓았다. 사람들은 신사의 말을 전혀 알아들을 수가 없었다. 잠시 그를 바라보며 생각하다가 결국 각자 일을

하러 가 버렸다.

늙은 악마는 하루 종일 탑 꼭대기에 서 있었고 두 번째 날에도 내내 떠들었다. 그렇게 오래 서 있자니 허기가 졌지만 바보들은 탑에 있는 신사에게 음식을 가져다줄 생각도 하지 않았다. 사람들은 신사가 손보다 머리로 더 일을 잘할 수 있다면 어쨌거나 자신이 먹을 빵은 쉽게 구하리라고 생각했다.

늙은 악마는 다음 날도 계속 탑 꼭대기에서 서서 이야기를 했고, 사람들은 와서 잠시 구경하다가 가 버렸다.

이반이 물었다.

"음, 신사가 이제 머리로 일을 하기 시작했습니까?"

"아직 아닙니다. 여전히 입만 나불대고 있습니다."

늙은 악마는 하루 더 탑 위에 서 있었다. 그런데 힘이 빠져

비틀거리다가 등불을 받치고 있는 기둥에 머리를 부딪치고 말았다. 누군가 그 광경을 보고 이반의 아내에게 알렸다. 이반의 아내는 들에 있는 남편에게 달려갔다.

"얼른 와 보세요. 신사가 머리로 일을 하기 시작했대요."

이반은 놀랐다.

"정말이오?"

이반은 말을 몰아 탑으로 갔다. 이반이 탑에 가까이 갔을 무렵 늙은 악마는 굶은 데다 지칠 대로 지쳐 비틀거리면서 기둥에 머리를 박고 있었다. 그러다 이반이 탑에 도착한 순간 악마는 몸이 휘청하더니 쿵쿵쿵 소리를 내며 바닥으로 떨어져 내렸다. 계단의 숫자라도 세듯 계단에 머리를 짓찧으면서.

"세상에! 때로는 머리가 쪼개진다고 하더니 그 말이 진짜였어. 이건 손에 물집이 잡히는 것보다 더 나쁜걸. 저렇게 일하다가는 머리가 퉁퉁 부어오를 거야."

늙은 악마는 계단 밑으로 굴러 떨어져 땅에 머리를 처박았다. 이반이 신사가 얼마나 많은 일을 했는지 보려고 다가가려는데 갑자기 땅이 갈라지더니 늙은 악마가 그 속으로 쑥 들어가 버렸다. 그 자리에는 구멍 하나만 남았다.

이반은 머리를 긁적거리며 말했다.

"고약한 녀석이군. 그 악마 중 한 놈이 다시 나타난 모양이야! 굉장히 큰 놈이군! 그 녀석들의 아버지가 분명해."

이반은 지금도 잘 살고 있고 사람들도 이반의 왕국으로 몰려들고 있다. 형들도 이반을 찾아와 함께 살고 있으며 이반이 형들을 먹여 살린다. 누구든 와서 먹을 것을 달라면 이반은 "좋아요. 언제든 우리와 함께 지내요. 우리는 모든 게 넉넉하니까요"라고 대답한다.

이반의 왕국에는 한 가지 특별한 풍습이 있다. 손에 굳은 살이 박인 사람은 누구든 식탁에 앉을 수 있지만 그렇지 않은 사람은 다른 사람들이 남긴 음식을 먹어야만 하는 것이다.

(1885년)

작은 도깨비와 빵 조각

한 가난한 농부가 이른 새벽에 땅을 갈려고 집을 나서면서 아침으로 먹을 빵 한 조각을 들고 갔다. 농부는 쟁기질할 채비를 해 놓고 빵을 외투에 싸서 덤불 밑에 놔둔 뒤 일을 시작했다. 한참 시간이 지나자 말도 지치고 농부도 배가 고팠다. 농부는 쟁기를 내려놓고 말을 풀어 주어 풀을 뜯어 먹게 하고는 외투에 싸 둔 빵을 가지러 갔다.

그런데 외투를 들춰 보니 빵이 온데간데없이 사라지고 없었다! 주위를 샅샅이 둘러보고 외투를 뒤집어 흔들어 보기도 했지만 빵은 흔적도 없었다. 농부는 대체 어찌된 노릇인지 알 수가 없었다.

농부는 속으로 생각했다.

'아무도 못 봤는데 누가 와서 빵을 가져갔을까?'

빵을 훔쳐간 범인은 바로 작은 도깨비였다. 도깨비는 농부가 빵을 찾는 동안 덤불 뒤에 숨어서 농부가 욕을 하며 악마의 이름을 부르기를 기다렸다. 농부는 아침 식사거리를 잃어버려 못내 아쉬웠지만 담담하게 이렇게 말했다.

"어쩔 수 없지. 한 끼 굶었다고 죽진 않잖아. 누구든 분명 빵이 필요하니까 가져갔을 거야. 내 빵이 그 사람에게 도움이 되었으면 좋으련만!"

그러고는 우물로 가서 물을 마신 뒤 잠시 쉬었다가 말에 마구를 채우고는 다시 쟁기질을 시작했다.

농부가 죄를 짓게 만들지 못해 맥이 빠진 도깨비는 주인인 악마에게 보고하러 갔다. 자기가 농부의 빵을 훔쳤는데, 농부가 저주를 퍼붓지도 않고 오히려 '내 빵이 그 사람에게 도움이 되었으면 좋으련만!' 하고 말했다고 전했다.

악마는 화가 나서 쏘아붙였다.

"사람한테 졌다면 그건 네 잘못이야. 네가 할 일을 제대로 파악하지 못한 거지. 농부나 그 아내들에게 그런 습관이 붙으면 우리는 완전히 끝장이야. 그렇게 놔둘 순 없어! 당장 돌아가서 바로잡아. 삼 년 안에 네가 그 농부를 이기지 못하면 널 성수에 빠트려 버릴 테다!"

덜컥 겁이 난 도깨비는 어떻게 하면 잘못을 만회할 수 있

을지 고민하면서 땅속으로 허둥지둥 숨어들었다. 궁리에 궁
리를 거듭한 끝에 마침내 좋은 꾀를 생각해 냈다.

도깨비는 일꾼으로 변신해 가난한 농부를 찾아가 일을 도
왔다. 첫 해에 도깨비는 농부에게 습지에 씨를 뿌리라고 조언
했다. 농부는 도깨비의 조언에 따랐다. 그해는 날이 아주 가
물어 다른 농부들이 기르는 곡식은 모두 햇빛에 누렇게 말라
죽었다. 하지만 가난한 농부의 곡식은 크고 무성하게 자랐고
이삭이 실하게 여물었다. 농부는 일 년 동안 먹고도 넉넉하게
남을 만큼 많은 수확을 했다.

다음 해에 도깨비는 농부에게 언덕에 씨를 뿌리라고 조언
했다. 그해에는 여름에 비가 많이 왔다. 다른 농부들이 기르
는 곡식은 비바람에 쓰러져서 썩고 이삭이 패지 않았지만 농
부가 언덕에서 재배한 작물들은 잘 자랐다. 농부는 작년보다
곡식이 더 남아돌아 어떻게 처리해야 할지 모를 지경이었다.

그러자 도깨비가 농부에게 곡물을 으깨 증류주를 담는 방
법을 알려 주었다. 농부는 독한 술을 만들어 마시고 친구들에
게도 나눠 주기 시작했다. 도깨비는 주인인 악마에게 가서 자
기가 예전에 저질렀던 실수를 만회했다고 우쭐거렸다. 그러
자 악마는 자기가 가서 직접 상황을 보겠노라고 했다.

악마가 농부의 집에 가니 농부는 부유한 이웃들을 초대해
술을 대접하고 있었다. 농부의 아내가 술을 내와 손님들에게
나눠 주다가 탁자에 부딪쳐 그만 술 한 잔을 엎질렀다.

농부는 화를 내며 아내를 나무랐다.

"대체 이게 무슨 짓이야? 한심한 여편네 같으니. 이게 개울 물인 줄 알아? 그래서 이렇게 귀한 술을 바닥에 부어 버리는 거야?"

도깨비는 팔꿈치로 악마를 슬쩍 찌르며 귀띔했다.

"보세요. 저 농부가 예전에 마지막 빵을 잃어버리고도 아까워하지 않던 바로 그 사람이랍니다."

농부는 계속 아내에게 화를 내면서 직접 술을 나르기 시작했다. 그때 일을 마치고 돌아가던 한 가난한 농부가 초대도 받지 않았는데 안으로 들어왔다. 농부는 모여 있는 사람들에게 인사를 하고 자리에 앉아 사람들이 술 마시는 모습을 쳐다보았다. 온종일 일하느라 지친 농부는 자기도 술을 한 잔 마시고 싶었다. 농부는 계속 입맛을 다셨지만 주인은 술은 주지 않고 "아무나 들어와 술을 마시는 꼴은 못 봐"라고 중얼거리기만 했다.

이 모습을 본 악마는 기분이 좋아졌다. 그런데 도깨비가 낄낄 웃으며 말했다.

"잠깐만 기다리세요. 아직 끝이 아니랍니다!"

술을 마신 부유한 농부와 손님들은 서로에게 듣기 좋은 소리를 늘어놓으며 위선을 떨었다. 그 말들을 들은 악마는 도깨비를 크게 칭찬했다.

"술을 마셨다고 저렇게 서로를 속일 정도로 교활해진다면 저놈들은 곧 우리 손에 들어올 거야."

"무슨 일이 벌어지는지 기다려 보세요."

도깨비가 말했다.

"술을 한 잔씩 더 마시게 합시다. 지금은 여우처럼 서로에게 꼬리를 흔들고 환심을 사지 못해 안달이지만 곧 사나운 늑대가 되는 꼴을 구경하게 될 겁니다."

농부는 손님들에게 술을 한 잔씩 더 돌렸고 대화는 점점 험하고 거칠어졌다. 사람들은 알랑거리는 말 대신 서로에게 욕을 하며 으르렁거렸다. 곧 싸움이 벌어져 서로의 콧등을 후려갈겼다. 주인도 싸움에 끼어들었다가 흠씬 두들겨 맞았다. 이 광경을 본 악마는 매우 흡족해했다.

"훌륭해!"

도깨비가 말했다.

"잠깐만 기다리세요. 기가 막힌 장면이 남아 있으니까요. 농부들이 세 번째 잔을 마실 때까지 기다리세요. 지금은 늑대처럼 날뛰고 있지만 한 잔 더 마시면 돼지처럼 될 겁니다."

세 번째 잔을 마신 농부들은 거의 짐승이나 다름없었다. 영문도 모르는 말을 중얼거리고 고함을 지르면서 남의 말은 듣지도 않았다.

그러다 잔치가 끝나 어떤 사람들은 혼자, 어떤 사람들은 두세 명씩 짝을 지어 비틀거리며 거리로 나갔다. 주인은 손님들을 배웅하려고 나갔다가 웅덩이에 코를 처박고 나둥그라졌다. 머리부터 발끝까지 흙탕물을 뒤집어쓴 주인은 웅덩이에 누운 채 돼지처럼 꿀꿀거리는 소리를 냈다. 이 모습을 본 악마는 더 기분이 좋아졌다.

"음, 네가 만든 훌륭한 술이 결정타였구나. 빵으로 저지른 실수를 멋지게 만회했어. 그런데 이 술을 무엇으로 만들었는지 말해 봐. 분명 먼저 여우 피를 넣었겠지. 그래서 농부들이 여우처럼 교활해진 거야. 그다음에는 늑대 피를 넣었을 거야. 그래서 농부들이 늑대처럼 사나워졌고. 마지막에는 돼지 피로 마무리해서 사람들이 돼지처럼 행동하게 만들었겠지."

"아니요."

도깨비가 대답했다.

"제가 쓴 건 그런 방법이 아니에요. 전 다만 농부가 필요한 양보다 더 많은 곡식을 수확하게 만들었죠. 사람에게는 항상 짐승의 피가 흐르고 있어요. 곡식이 필요한 만큼만 있을 때는 야성이 억눌려 있지요. 그럴 때는 농부가 마지막 남은 빵 조각을 잃어버려도 아까워하지 않았어요. 하지만 곡식이 남으면 그걸로 즐거움을 얻을 방법을 찾지요. 저는 농부에게 한 가지 즐거움을 알려 줬어요. 바로 술이에요! 쾌락을 얻으려고 하나님의 귀한 선물을 술로 만들기 시작하자 농부 안에 있던 여우, 늑대, 돼지의 피가 모두 뛰쳐나왔어요. 술을 계속 마시면 농부는 그때마다 짐승이 되어 버릴 거예요!"

악마는 도깨비를 칭찬하고 전에 저질렀던 실수도 용서해 주었다. 그러고는 그를 곧 높은 자리에 올려 주었다.

(1886년)

사람에게는 얼마만큼의
땅이 필요할까

1

한 여자가 시골에 사는 여동생 집에 다니러 갔다. 언니는 도시의 상인과 결혼했고 동생은 시골 농부의 아내였다. 자매가 차를 마시며 이야기를 나누다가 언니가 도시 생활의 좋은 점을 자랑하기 시작했다. 언니는 도시에서 사는 게 얼마나 편한지, 사람들이 옷을 얼마나 멋있게 입는지, 자기 아이들이 얼마나 좋은 옷을 입는지, 얼마나 좋은 음식을 먹고 마시는지 떠벌렸고, 극장이나 산책로, 연극을 보러 갔던 일도 들려주었다.

기분이 상한 동생은 상인의 생활을 깎아내리면서 농촌 생활의 좋은 점을 늘어놓았다.

"전 제 생활을 언니의 생활과 바꾸지 않을 거예요. 우리는 거칠게 살진 몰라도 적어도 걱정거리는 없거든요. 언니는 우리보다 세련되게 살고 종종 큰돈을 벌 때도 있겠지만 가진 걸 모두 잃게 되기도 쉬워요. '돈은 있다가도 없고 있다가도 있는 것이다' 라는 말도 있잖아요. 한때 부자였던 사람이 빵을 구걸하는 처지가 되는 건 흔한 일이에요. 우리가 사는 방식이 더 안전해요. 농부의 삶은 넉넉하지는 않아도 오래가니까요. 우린 부자는 아니어도 항상 먹을 게 충분하답니다."

언니가 비아냥대며 말했다.

"충분하다고? 돼지나 송아지와 나눠 먹기에는 충분하겠지. 네가 고상함이나 예의에 대해 뭘 아니? 네 남편이 죽으나 사나 노예처럼 일해도 넌 지금 요 모양 요 꼴로 똥구덩이에서 살다 죽을 거야. 네 아이들도 마찬가지고."

"쳇, 그게 뭐가 어때서요?"

동생이 대꾸했다.

"비록 우리가 하는 일이 험하고 거칠긴 해도 한편으로는 안정적이죠. 우리는 누구한테도 머리를 조아릴 필요가 없어요. 도시 생활은 유혹이 많잖아요. 오늘은 그런 대로 괜찮을지 몰라도 내일은 악마가 도박이나 술이나 여자로 형부를 유혹해서 모든 게 한순간에 무너질 수도 있어요. 그런 일이 도시에서는 흔하지 않나요?"

동생의 남편이자 이 집 주인인 파홈은 화덕 위에 누워 자매가 나누는 이야기에 귀를 기울이고 있었다.

"딱 맞는 말이군."

파홈이 중얼거렸다.

"우리 농부들은 어릴 때부터 어머니인 대지를 경작하느라 바빠서 허튼 생각이 비집고 들어올 틈이 없어. 한 가지 걱정이 있다면 가진 땅이 좀 적다는 거지. 내게 땅만 많이 있으면 악마도 두렵지 않을 텐데!"

여자들은 차를 다 마시고 난 뒤 옷에 대해 한바탕 수다를 떨었다. 그러고는 찻잔과 주전자를 치우고 자려고 누웠다.

마침 악마가 화덕 뒤에 앉아 있다가 이 사람들이 하는 말을 다 들었다. 악마는 농부가 아내의 말을 듣고 우쭐거리며 자기에게 땅이 많다면 악마도 두렵지 않다고 말하자 뛸 듯이 기뻤다.

"좋아, 한판 붙어 보자. 너에게 충분한 땅을 주마. 그걸로 널 내 손아귀에 넣고 말겠다."

2

그 마을 근처에 한 부인이 살았다. 부인은 삼십육만 평이 넘는 땅을 가졌고 지주 소리를 들었다. 이 땅주인이 한 퇴역 군인을 관리인으로 두기 전까지는 농부들과 잘 지냈는데 새로 온 관리인은 사람들에게 사사건건 벌금을 매기기 시작했다. 아무리 조심을 해도 파홈이 기르는 말이 땅주인의 귀리밭에 들어가는 일이 생겼고 소가 땅주인의 정원을 돌아다니거나 송아지가 땅주인의 목초지에 어슬렁거리다가 걸리고는 했다. 그때마다 파홈은 번번이 벌금을 물어야 했다.

파홈은 마지못해 벌금을 내고 툴툴대며 언짢은 기분으로 집에 돌아가 가족들에게 화풀이를 했다. 파홈은 여름 내내 이 관리인 때문에 골머리를 썩였다. 그래서 겨울이 되어 가축들을 마구간과 외양간에 넣어 두어야 할 때가 되자 겨우 살 것 같았다. 가축들이 목초지에서 풀을 뜯지 못하게 돼 사료를 먹여야 하는 게 아깝긴 했지만 적어도 벌금에 대한 걱정에서는 벗어날 수 있었기 때문이었다.

겨울이 되자 땅주인이 땅을 팔려고 내놓았다는 소문이 돌았다. 큰길가에 있는 여관 주인이 그 땅을 흥정하고 있다는 것이었다. 이 소식을 들은 농부들은 큰 불안감에 휩싸였다.

"어쩌지? 여관 주인이 땅을 사면 지금의 관리인보다 더 심하게 벌금을 매겨 우리를 괴롭힐 거야. 우리가 기댈 데라곤 그 땅밖에 없는데 말이야."

농부들은 대표를 뽑아 땅주인을 찾아가 더 높은 값을 쳐줄테니 여관 주인에게 땅을 팔지 말라고 부탁했다. 땅주인은 농부들에게 땅을 팔기로 합의했다. 농부들은 조합을 결성하여 그 땅을 공동 명의로 구입하기로 했다. 그래서 이 일을 의논하려고 두 차례나 모였지만 해결이 나지 않았다. 악마가 농부들 사이를 이간질하여 의견이 모아지지 않았던 것이다. 결국 농부들은 각자 능력껏 땅을 사기로 결정했고 땅주인도 이에 동의했다.

얼마 지나지 않아 파홈은 한 이웃이 육만여 평의 땅을 샀는데, 땅주인이 땅값의 절반은 현금으로 받고 나머지 절반은 일 년 뒤에 받기로 했다는 소식을 들었다. 파홈은 샘이 났다.

"이런, 땅이 다 팔려 나가고 있어. 이러다 난 하나도 못 사겠어."

파홈은 아내와 의논했다.

"사람들이 다들 땅을 사들이고 있소. 우리도 삼만 평은 사야 되는데. 관리인이 매기는 벌금을 물어 대느라 살림을 할 수가 없잖소."

부부는 머리를 맞대고 땅을 살 방법을 궁리했다. 수중에는 모아 놓은 돈 백 루블이 있었다. 부부는 망아지와 벌통의 반을 팔고 아들 중 하나를 일꾼으로 보내 임금을 미리 당겨 받았다. 그리고 나머지는 동서에게 빌려 땅값의 절반을 긁어모았다.

이렇게 돈을 마련한 파홈은 숲이 우거진 땅이 딸린 오만 평 정도의 농장을 골라 놓고 땅주인과 흥정을 하러 갔다. 두 사람은 합의를 보았고 파홈은 땅주인과 악수를 하고 계약금을 걸었다. 그런 다음 함께 시내로 가서 땅값의 절반은 지금 지불하고 나머지는 이 년 안에 갚는다는 계약서에 서명을 했다.

이제 파홈에게도 자기 땅이 생겼다. 파홈은 씨앗을 꾸어다가 새로 산 땅에 뿌렸다. 수확이 잘되어서 파홈은 일 년도 지나지 않아 땅주인과 동서에게 진 빚을 모두 갚았다. 이렇게 지주가 된 파홈은 자기 땅을 갈아 씨를 뿌렸고 자기 땅에 건초를 만들었다. 자기 나무를 자르고 자기 목초지에서 가축들을 먹였다. 밭에 쟁기질을 하러 나가거나 자기 땅에서 자라고 있는 곡식과 목초지를 보면 파홈의 마음은 기쁨으로 가득 찼다. 자기 땅에서 자라는 풀 한 포기나 꽃 한 송이도 다른 데서 자라는 것과는 달라 보였다. 전 같으면 여느 땅과 마찬가지로 그곳을 무심히 지나다녔겠지만 지금은 완전히 달라 보였다.

3

파홈은 더 이상 바랄 게 없었다. 이웃 농부들이 파홈의 밭과 목초지에 함부로 들어오지만 않는다면 더더욱 좋았을 것이다. 농부들에게 들어오지 말라고 최대한 정중하게 부탁했지만 소용이 없었다. 마을 목동은 파홈의 목초지에 소들을 놓아 먹였고, 밤에 풀을 뜯으러 나온 말들이 파홈의 밭에 들어

가기도 했다. 파홈은 가축들을 몇 번이고 쫓아내고 주인들을 용서해 주었다. 그저 꾹 참았다. 그러다 인내심이 바닥난 파홈은 지방법원에 고소를 했다. 그는 농부들이 땅이 부족해서 이런 문제가 일어난 것이지 나쁜 의도는 없었다는 걸 알고 있었다. 하지만 그는 속으로 이런 생각이 들었다.

'이런 일을 그냥 내버려 둘 순 없어. 안 그러면 농부들이 내가 가진 걸 모두 망가뜨려 버릴 거야. 혼을 내 줘야 돼.'

파홈은 따끔한 맛을 보여 주려고 농부들을 차례로 고소했고 그중 두세 명이 벌금을 물었다. 이웃들은 이 일로 파홈에게 앙심을 품기 시작했고 가끔씩 일부러 파홈의 땅에 가축들을 들여보내기도 했다. 심지어 한 농부는 밤에 파홈의 숲에 몰래 들어가 어린 피나무 다섯 그루를 베어 껍질을 벗겨 가기도 했다. 어느 날 숲을 지나가던 파홈의 눈에 뭔가 희끗한 것이 들어왔다. 가까이 가 봤더니 껍질이 벗겨진 나무둥치가 바닥에 쓰러져 있고 나무가 서 있던 자리에는 그루터기만 남아 있었다. 파홈은 노발대발했다.

"나무를 한 그루만 베어도 나쁜 짓인데 그놈은 몽땅 베어 넘어뜨렸어. 누군지 잡히기만 하면 단단히 혼을 내줄 거야."

파홈은 누구 소행인지 알아내려고 머리를 쥐어짜다가 마침내 단정을 내렸다.

"시몬 짓이 틀림없어. 그놈 말고는 이런 짓을 할 사람이 없지."

파홈은 시몬의 집에 가서 살펴보았지만 아무것도 발견하

지 못하고 한바탕 소동을 피우는 것으로 끝났다. 하지만 시몬이 범인이라는 심증이 더 굳어진 파홈은 고소를 했고 시몬은 소환되었다. 재판이 열렸고 재심까지 간 끝에 시몬은 무죄를 선고받았다. 아무 증거가 없었기 때문이다. 파홈은 분을 못 참고 마을 원로와 판사들에게 화를 냈다.

"도둑놈에게 뇌물을 받았군요. 당신네들이 정직한 사람이라면 도둑을 풀어 주지는 않을 테니까."

이렇게 파홈은 판사들과 이웃들과 싸움을 벌였다. 파홈은 집을 불태워 버리겠다는 위협까지 받아야 했다. 파홈은 더 넓은 땅을 차지했지만 마을에서 내몰리는 처지가 되었다.

그 무렵 많은 사람들이 새로운 지역으로 이주하고 있다는 소문이 돌았다.

파홈은 속으로 생각했다.

'내가 내 땅을 떠날 필요는 없어. 하지만 다른 사람들이 마을을 떠나면 좀 더 여유가 생기겠군. 그 사람들 땅을 사서 내 땅을 더 늘려야겠어. 그러면 더 풍족하게 살 수 있겠지. 사실 지금은 땅이 너무 좁아.'

하루는 파홈이 집에 앉아 있는데 한 농부가 그 마을을 지나가다 들렀다. 농부는 그날 밤 파홈의 집에 묵으며 저녁을 대접받았다. 파홈이 농부와 이야기를 나누다가 그가 어디에서 왔는지 묻자 낯선 농부는 볼가 강 너머에서 일을 하다가

왔다고 대답했다. 이런저런 이야기 끝에 농부는 많은 사람이 그 지역에 정착하고 있고 자기 마을에도 그곳에 가서 자리 잡은 사람들이 있다고 말했다. 그 지역의 공동체에 가입하면 한 사람당 삼만 평의 땅을 주는데, 땅이 아주 비옥해서 호밀 씨를 뿌리면 말처럼 높게 자라는 데다 줄기가 굵어서 낫질 다섯 번만 하면 한 단이 된다는 것이다. 어떤 농부는 맨주먹으로 갔는데 지금은 집이 여섯 채나 되고 소도 두 마리나 기르고 있다고 했다.

농부의 말을 듣자 파홈의 마음에 욕망이 불붙었다. 파홈은 생각했다.

'다른 곳에 가면 잘살 수 있는데 왜 이런 좁은 곳에서 고생을 해야 하지? 여기 있는 땅과 집을 팔아서 그곳에서 새로 시작하고 모든 걸 새로 장만해야겠다. 이 복잡한 고장에서는 늘 골치 아픈 일만 생길 거야. 어쨌든 일단 가서 직접 상황을 살펴봐야겠어.'

여름이 시작될 무렵 파홈은 채비를 하고 집을 나섰다. 먼저 사마라로 가는 증기선을 타고 볼가 강 하류로 내려간 뒤 사백팔십 킬로미터를 걸어 마침내 목적지에 도착했다. 그곳은 낯선 농부가 말한 그대로였다. 농부들이 많은 땅을 소유하고 있었다. 모든 사람이 공동체의 땅 삼만 평을 받아 경작했고 또 돈이 있는 사람은 누구나 자신이 원하는 좋은 땅을 일만 평당 이 실링에 살 수 있었다.

필요한 정보들을 파악한 파홈은 가을쯤 되어 집으로 돌아와서 재산을 처분하기 시작했다. 유리한 조건으로 땅을 처분했고 집과 가축도 다 팔았다. 공동체에서도 탈퇴했다. 그리고 봄이 되기를 기다려 가족과 함께 새로운 정착지로 출발했다.

4

파홈은 가족과 함께 새 정착지에 도착하자마자 마을의 공동체에 가입 신청을 했다. 그리고 마을 원로들을 접대해서 필요한 서류들을 얻었다. 파홈과 아들들에게 다섯 사람 몫의 공동체의 땅이 주어졌다. 다시 말해 십오만여 평의 땅(한데 붙어있는 땅은 아니고 들판 곳곳에 흩어져 있었다)을 받았고 공동체의 목초지도 사용할 수 있게 되었다. 파홈은 필요한 집을 짓고 가축을 사들였다. 공동체에서 준 땅만도 고향에서 소유했던 땅보다 세 배나 넓었고 비옥한 땅이어서 곡식이 잘 자랐다. 파홈은 전보다 열 배는 더 잘살게 되었다. 넓은 경작지와 목초지를 보유했고 원하는 만큼 가축을 기를 수 있었다.

처음에는 집을 짓고 정착하느라 정신없이 바빠서 그저 모든 게 만족스러웠다. 하지만 이곳 생활에 익숙해지자 이 땅만으로는 부족하다는 생각이 슬그머니 들기 시작했다. 첫 해에 파홈은 공동체의 땅에 밀을 심었고 수확이 좋았다. 파홈은 계속 밀농사를 짓고 싶었지만 그러기에는 공동체의 땅으로는 모자라고 다른 땅들은 이미 사용하고 있어서 밀을 심을 수 없었다. 그 지역에서는 미개간지나 휴경지에만 밀을 심었기 때문이다. 일이 년 농사를 짓고 나면 풀이 자랄 때까지 땅을 놀려 둔다. 그런 땅은 원하는 사람은 많은데 모두에게 돌아갈 만큼 충분하지 않았다. 간혹 서로 차지하려고 다툼이 벌어지기도 했다. 잘사는 사람들은 밀을 기르려고 했고, 가난한 사람들은 중개인에게 세를 주어 세금 낼 돈을 벌려고 그런 땅에 욕심을 냈다. 파홈은 밀을 더 심고 싶어서 중개인에게 일 년 동안 땅을 빌렸다. 파홈은 많은 밀을 심었고 수확도 좋았지만 땅이 마을에서 너무 멀리 떨어져 있어서 십육 킬로미터나 넘게 수레로 밀을 실어 날라야 했다. 얼마 뒤 파홈은 중개 일을 하는 농부들이 독립된 농장에서 살면서 점점 부유해진다는 사실을 알아차렸다. 파홈은 궁리를 해보았다.

'개인 땅을 사서 거기에 집을 지을 수 있으면 상황이 완전히 달라질 텐데. 그러면 더 바랄 게 없을 거야.'

자기 땅을 사고 싶은 생각이 파홈을 붙들고 놔주지 않았다.

파홈은 이렇게 삼 년을 살았다. 땅을 빌려 밀을 심었고 풍년이 들어 수확이 좋았다. 차츰 돈을 모으기 시작했다. 파홈은 여기에 만족하면서 살 수도 있었지만 해마다 다른 사람의 땅을 빌리는 데 싫증이 나기 시작했다. 어디든 좋은 땅이 나오면 농부들이 달려가 금세 차지해 버렸다. 눈치 빠르게 움직이지 않으면 땅을 빌릴 수 없었다. 삼 년째 되던 해였다. 파홈과 중개인이 어떤 농부들에게서 목초지를 빌려 벌써 땅을 다 갈아 놓았는데 분쟁이 일어났다. 농부들이 고소를 했고 결국 땅을 가느라 고생한 것이 헛수고가 되어 버렸다.

"그게 내 땅이었으면 이런 일이 없었을 텐데. 젠장, 독립해야겠어. 그럼 이렇게 기분 나쁜 꼴을 당하지도 않을 거야."

파홈은 살 만한 땅을 찾기 시작했다. 그러다 백육십만 평의 땅을 샀다가 사정이 어려워져 싸게 되팔려는 한 농부를 만났다. 파홈은 농부와 여러 차례 흥정하여 천오백 루블로 땅값을 정하고 일부는 현금으로 치르고 일부는 나중에 갚기로 했다. 두 사람이 거의 거래를 매듭지을 무렵이었다. 하루는 한 중개인이 마을을 지나다가 말을 먹이려고 파홈의 집에 들렀다. 중개인은 파홈과 차 한 잔을 마시며 대화를 나누었다. 그는 멀리 떨어진 바시키르족이 사는 고장에서 막 돌아오는 길인데, 그곳에서 천육백만 평의 땅을 천 루블에 샀다고 말했다. 파홈이 꼬치꼬치 물어보자 중개인이 대답했다.

"족장들에게 잘 보이면 돼요. 백 루블쯤 하는 실내복과 카펫에다 차 한 상자까지 얹어 주었죠. 술을 마시는 사람에게는 포도주도 주었고요. 그래서 일만 평에 이 펜스도 안 되는 값으로 땅을 얻게 됐죠."

중개인은 파홈에게 땅문서를 보여 주며 말했다.

"강가에 있는 땅이고 목초지도 전부 미개간지예요."

파홈이 질문을 퍼붓자 중개인이 말했다.

"그곳에는 당신이 일 년 동안 걸어도 다 밟지 못할 정도의 땅이 더 있어요. 전부 바시키르족 땅이지요. 그 사람들은 양처럼 순박해서 거의 공짜로 땅을 얻을 수 있지요."

이 말을 들은 파홈은 생각했다.

'그렇다면 내가 왜 고작 백육십만 평의 땅을 사는 데 천 루블씩이나 썼을까? 게다가 빚까지 지고 말이야. 그곳에서는 그 돈으로 열 배나 넓은 땅을 살 수 있는데.'

5

파홈은 그곳에 가는 방법을 물은 뒤 중개인이 가자마자 떠날 채비를 했다. 그는 아내에게 집안일을 맡기고 하인을 데리고 길을 떠났다. 가는 길에 시내에 들러 중개인이 일러 준 대로 차 한 상자, 포도주, 그 외에 다른 선물들을 샀다. 두 사람은 사백팔십 킬로미터를 넘게 걸어 칠 일째 되던 날 바시키르족의 천막촌에 다다랐다. 모든 것이 중개인이 말해 준 그대로였다. 사람들은 강 가까운 초원지대에 펠트 천막을 치고 살았고 땅을 경작하지도, 빵도 먹지도 않았다. 소와 말들은 무리

를 지어 초원에서 풀을 뜯어먹었다. 수망아지는 천막 뒤에 묶
어 놓고 어미를 하루 두 번 데려다 주었다. 암말의 젖을 짜서
쿠미스(말이나 낙타 젖으로 만든 알코올성 음료)를 만들었는데,
이 일은 여자들 몫이었다. 치즈도 여자들이 만들었다. 남자들
이 하는 일은 쿠미스와 차를 마시며 양고기를 먹고 피리를 부
는 것뿐이었다. 남자들은 모두 뚱뚱하고 명랑했으며 긴 여름
내내 아무것도 할 생각을 안 했다. 굉장히 무식하고 러시아어
도 전혀 할 줄 몰랐지만 상냥한 사람들이었다.

　바시키르 사람들은 파홈을 보자마자 천막에서 나와 그를
빙 에워쌌다. 파홈은 통역하는 사람을 찾아 땅 때문에 왔다고

말했다. 바시키르 사람들은 매우 좋아하는 것 같았다. 이들은 파홈을 가장 좋은 천막 중 하나에 데려가서 카펫 위에 놓인 털방석에 앉히고 주위에 둘러앉았다. 그리고 차와 쿠미스를 대접했고 양을 잡아 양고기도 먹으라고 주었다. 파홈은 수레에서 선물을 꺼내 와서 사람들에게 주고 차도 나누어 주었다. 사람들은 몹시 기뻐하며 자기들끼리 한참 이야기를 주고받더니 통역사에게 전하라고 했다.

"당신이 마음에 든다고 전해 달랍니다. 손님을 즐겁게 하기 위해 할 수 있는 건 뭐든 하고 선물에 보답을 하는 것이 우리 풍습입니다. 당신이 우리에게 선물을 주었으니 우리가 가진 것들 중에서 가장 마음에 드는 걸 말해 주면 드리겠습니다."

"이곳에서 가장 마음에 드는 건 땅입니다. 내가 사는 곳은 땅도 비좁고 흙이 거칠지만 여러분들에겐 비옥한 땅이 많습니다. 이런 땅은 생전 본 적이 없답니다."

통역하는 사람이 이 말을 전했다. 바시키르 사람들은 잠시 자기들끼리 이야기를 나누었다. 무슨 말을 하는지 알아들을 수는 없었지만 사람들은 아주 기분이 좋아 보였고 큰 소리로 떠들며 웃어댔다. 그러다 조용해지더니 파홈을 바라보았다. 통역자가 말했다.

"당신이 준 선물에 대한 보답으로 원하는 만큼 기꺼이 땅을 드리겠다고 합니다. 손으로 가리키기만 하면 그 땅이 당신 땅이 될 겁니다."

바시키르 사람들은 잠시 다시 이야기를 나누더니 논쟁을
벌이기 시작했다. 파홈이 왜 그러냐고 물어보자 통역자는 어
떤 사람들은 족장이 없으니 마음대로 결정하지 말고 그가 돌
아오면 물어봐야 한다고 주장하고, 다른 사람들은 족장이 돌
아올 때까지 기다릴 필요가 없다고 주장하고 있다고 설명해
주었다.

6

바시키르 사람들이 서로 다투고 있을 때 커다란 여우털 모
자를 쓴 남자가 나타났다. 그러자 사람들이 모두 말을 멈추
고 일어섰다. 통역하는 사람이 "이분이 우리 족장님이십니다"
라고 알려 주었다.

파홈은 즉시 가장 좋은 실내복과 차 이 킬로그램을 가져다
가 족장에게 주었다. 족장은 선물을 받은 뒤 상석에 앉았다.
곧바로 바스키르 사람들이 족장에게 무슨 이야기를 했다. 족
장은 잠시 듣더니 고개를 끄덕여 조용히 하라고 이른 다음 러
시아어로 파홈에게 말을 걸었다.

"좋습니다. 그렇게 하시오. 어디든 마음에 드는 땅을 고르
시오. 우리는 땅이 많으니까."

그러자 파홈은 생각해보았다.

'어떻게 원하는 만큼 가질 수 있다는 거지? 확실하게 하기 위해 땅문서를 받아 둬야 돼. 안 그러면 '이제 당신 땅입니다'라고 해 놓고 나중에 도로 뺏어 갈지도 몰라.'

파홈은 큰 소리로 말했다.

"친절한 말씀 감사드립니다. 여러분이 가지고 있는 땅은 넓지만 저는 조금만 있으면 됩니다. 하지만 어떤 땅이 제 것인지 확실하게 해 두고 싶습니다. 땅을 측정해서 저에게 권리를 넘겨주시면 안 될까요? 살고 죽는 건 하나님의 손에 달려 있어서 아무도 모릅니다. 여러분은 좋은 분들이라 저에게 땅을 주시지만 여러분의 자녀들이 땅을 도로 뺏고 싶어 할 수도 있으니까요."

"옳은 말이오."

족장이 말했다.

"권리를 넘겨드리도록 하겠소."

"여기에 왔다 간 중개인에게 들었는데, 여러분이 그에게도 땅을 조금 나누어 주고 땅문서에 서명을 해 주었다고 하더군요. 저도 그렇게 하고 싶습니다."

족장은 파홈이 하는 말을 알아들었다.

"좋소. 그건 일도 아니오. 우리와 함께 함께 시내의 서기를 찾아가 땅문서에 도장을 찍읍시다."

"가격은 얼마입니까?"

파홈이 물었다.

"우리가 부르는 값은 항상 똑같다오. 하루에 천 루블이오."

파홈은 무슨 말인지 이해가 가지 않았다.

"하루라고요? 그런 단위가 있습니까? 하루는 몇 평쯤 됩니까?"

"우리는 그걸 어떻게 계산하는지는 모르오. 우린 그저 하루 단위로 땅을 판다오. 하루 동안 당신이 걸어서 돌아다닌 만큼 당신 땅이 되고 가격은 하루에 천 루블이오."

파홈은 깜짝 놀랐다.

"하지만 하루에 아주 넓은 땅을 돌아다닐 수도 있는걸요."

족장은 그 말에 웃음을 지었다.

"그 땅을 모두 당신이 갖게 될 거요! 다만 한 가지 조건이 있소. 처음 출발했던 지점으로 그날 안에 돌아오지 못하면 당신은 돈을 잃게 되오."

"그런데 제가 갔던 길을 어떻게 표시하지요?"

"음, 우리가 당신이 원하는 지점으로 가서 그 자리에서 기다리고 있을 거요. 당신은 그 지점에서 삽을 한 자루 들고 출발해서 걷다가 필요하다고 생각되는 곳마다 표시를 하시오. 방향을 바꿀 때마다 구덩이를 파고 잔디를 덮어 놓으면 되오. 그러면 우리가 나중에 구덩이를 따라 쟁기질을 하며 돌 것이오. 당신은 원하는 만큼 커다란 테두리를 그릴 수 있지만 반드시 해가 지기 전에 처음 출발했던 지점으로 돌아와야 하오.

그러면 당신이 걸어 다닌 땅이 모두 당신 땅이 될 거요."

파홈은 뛸 듯이 기뻐했다. 다음 날 아침 일찍 출발하기로 결정이 났다. 그들은 더 이야기를 나누며 양고기와 쿠미스를 먹고 마셨다. 그러다 보니 밤이 되었다. 그들은 파홈에게 깃털 침대를 마련해 주었고 다음 날 새벽 동틀 녘에 만나서 정해진 장소에 가기로 약속한 뒤 자러 갔다.

7

파홈은 깃털 침대에 누웠지만 잠이 오지 않았다. 땅 생각이 머리에서 떠나지 않았기 때문이었다.

"아주아주 넓은 구역을 표시할 거야. 하루에 오십육 킬로미터 정도는 걸을 자신이 있어. 지금은 낮이 길잖아. 둘레가 오십육 킬로미터면 얼마나 넓을까! 안 좋은 땅은 팔거나 농부들에게 세를 주고 가장 좋은 땅을 골라 농사를 지어야지. 소를 두 마리 사고 일꾼들도 두 명 더 쓸 거야. 십팔만 평 정도는 경작하고 나머지 땅에는 소를 방목해야지."

파홈은 밤새 한숨도 못 자다가 날이 새기 직전에야 깜박 잠이 들었다. 잠이 들자마자 꿈을 꾸었다. 파홈이 천막 안에 누워 있는데, 밖에서 누군가가 낄낄거리며 웃는 소리가 들렸다. 누군지 궁금해서 나가 봤더니 바시키르족의 족장이 텐트 앞에서 배를 움켜쥐고 데굴데굴 구르며 웃고 있었다. 파홈은 족장에게 다가가 물었다.

"뭐가 그렇게 우스우십니까?"

그런데 가만 보니 그 사람은 족장이 아니라 일전에 집에 찾아와 땅에 대해 말해 주었던 중개인이었다. "여기에 언제부터 와 있었습니까?"라고 물으려는 순간 파홈은 그가 중개인이 아니라 오래전 파홈의 옛 집에서 봤던 볼가 강 너머에서 온 농부임을 알아차렸다. 그런데 다음 순간 농부가 아니라 발굽과 뿔이 달린 도깨비가 낄낄거리고 있는 게 아닌가! 도깨비 앞에는 한 남자가 바지와 셔츠만 입은 채 맨발로 바닥에 누워 있었다. 파홈은 꿈에서도 바닥에 누워 있는 사람이 누군지 유심히 살펴보았다. 그리고 그 죽은 사람은 바로 자기 자신임을 알았다! 파홈은 소스라치게 놀라며 잠에서 깼다.

'대체 이게 무슨 꿈일까?'

주위를 둘러보니 열린 문틈으로 동이 트고 있었다.

'사람들을 깨울 시간이군.'

파홈은 이제 출발해야겠다고 생각했다.

자리에서 일어나 수레에서 자고 있던 하인을 깨워 마구를 채우라고 한 뒤 바시키르 사람들을 부르러 갔다.

"이제 땅을 표시하러 초원으로 나갑시다."

파홈이 말했다.

바시키르 사람들이 모였고 족장도 왔다.

사람들은 쿠미스를 마시며 파홈에게도 차를 주었지만 파홈은 한시가 급했다.

"이왕 갈 거 서두릅시다. 시간이 다 됐어요"라며 사람들을 재촉했다.

8

바시키르 사람들과 준비를 마치고 함께 출발했다. 말을 타고 가는 사람도 있었고 마차를 타고 가는 사람들도 있었다. 파홈은 하인과 함께 자신의 작은 마차를 몰았고 삽도 하나 싣고 갔다. 초원에 도착하자 아침 하늘이 밝아 오기 시작했다. 일행은 (바시키르족이 시칸이라고 부르는) 작은 언덕을 올라가 마차와 말에서 내려 한 지점에 모였다. 족장이 파홈에게 다가오더니 손으로 들판을 가리켰다.

"보시오. 눈에 보이는 곳이 다 우리 땅이오. 어디든 당신이 원하는 곳을 가질 수 있소."

파홈의 눈이 반짝였다. 앞에는 손바닥처럼 평평하고 양귀비 씨앗처럼 새카만 처녀지가 넓게 펼쳐져 있었고 우묵한 곳에는 다양한 종류의 풀이 가슴 높이까지 자라 있었다.

족장은 여우털 모자를 벗어서 땅에 놓고 말했다.

"이것이 표지요. 여기에서 출발해서 여기로 다시 돌아오시오. 당신이 걸어 다닌 곳은 모두 당신 땅이 될 것이오."

파홈은 돈을 꺼내 모자 위에 놓았다. 그런 다음 겉옷을 벗고 조끼 차림으로 허리띠를 풀러 아랫배를 단단히 졸라맸다. 작은 빵 주머니는 조끼 안쪽 가슴에 찔러 넣고 물병을 허리에 차고 장화를 단단히 신은 뒤 하인에게서 삽을 받아 출발 준비를 했다. 파홈은 잠시 동안 어느 쪽으로 가야 좋을지 고민했다. 사방 모든 곳이 다 탐이 났다.

"어느 쪽이든 상관없어. 해가 뜨는 쪽으로 가야겠다."

파홈은 동쪽을 향해 서서 허리를 쭉 펴고 해가 지평선 위로 떠오르기를 기다렸다.

"시간을 낭비해서는 안 돼. 날씨가 선선할 때가 더 걷기 수월할 거야."

햇살이 지평선 위로 퍼지자마자 파홈은 삽을 어깨에 둘러메고 초원을 걸어 내려가기 시작했다.

처음에는 느리지도, 빠르지도 않게 걸었다. 일 킬로미터 정도를 걸은 뒤 멈추어 구덩이를 파고 잘 보이도록 잔디를 여러 겹 덮었다. 그런 다음 다시 걸었다. 몸이 좀 풀리자 속도를 냈다. 얼마 있다가 파홈은 또 다른 구덩이를 팠다.

뒤를 돌아보니 햇살 속에서 언덕 위의 사람들과 마차의 반짝이는 바�살이 또렷하게 보였다. 대충 계산해 보니 오 킬로미터 정도 걸은 것 같았다. 날이 점점 더워지고 있었다. 파홈은 조끼를 벗어 어깨에 걸친 채 걸었다. 이제는 상당히 더워졌다. 해를 쳐다봤더니 아침을 먹을 시간이었다.

"첫 단계가 끝났군. 이런 식으로 하루가 네 단계니까 아직 방향을 틀기에는 너무 일러. 그래도 장화는 벗어 버려야겠다."

파홈은 앉아서 장화를 벗어 허리띠에 매달고 걸었다. 걷기가 한결 수월했다.

"팔 킬로미터 정도 더 걸어가서 왼쪽으로 돌아야겠어. 이 부근은 아주 비옥해서 놓치기엔 아까워. 갈수록 땅이 더 좋아 보이는군."

파홈이 계속해서 똑바로 걷다가 주위를 둘러보니 이제 언덕은 거의 보이지 않았다. 언덕 위 사람들은 까만 개미처럼 보였고 햇살 속에서 뭔가가 반짝인다는 것만 알아볼 수 있었다.

"아, 이쪽으로 너무 멀리 왔어. 이제 방향을 틀어야겠어. 땀도 나고 목이 타네."

파홈은 걸음을 멈추고 큰 구덩이를 판 뒤 잔디를 수북하게 쌓았다. 그런 다음 물병을 열어 물을 마신 뒤 왼쪽으로 방향을 확 틀었다. 그리고 걷고 또 걸었다. 키가 큰 풀이 무성했고 날은 무척 더웠다. 파홈은 지치기 시작했다. 해를 바라보니 한낮이 되어 있었다.

파홈은 좀 쉬어 가야겠다고 생각했다.

자리를 잡고 앉아서 빵을 좀 먹고 물도 마셨다. 혹시 잠이 들어 버릴까 봐 누울 수는 없었다. 파홈은 잠시 앉아 있다가 다시 걸었다. 처음에는 걷기가 수월했다. 빵을 먹었더니 힘이 났다. 하지만 날이 지독하게 더워 졸음이 쏟아지기 시작했다. 파홈은 걸으면서 생각했다. '한 시간만 고생하면 평생 동안 잘살 수 있어.'

이쪽으로 한참을 걸어왔다는 생각이 든 파홈이 다시 왼쪽으로 방향을 틀려는데 축축하고 우묵한 땅이 눈에 들어왔다.

"이 땅은 놓치기가 아까운걸. 저기에 아마를 심으면 잘 자랄 텐데."

결국 파홈은 우묵한 땅을 지나서 구덩이를 파고 방향을 돌린 뒤 언덕을 보았다. 열기가 훅훅 솟구쳐 뿌연 대기 속으로 언덕이 아른아른 흔들리는 것처럼 보였다. 아지랑이 속에서 언덕 위 사람들의 모습은 거의 보이지 않았다.

문득 이런 생각이 들었다.

'아무래도 두 면을 너무 길게 잡았나 봐. 이번에는 좀 더 짧게 잡아야겠다.'

파홈은 걸음을 재촉해 세 번째 면을 걸어갔다. 해를 보니 꽤 서쪽으로 기울어 있는데 자신은 여태 사각형의 세 번째 면의 삼 킬로미터도 걷지 못했다. 목표 지점까지는 아직 십육 킬로미터나 남아 있었다.

"안 되겠어. 땅 모양이 좀 삐딱해지더라도 이제는 얼른 돌아가야 돼. 더 멀리 갈 수도 있겠지만 이만하면 많은 땅을 갖게 됐잖아."

파홈은 서둘러 구덩이를 파고 언덕을 향해 바로 돌아섰다.

9

언덕을 향해 곧장 걸어갔지만 갈수록 걷는 게 힘들었다. 더위에 지쳐 기진맥진해진 데다 맨발은 성한 곳 없이 긁히고 멍이 들었다. 다리도 후들거리기 시작했다. 쉬고 싶은 마음이 간절했지만 해지기 전에 돌아가려면 쉴 수가 없었다. 해는 사람을 기다려 주지 않고 점점 더 기울고 있었다.

"맙소사! 내가 어리석게 욕심을 부리지만 않았어도! 늦게 도착하면 어떻게 되는 거지?"

파홈은 언덕과 해를 쳐다보았다. 아직도 목표지점까지는 멀었고 해는 거의 지평선 가까이 내려와 있었다.

파홈은 걷고 또 걸었다. 걷기가 매우 힘들었지만 그래도 더 속도를 냈다. 서둘러 걷는데도 언덕까지는 아직 한참이나 남아 있었다. 파홈은 조끼와 장화, 물통, 모자까지 다 벗어 내던지고 지팡이로 쓰던 삽만 들고 달리기 시작했다.

"어떡하지? 너무 많이 가지려다가 일을 다 망쳐 버렸어. 해가 지기 전에 저기까지 가지 못할 거야."

두려움이 몰려오며 숨을 쉴 수가 없었다. 파홈은 계속 달렸다. 땀에 흠뻑 젖은 셔츠와 바지가 몸에 찰싹 달라붙었고 입술이 바싹 말랐다. 가슴은 대장장이의 풀무처럼 헐떡거리고 심장은 망치질하듯 쿵쿵 뛰었다. 다리가 말을 듣지 않아 자꾸만 고꾸라지려고 했다. 파홈은 긴장감으로 죽을 것 같은 공포에 휩싸였다.

　죽는 게 무서웠지만 파홈은 멈추지 않았다.

　"이렇게 달려와서 지금 멈춰 버리면 사람들이 날 바보라고 부를 거야."

　파홈은 달리고 또 달렸다. 언덕에 가까이 가니 바시키르 사람들이 자신에게 고함을 지르고 환성을 올리는 소리가 들렸다. 사람들의 고함소리를 듣자 파홈의 가슴이 더 활활 타올랐다. 파홈은 마지막 남은 힘을 끌어 모아 힘껏 달렸다.

　지평선에 바싹 다가간 해는 엷은 안개에 가려 피처럼 붉고

컸다. 드디어 해가 지평선 너머로 지고 있었다! 파홈도 목적지에 거의 다 와 있었다. 언덕 위에서 얼른 오라고 팔을 휘두르는 사람들이 보였다. 땅바닥에 놓인 여우털 모자와 그 위에 놓인 돈 그리고 배를 움켜잡고 바닥에 앉아 있는 추장의 모습도 보였다. 그러자 파홈은 새벽녘에 꾼 꿈이 떠올랐다.

"이렇게 많은 땅을 갖게 됐는데, 하나님이 과연 나를 그곳에서 살게 해 주실까? 난 죽을 것 같아. 죽을 것 같다고! 난 저기에 절대 도착하지 못할 거야!"

해는 완전히 지평선 뒤로 넘어가 막 모습을 감추려는 참이었다. 파홈은 남아 있는 힘을 모두 끌어 모아 넘어지지 않도록 몸을 앞으로 숙이고 돌진했다. 파홈이 언덕에 도착하는 순간 갑자기 주위가 어두워졌다. 파홈이 위를 쳐다보니 해는 이미 보이지 않았다! 파홈은 비명을 질렀다. 온갖 고생이 모두 헛일이 되었다 싶어서 걸음을 멈추려 했다. 하지만 바시키르 사람들이 계속 고함을 지르는 소리가 들렸다.

그러자 언덕 아래에 있는 자신에게는 해가 진 것처럼 보이지만 언덕 위의 사람들에게는 아직 해가 보일 수 있다는 생각이 들었다. 파홈은 길게 숨을 내쉬고 언덕을 달려 올라갔다. 언덕 위는 아직 밝았다. 언덕 꼭대기에 도착한 파홈의 눈에 모자가 보였다. 그 앞에서 족장이 배를 잡고 웃고 있었다. 또다시 꿈 생각이 난 파홈은 비명을 질렀다. 결국 다리가 후들거려 쓰러진 파홈의 손에 모자가 닿았다.

"오, 대단한 분이군! 이분은 많은 땅을 얻었소!"

족장이 큰 소리로 외쳤다.

파홈의 하인이 달려와 주인을 일으키려다가 파홈의 입에서 피가 흘러나오는 것을 발견했다. 파홈은 숨이 끊어져 있었다!

바시키르 사람들은 혀를 차며 애석해했다.

하인이 삽을 집어 들고 파홈이 누울 만한 길이로 묘 자리를 파서 주인을 묻었다. 파홈에게 필요한 땅은 머리에서 발끝까지 단 백팔십 센티미터 정도뿐이었다.

(1886년)

달걀만 한 낟알

어느 날 아이들 몇 명이 산골짜기에서 낟알처럼 생긴 물건을 발견했다. 이 물건은 가운데 아래쪽에 홈이 패어 있고 계란처럼 커다랬다. 한 여행객이 지나가다가 그걸 보고 아이들에게 일 페니를 주고 샀다. 그러고는 도시로 들고 가 진기한 물건이라며 왕에게 팔았다.

왕은 현인들을 불러 모아 이 물건이 무엇인지 밝혀내라고 명했다. 현인들은 궁리하고 또 궁리해 보았지만 어디가 머리고 어디가 꼬리인지조차 구분할 수 없었다. 그러던 어느 날 그 물건을 창턱에 놓아두었더니 암탉 한 마리가 날아와 쪼아서 구멍을 냈다. 그걸 보고 모두 그것이 곡식 낟알이라고 생각했다. 현자들은 왕에게 가서 아뢰었다.

"이것은 곡식의 낟알입니다."

왕은 이 말에 크게 놀라서 학자들에게 그런 곡식이 언제, 어디에서 자라는지 알아내라고 명했다. 학자들은 다시 이리 저리 알아보고 책도 찾아보았지만 전혀 알아내지 못했다. 그래서 왕에게 돌아가 아뢰었다.

"저희들은 아무 답도 드리지 못하겠나이다. 책에는 그런 내용이 전혀 나오지 않습니다. 농부들에게 물어보셔야 할 것입니다. 아마도 농부들 중에는 언제, 어디에서 곡식이 그렇게 크게 자라는지 조상에게서 들은 사람이 있을지도 모릅니다."

그러자 왕은 아주 나이가 많은 농부를 데려오라고 명했다. 신하들이 그런 노인을 찾아 왕에게 데려왔다. 늙고 허리가 굽었으며 창백한 얼굴에 이가 다 빠지고 없는 늙은이였다. 노인은 목발 두 개에 가까스로 몸을 의지해 비틀거리며 왕 앞에 나왔다.

왕은 노인에게 낟알을 보여 주었지만 노인의 눈에는 잘 보이지도 않았다. 하지만 낟알을 받아서 손으로 만져 보았다. 왕이 물었다.

"어디서 이런 낟알이 자라는지 말해 줄 수 있겠느냐? 그런 낟알을 사거나 네 땅에 뿌린 적이 있느냐?"

노인은 귀가 멀어 왕의 말소리가 거의 들리지 않았고, 무슨 뜻인지도 겨우 이해했다.

"아니요, 저는 이런 낟알을 제 땅에 뿌리거나 거둬들인 적이 없습니다. 사 본 적도 없고요. 저희가 산 낟알은 항상 요즘 낟알들처럼 작았습니다. 하지만 제 아버지께 물어볼 수는 있습니다. 아버지는 그런 곡식이 어디에서 자라는지 들어 봤을 수도 있습니다."

그래서 왕은 노인의 아버지를 부르러 보냈다. 신하들이 노인을 찾아 왕 앞에 데려왔다. 노인은 목발 하나를 짚고 걸어왔다. 왕은 노인에게 낟알을 보여 주었다. 노인은 아직 눈이 보였고 낟알을 유심히 살펴보았다. 왕이 물었다.

"어디에서 이런 곡식이 자라는지 말해 줄 수 있느냐? 그런 낟알을 사거나 네 땅에 뿌린 적이 있느냐?"

노인은 소리를 듣는 데 약간 어려움은 있었지만 아들보다는 청력이 좋았다.

"아니요, 저는 제 땅에 이런 낟알을 뿌리거나 거둔 적이 없습니다. 낟알을 사 본 적도 없습니다. 제가 농사를 짓던 시절에는 돈이란 게 없었으니까요. 모든 사람이 자기가 먹을 곡식을 직접 길렀고 필요하면 서로 나눠 썼습니다. 저는 이런 곡식이 어디에서 자라는지 모릅니다. 저희 때는 낟알이 지금보다 크고 알차게 여물었지만 이런 건 본 적이 없습니다. 하지만 제 아버지가 농사를 지으실 때는 저희 때보다 낟알이 더 크고 알차게 영글었다는 이야기는 들었습니다. 제 아버지께 물어보시는 게 나을 겁니다."

그래서 왕은 노인의 아버지를 부르러 보냈고 신하들이 노인을 찾아 왕 앞에 데려왔다. 노인은 목발 없이 잘 걸어 들어왔다. 눈이 밝고 귀도 잘 들렸으며 말소리도 또렷했다. 왕이 낟알을 보여 주자 노인은 낟알을 살펴보고 손 안에서 굴려 보았다.

"참으로 오랜만에 이렇게 좋은 낟알을 보는군요."

노인이 말하며 낟알을 조금 깨물어 맛을 보았다.

그러고는 "같은 종류군요"라고 덧붙였다.

"언제, 어디서 그런 곡식이 재배되있는지 말해 보아라. 그런 낟알을 사거나 네 땅에 뿌린 적이 있느냐?"

노인이 대답했다.

"제가 어릴 적에는 어디에서나 이런 곡식이 자랐습니다. 저는 젊었을 때 이런 곡식을 먹고 살았고 다른 사람들도 마찬가지였습니다. 저희가 뿌리고 거둬들여 탈곡한 것이 이런 곡식이었습니다."

그러자 왕이 물었다.

"그 낟알을 어딘가에서 샀느냐, 아니면 직접 가꾸었느냐?"

노인이 미소를 지었다.

"그 시절에는 아무도 빵을 사고파는 죄를 짓는다는 건 생각조차 못했습니다. 저희는 돈이란 건 알지도 못했지요. 모든 사람이 먹을 곡식이 충분했습니다."

"그럼 말해 보아라. 네 땅이 어디냐? 어디에서 이런 곡식을 길렀더냐?"

노인이 대답했다.

"제 땅은 하나님의 땅이었습니다. 어디든 제가 경작하는 곳이 바로 제 땅이었지요. 땅은 마음껏 쓸 수 있었습니다. 아무도 땅이 자기 것이라고 하는 사람은 없었지요. 사람들이 자기 것이라고 부르는 건 노동밖에 없었습니다."

"두 가지 질문에 더 답해 보아라. 첫째, 그때는 왜 이런 곡식이 열렸는데 지금은 그렇지 않느냐? 둘째, 왜 네 손자는 목발 두 개를 짚고 네 아들은 목발 하나에 의지하는데 너는 목발 없이 걷느냐? 너는 눈이 밝고 이도 튼튼한 데다 말소리도 또렷하여 잘 들린다. 이게 대체 어떻게 된 것이냐?"

노인이 대답했다.

"그 이유는 이렇습니다. 사람들이 직접 일을 하여 살지 않고 다른 사람의 노동에 의지하게 되었기 때문입니다. 옛날에는 사람들이 하나님의 법에 따라 살았습니다. 자신의 것만 가졌고 다른 사람이 생산한 것을 탐내지 않았답니다."

(1886년)

대자 代子

또 눈은 눈으로, 이는 이로 갚으라 하였다는 것을 너희가 들었
으나 나는 너희에게 이르노니 악한 자를 대적하지 말라.

_마태복음 5:38〜39

원수 갚는 것이 내게 있으니 내가 갚으리라. _로마서 12:19

1

한 가난한 농부의 집에 아들이 태어났다. 농부는 기뻐하며 이웃집에 가서 아들의 대부代父가 되어 달라고 부탁했다. 가 난뱅이의 아들의 대부가 되고 싶지 않았던 이웃은 농부의 청 을 거절했다. 농부는 다른 이웃을 찾아가 보았지만 이번에도 거절당했다. 가난한 아버지는 마을의 모든 집을 찾아다녔지 만 아들의 대부가 되어 주겠다는 사람은 아무도 없었다. 결국 농부는 다른 마을을 향해 길을 떠났고 가는 도중에 한 남자를 만났다. 남자가 걸음을 멈추더니 물었다.

"안녕하세요. 어디에 가십니까?"

"하나님께서 제게 자식을 주셨답니다."

농부가 대답했다.

"젊을 때는 제 눈을 즐겁게 해 주고, 늙어서는 위안을 주며, 제가 죽은 뒤에는 제 영혼을 위해 기도를 해 줄 아이지요. 그 런데 제가 가난해서 우리 마을에는 그 아이의 대부가 되어 줄 사람이 없습니다. 그래서 지금 다른 마을로 아이의 대부를 찾 으러 가는 길입니다."

그러자 낯선 이가 말했다.

"제가 대부가 되어 드리지요."

농부는 기뻐하며 고마움을 표시한 뒤 이렇게 덧붙였다.

"그런데 대모는 누구에게 부탁해야 할까요?"

낯선 이가 대답했다.

"읍내로 가 보세요. 광장에 가면 전면에 진열창이 있는 돌집이 있을 겁니다. 현관에서 집주인을 찾아 그의 딸이 당신 아들의 대모가 되게 해 달라고 부탁해 보세요."

농부는 머뭇거렸다.

"부유한 상인에게 어떻게 그런 부탁을 할 수 있겠습니까? 그 상인은 나를 멸시하고 딸을 보내 주지 않을 겁니다."

"그건 걱정하지 말고 가서 부탁해 보세요. 내일 아침까지 준비를 다 해 놓으면 제가 세례식에 가겠습니다."

가난한 농부는 집으로 돌아갔다가 말을 타고 읍내로 가서 상인을 찾았다. 농부가 막 마당으로 말을 끌고 들어가는데 상인이 나왔다.

"무슨 일이오?"

상인이 물었다.

"음, 하나님께서 제게 아이를 주셨답니다."

농부가 대답했다.

"젊을 때는 제 눈을 즐겁게 해 주고, 늙어서는 위안을 주며, 제가 죽은 뒤에는 제 영혼을 위해 기도를 해 줄 아이지요. 따님이 제 아이의 대모가 되게 해 주세요."

"세례식이 언제요?"

"내일 아침입니다."

"좋소. 걱정하지 말고 가시오. 내일 아침에 딸이 미사에 갈 거요."

다음 날 아침 대부와 대모가 찾아왔고 아이는 세례를 받았
다. 대부는 세례식이 끝나자마자 떠났다. 사람들은 그가 누군
지 몰랐고 다시는 그를 보지도 못했다.

2

아이는 자라면서 부모에게 기쁨을 주었다. 튼튼한 데다 스
스로 일을 찾아 했으며 똑똑하고 순종적이었다. 아이가 열 살
이 되자 부모는 아이를 학교에 보내 읽고 쓰는 법을 배우게 했
다. 아이는 다른 사람들이 오 년 동안 배우는 것을 일 년 만에
익혀서 얼마 지나지 않아 더 이상 가르칠 것이 없게 되었다.

부활절이 다가오자 아이는 대모를 찾아가 부활절 인사를
했다. 집에 돌아온 아이는 부모에게 물었다.

"아버지, 어머니, 제 대부님은 어디에 사시나요? 그분에게
도 부활절 인사를 드리고 싶어요."

소년의 아버지가 대답했다.

"네 대부에 대해서는 우리도 아는 게 없단다. 그래서 우리
도 종종 아쉽구나. 네가 세례를 받은 날 이후로 한 번도 그분
을 본 적이 없고 아무 소식도 듣지 못했어. 어디서 사는지, 아

직 살아 있는지조차도 모른단다."

그러자 아들이 부모에게 절을 하며 부탁했다.

"아버지, 어머니, 제 대부님을 찾으러 가게 해 주세요. 꼭 대부님을 찾아서 부활절 인사를 하겠어요."

아이의 부모는 허락을 했고, 소년은 대부를 찾기 위해 길을 나섰다.

3

소년은 집을 떠나 여행길에 올랐다. 몇 시간을 걸어갔을 때 한 낯선 사람이 소년을 붙잡고 물었다.

"안녕, 어디 가는 길이니?"

소년이 대답했다.

"저는 대모님을 찾아가 부활절 인사를 했어요. 그리고 집에 돌아와 부모님께 제 대부님이 어디에 사는지 여쭤 봤지요. 대부님께도 찾아가 인사를 드리려고요. 그런데 부모님은 모른다고 하셨어요. 대부님은 제가 세례를 받자마자 떠나 버려서 부모님께선 그분에 대해 아는 바가 없고 심지어 살아 계신지조차도 모른다고 하셨지요. 하지만 전 대부님을 만나고 싶어서 그분을 찾아 나섰답니다."

그러자 낯선 이가 말했다.

"내가 네 대부란다."

이 말을 들은 소년은 몹시 기뻤다. 소년은 부활절 인사로 대부에게 세 번 입맞춤을 한 뒤 물었다.

"대부님, 지금 어디 가시는 길인가요? 저희 집 쪽으로 가신다면 부디 저희 집에 들러 주세요. 집으로 돌아가시는 길이라면 저도 함께 갈게요."

대부가 대답했다.

"미안하지만 지금은 너희 집에 갈 시간이 없단다. 몇 군데 마을에 볼일이 있거든. 하지만 내일은 집에 돌아갈 테니 그때 나를 만나러 오렴."

"하지만 대부님을 어떻게 찾죠?"

"집에서 나와 해가 뜨는 쪽으로 곧장 걸어가면 숲이 보일 거다. 숲 속으로 들어가면 공터가 나온단다. 공터에 도착하면 앉아서 잠깐 쉬면서 주위에서 무슨 일이 벌어지는지 살펴보렴. 숲 저쪽 멀리 정원과 금색 지붕의 집이 보일 거야. 그게 바로 내 집이란다. 그 집 대문으로 오렴. 널 기다리고 있을 테니까."

대부는 이렇게 말하고는 눈앞에서 사라졌다.

4

소년은 대부가 시키는 대로 동쪽으로 걸어가 숲에 이른 뒤 공터로 갔다. 공터 한가운데에는 소나무가 한 그루가 있었는데, 나뭇가지에는 통나무가 밧줄에 묶여 있었다. 통나무 아래에는 꿀이 가득 든 여물통이 놓여 있었다. 소년이 왜 거기에 꿀이 놓여 있고 통나무가 매달려 있는지 궁금해할 새도 없이 숲에서 탁, 탁 소리가 들려왔다. 소년이 보니 곰 몇 마리가 가까이 오고 있었다.

한 살쯤 된 곰 한 마리와 작은 새끼 곰 세 마리가 어미 곰을 따르고 있었다. 어미 곰이 코를 킁킁거리며 곧바로 여물통으로 갔고 새끼 곰들이 그 뒤를 따랐다. 어미 곰은 꿀에 주둥이를 처박더니 새끼들을 불렀다. 새끼 곰들이 후닥닥 달려와 꿀을 먹기 시작했다. 그 참에 어미 곰이 머리를 이용해 옆으로 밀쳐놓았던 통나무가 약간 흔들리더니 원래 자리로 돌아오면서 새끼 곰을 쳤다.

이 모습을 본 어미 곰이 발로 통나무를 확 밀어 버렸다. 멀리 밀려난 통나무는 더 세차게 돌아와서 한 새끼 곰의 등과 다른 새끼 곰의 머리를 후려쳤다. 새끼 곰들은 아파서 울부짖으며 달아났고 어미 곰은 으르렁거리며 앞발로 통나무를 잡아 머리 위로 들어 올리더니 내팽개쳤다. 통나무가 하늘 높이 날아가자 일년생 새끼 곰이 여물통으로 달려가 꿀 속에 주둥이를 처박고 쩝쩝거리며 빨아 먹기 시작했다. 다른 곰들도 그쪽으로 다가왔다. 그러나 곰들이 채 다가가기도 전에 통나무가 되돌아와 일년생 곰의 머리를 쳐서 죽이고 말았다.

어미 곰은 아까보다 더 사납게 으르렁거리며 통나무를 붙잡아 있는 힘을 다해 내던졌고 통나무는 묶여 있던 가지보다 더 높이 날아올랐다. 밧줄이 약간 풀릴 정도의 높이였다. 어미 곰은 다시 여물통으로 다가갔고 새끼 곰들이 그 뒤를 따랐다. 그런데 점점 더 높이 날아가던 통나무가 떨어지기 시작했다. 통나무는 원래 자리로 내려올수록 더욱 가속도가 붙어 마침내 전속력으로 어미 곰의 머리를 들이받았다. 어미 곰은 데굴데굴 구르다 버르적거리더니 죽어 버렸다. 놀란 새끼 곰들은 숲 속으로 달아났다.

5

놀란 소년은 이 모습을 모두 지켜본 뒤 다시 걸음을 재촉했다. 숲을 벗어나자 넓은 정원이 나타났다. 정원 한가운데에 금빛 지붕의 대저택이 서 있었다. 소년의 대부는 미소를 지으며 대문간에 서 있었다. 대부는 소년을 따뜻하게 맞아 대문을 지나 정원으로 데려갔다. 소년은 그곳에서 지금껏 꿈도 꾸지 못했던 아름다움과 환희에 휩싸였다.

그런 다음 대부는 소년을 저택 안으로 데려갔다. 집 안은 바깥보다 훨씬 더 아름다웠다. 대부는 소년에게 방들을 하나하나 구경시켜 주었다. 갈수록 더 환하고 멋진 방들이 나타났다. 그런데 마지막 방은 문이 꼭 닫혀 있었다.

"이 문을 봐라."

대부가 말했다.

"이 문은 닫혀 있을 뿐 잠긴 것은 아니다. 문은 열리지만 열어서는 안 돼. 넌 이곳에서 살아도 좋다. 어디든 너 가고 싶은 대로 가고 이 집에서 얻을 수 있는 모든 즐거움을 누려도 된단다. 단 한 가지만 명심하여라. 절대 이 문을 열어서는 안 돼!"

대부는 이 말을 한 뒤 집을 떠났고 대자만 남았다. 그 집에서의 삶은 밝고 즐거워서 대자는 그곳에 머문 지 세 시간밖에 지나지 않았다고 생각했지만 실제로는 삼십 년이라는 세월이 흘렀다. 삼십 년이 지난 어느 날 대자는 우연히 닫힌 문 앞을 지나게 되었다. 그러자 대부가 왜 그 방에 들어가지 못하게 했는지 궁금해졌다.

"방 안에 뭐가 있는지 살짝 보기만 하자."

대자는 이렇게 생각하고 문을 밀어 보았다. 그러자 문이 스르르 열렸다. 대자가 안으로 들어가 보니 다른 어떤 방보다 훌륭하고 아름다운 방이었고 한가운데에는 왕좌가 놓여 있었다. 대자는 잠깐 방을 돌아다니다가 계단 위로 올라가 왕좌에 앉아 보았다. 왕좌에는 왕의 홀이 기대 세워져 있었다. 대자가 그 홀을 손에 쥐자마자 갑자기 사방의 벽들이 사라져 버렸다.

주위를 둘러보니 온 세상과 사람들이 하고 있는 일이 다 보였다. 앞쪽에는 배가 항해하는 바다가 보였다. 오른쪽에는 낯선 이교도들이 사는 곳이 보이고, 왼쪽에는 기독교도들이 있었는데 러시아인은 아니었다. 대자가 주변을 둘러보다가 뒤쪽을 봤더니 자기와 같은 러시아인들이 보였다.

"집에 무슨 일이 있는지, 수확은 좋았는지 봐야겠다."

대자가 아버지의 밭을 보았더니 곡식 단이 쌓여 있었다. 얼마나 수확을 했는지 보려고 단을 헤아리기 시작하는데 한 농부가 수레를 끌고 오는 모습이 보였다. 때는 밤이었다. 대자는 아버지가 밤에 곡식을 실어 나르려고 오는 줄 알았다. 더 자세히 보니 바실리 쿠드리야쇼프라는 도둑이 수레를 끌고 와서 곡식 단을 옮겨 싣기 시작했다. 대자는 화가 나서 소리쳤다.

"아버지, 아버지! 우리 밭에 있는 곡식 단을 도둑이 훔쳐 가고 있어요!"

야간 방목장에 말을 데리고 나가 있던 대자의 아버지가 그 소리에 잠에서 깼다.

"꿈에서 누가 우리 곡식 단을 훔쳐 가고 있었어. 얼른 가 봐야겠다."

아버지는 말을 타고 밭으로 달려갔다. 밭에서 바실리를 발견한 아버지는 다른 농부들에게 도움을 청했다. 바실리는 두들겨 맞고 몸이 묶여 감옥으로 보내졌다.

그리고 나서 대자는 대모가 사는 읍내를 보았다. 대모는 한 상인과 결혼해 살고 있었다. 대모가 자고 있는데 남편이 일어나더니 정부를 찾아갔다. 대자는 대모에게 고함을 질렀다.

"일어나세요, 일어나세요. 남편이 못된 길로 빠졌어요."

대모가 벌떡 일어나 옷을 걸치고 나가 남편이 있는 곳을 찾아냈다. 대모는 남편의 정부를 때리고 망신을 준 뒤 남편을 쫓아냈다.

이번에는 자기 어머니를 찾아보았다. 어머니는 오두막에서 잠들어 있었다. 그런데 도둑이 집에 몰래 들어오더니 어머니가 물건을 넣어둔 상자를 부수어 열었다. 어머니가 잠에서 깨어나 고함을 지르자 강도는 도끼를 들고 어머니 머리 위로 휘두르며 죽이려고 하였다.

대자는 참지 못하고 홀을 강도에게 내던졌고 강도는 홀에 관자놀이를 맞아 즉사했다.

6

대자가 강도를 죽이자마자 벽이 닫히더니 방이 예전 모습으로 돌아왔다.

이어서 문이 열리며 대부가 들어와 대자 쪽으로 왔다. 대부는 대자의 손을 잡고 왕좌에서 끌어내렸다.

"내 명령을 어겼구나. 넌 금지된 문을 열었을 때 첫 번째 잘못을 저질렀어. 왕좌에 올라가 내 홀을 집어 들었을 때 두 번째 잘못을 했지. 그리고 세상에 악을 퍼뜨리는 세 번째 잘못을 했어. 네가 여기에 한 시간만 더 앉아 있었다면 인류의 절반을 망쳐 버렸을 거다."

대부는 대자를 다시 왕좌에 앉히고 손에 홀을 쥐어 주었다. 그러자 또 다시 벽이 사라지면서 세상일이 다 보였다. 대부가 말했다.

"네가 네 아버지에게 무슨 짓을 했는지 봐라. 바실리는 일 년 동안 옥살이를 하면서 온갖 못된 짓을 배워 가지고 나와 구제불능의 인간이 되었다. 보렴, 바실리는 네 아버지의 말 두 필을 훔치고 헛간에 불까지 지르고 있어. 네가 아버지에게 이 모든 일이 일어나게 한 거야."

대자는 아버지의 헛간이 불에 타는 모습을 보았다. 하지만 대부가 못 보게 막으며 다른 쪽을 보라고 했다.

"여기 네 대모의 남편이 있어. 그는 아내를 떠난 지 일 년이 되었지만 여전히 다른 여자들 꽁무니를 쫓아다니고 있어. 지난번 정부는 더 깊은 나락에 빠졌고, 그의 아내는 슬픔으로 술에 절어 지내지. 그게 네가 네 대모에게 한 짓이다."

대부는 이 광경도 못 보게 막더니 대자에게 아버지의 집을 보라고 했다. 집에서는 대자의 어머니가 자신의 죄를 뉘우치며 흐느끼고 있었다.

"그날 밤 강도가 나를 죽이는 편이 나았을 거야. 내가 너무 큰 죄를 저질렀어."

"저게 네가 네 어머니에게 한 짓이다."

대부는 이 광경도 못 보게 막더니 이번에는 아래쪽을 가리켰다. 감옥 앞에서 강도를 붙들고 있는 교도관 두 명이 보였다.

대부가 말했다.

"이 남자는 열 사람이나 살해했어. 스스로 속죄해야 하는데 네가 그를 죽여 버리는 바람에 네가 이 남자의 죄를 떠맡게 되었지. 이게 바로 네가 너 자신에게 한 짓이다. 어미 곰이 통나무를 처음 옆으로 밀었을 때는 아기 곰들이 꿀을 먹지 못했어. 두 번째 밀었을 때는 일년생 새끼 곰이 죽었지. 세 번째 밀었을 때는 자신이 죽고 말았어. 너도 그 어미 곰과 똑같은 짓을 한 거야. 이제 삼십 년을 줄 테니 세상으로 나가 강도의 죄를 대신 갚아라. 그렇게 하지 않으면 네가 강도의 자리를 떠맡게 될 거야."

"제가 어떻게 강도의 죄를 갚아야 하나요?"

대부가 대답했다.

"네가 세상에 안겨 준 만큼의 악을 없애면 네 죄와 강도의 죄를 모두 갚게 된다."

"그럼 어떻게 세상의 악을 없앨 수 있을까요?"

대자가 물었다.

"여기서 나가 해가 뜨는 쪽으로 곧장 걸어가렴. 얼마쯤 걸어가면 몇 사람이 있는 밭이 나타날 거야. 그 사람들이 무엇을 하고 있는지 보고 네가 알고 있는 것을 가르쳐 줘. 그런 다음 계속 걸으면서 네가 본 것을 머릿속에 잘 간직해 둬. 나흘째가 되면 숲에 다다를 거야. 숲의 한가운데에 암자가 하나 있고 은자 한 명이 그곳에 살고 있단다. 은자에게 지금까지 있었던 일을 모두 말하렴. 그러면 은자가 네가 할 일을 가르

쳐 줄 거야. 그가 알려 준 일을 다 하면 너와 강도의 죄를 갚
게 될 거다."

이렇게 말한 뒤 대부는 대자를 집 밖으로 내보냈다.

7

길을 떠난 대자는 걸으면서 생각했다.

'내가 어떻게 세상의 악을 없애지? 악은 악인을 내쫓거나
옥에 가두거나 죽여야 없어지는데. 그럼 어떻게 하면 다른 사
람의 죄를 떠맡지 않으면서 악을 없앨 수 있을까?'

대자는 한참을 곰곰이 궁리해 보았지만 뾰족한 답이 나오
지 않았다. 계속 걸어가자 밭이 나타났다. 밭에는 추수를 해
도 될 만큼 곡식이 알차고 무성하게 자라 있었다. 그런데 어
린 송아지 한 마리가 곡식 사이에 들어가 있었다. 가까이에
있던 사람들이 그걸 보고 말을 타고 밭 사이를 누비며 송아지
를 쫓았다. 송아지가 밭에서 나오려고 할 때마다 누군가가 말
을 몰아서 송아지는 겁을 집어먹고 다시 밭으로 들어갔다. 그
러면 또 모두들 곡식을 밟아 뭉개며 전속력으로 송아지를 쫓
아갔다. 길가에는 한 여자가 서서 울부짖고 있었다.

"저러다가 제 송아지가 죽어 버리겠어요."

여자가 한탄했다.

대자가 농부들에게 말했다.

"뭐 하시는 겁니까? 모두 밭에서 나오시고 이분이 송아지를 부르게 하세요."

사람들은 대자의 말대로 했다. 여자는 밭 가장자리로 가서 송아지를 불렀다.

"이리 오렴, 브라우니, 이리 와."

송아지는 귀를 쫑긋 세우고 잠시 듣더니 제 발로 여자에게로 달려와 치마폭에 머리를 숨겼다. 그 바람에 여자는 넘어질 뻔했지만 어쨌든 사람들은 그제야 안도했고 여자도, 송아지도 안심했다.

대자는 계속 길을 가며 생각했다.

'이제 알겠어. 악이 악을 퍼뜨린다는 걸. 사람들이 악을 쫓아내려고 애쓸수록 악은 더 커져. 악은 악으로 없앨 수 없는 것 같아. 하지만 어떻게 해야 악을 없앨 수 있는지는 모르겠어. 송아지가 주인에게 복종하니 만사가 잘 해결되었어. 하지만 송아지가 주인 말을 듣지 않았다면 어떻게 송아지를 밭에서 끌어낼 수 있었을까?'

대자는 다시 생각에 잠겼지만 결론을 얻지 못하고 가던 길을 계속 갔다.

8

걷다 보니 마을 하나가 나왔다. 대자는 마을의 가장 끝 집에 들어가 하룻밤 묵게 해 달라고 청했다. 집에는 여자 혼자청소를 하고 있었는데, 그를 집 안으로 들였다. 대자는 집으로 들어가 벽돌 화덕 위에 앉아 여자가 일하는 모습을 지켜보았다. 여자는 방을 다 닦고 나서 탁자를 닦기 시작했다. 그런데 여자는 더러운 걸레로 탁자를 문질렀다. 좌우로 문질렀지만 탁자는 깨끗해지지 않고 때 묻은 걸레 때문에 더러운 얼룩만 생겼다. 그러자 여자는 반대 방향으로 문질렀다. 처음의얼룩은 지워졌지만 그 자리에 다른 얼룩이 생겼다. 여자는 얼룩진 곳 전체를 북북 문질렀지만 아까와 마찬가지였다. 더러운 걸레가 탁자를 더럽혀서 얼룩 하나를 닦아내면 또 다른 얼룩이 생겼다. 대자는 한동안 조용히 그 모습을 지켜보다가 말했다.

"뭘 하고 계세요, 아주머니?"

"보다시피 축일을 맞기 위해 청소를 하고 있어요. 이 탁자만안 닦이는군요. 깨끗해지지가 않아요. 기운이 다 빠졌어요."

"걸레를 빨아서 탁자를 닦으셔야죠."

여자는 대자가 시키는 대로 했고 탁자가 금세 깨끗해졌다.

"알려 줘서 고마워요."

여자가 말했다.

다음 날 아침, 대자는 여자에게 인사를 하고 출발했다. 한참 걸으니 숲이 나타났다. 농부 몇 명이 나무를 구부려 바퀴의 테를 만들고 있었다. 가까이 가보니 남자들이 나무를 구부리려고 애를 쓰는데 잘 되지 않는 모양이었다.

서서 그 모습을 지켜보던 대자는 나무 받침이 고정되지 않아서 남자들이 나무를 구부리려 하면 받침대가 돌아간다는 것을 알아차렸다. 대자가 말했다.

"뭘 하고 계십니까?"

"바퀴 테를 만드는 게 보이지 않으시오? 우리는 나무에 두 번이나 뜨거운 김을 쐬었고 파김치가 될 지경인데 나무가 휘질 않는구려."

"받침대를 고정시켜야 합니다. 안 그러면 나무를 구부리려고 할 때마다 받침대가 돌아가지요."

농부들이 대자의 조언에 따라 받침대를 고정시켰더니 문제가 잘 해결되었다.

대자는 농부들과 하룻밤을 보낸 뒤 길을 떠났다. 쉬지 않고 밤낮 걷던 대자는 막 동이 트기 전에 야영하는 가축상들을 만나 그들 옆에 누웠다. 가축상들은 가축들을 쉬게 해 놓고 불을 피우려고 마른 나뭇가지들을 모아 불을 붙였다. 하지만 나뭇가지들이 타오를 틈도 없이 축축한 땔나무를 집어넣어 불을 꺼뜨리고 말았다. 땔나무가 쉬익 소리를 내고 연기가 피어오르면서 불이 꺼졌다. 그러면 가축상들은 마른 나뭇가지를 더 많이 들고 와 불을 붙인 뒤 다시 땔나무를 넣었다. 그러자 또 불이 꺼졌다. 가축상들은 한참을 씨름했지만 불을 피우지 못했다. 그 모습을 본 대자가 말했다.

"그렇게 서둘러 땔나무를 넣지 마세요. 마른 나무가 적당히 타오른 뒤에 넣어야 돼요. 불이 잘 붙으면 그때는 마음껏 땔나무를 집어넣으세요."

가축상들은 대자의 조언에 따라 불이 잘 붙은 뒤에 땔나무를 넣었다. 그러자 불길이 확 살아나 괄하게 타올랐다.

대자는 잠시 가축상들과 함께 있다가 다시 길을 떠났다. 대자는 자신이 본 세 장면이 무슨 의미인지 궁금했지만 그 뜻을 헤아릴 수가 없었다.

9

대자는 하루 종일 걸어 저녁 무렵 또 다른 숲에 이르렀다. 은자의 오두막을 찾아낸 대자는 문을 두드렸다.

"누구시오?"

안에서 목소리가 들렸다.

"큰 죄를 지은 죄인입니다."

대자가 대답했다.

"저는 제 자신의 죄뿐 아니라 다른 사람의 죄까지 갚아야 하는 몸입니다."

이 말을 들은 은자가 밖으로 나왔다.

"다른 사람 대신 갚아야 하는 죄가 무엇이오?"

대자는 은자에게 그간의 사정을 숨김없이 털어놓았다. 자신의 대부, 새끼 곰들을 거느린 어미 곰, 굳게 닫힌 방에 놓인 왕좌, 대부가 자신에게 내렸던 명령뿐 아니라 밭을 뭉개며 말을 몰던 농부들과 달아나던 송아지를 주인이 부르던 일도 이야기했다.

"저는 악으로 악을 없앨 수 없다는 것을 알게 되었지만 어떻게 악을 없애는지는 모르겠습니다. 방법을 가르쳐 주십시오."

"그럼 오면서 본 다른 일들도 이야기해 주시오."

은자가 대답했다.

대자는 여자가 탁자를 닦고 있던 이야기며 바퀴 테를 만들고 있던 남자들, 불을 피우려고 씨름하던 가축상들 이야기도 들려 주었다.

은자는 이야기를 다 듣고 나더니 암자로 들어가 이가 빠진 낡은 도끼를 들고 나왔다.

"나와 함께 갑시다."

은자가 말했다.

얼마쯤 갔을 때 은자가 한 나무를 가리켰다.

"이 나무를 베어 쓰러뜨리시오."

대자는 나무를 베어 쓰러뜨렸다.

"이제 나무를 세 토막으로 쪼개시오."

대자는 나무를 세 토막 냈다. 그러자 은자가 암자로 들어가더니 불이 활활 타오르고 있는 나뭇가지를 들고 나왔다.

"저 통나무 세 개를 태우시오."

대자는 불을 피운 다음 까맣게 타서 밑동만 남을 때까지 세 개의 나무토막을 태웠다.

"이제 이 나무토막을 이렇게 땅에 반쯤 들어가게 박으시오."

대자는 하라는 대로 했다.

"언덕 아래에 강이 보일 거요. 저 강에서 입에 물을 담아 가지고 와서 이 나무 밑동에 주시오. 이것은 그대가 탁자를 닦는 여자를 가르친 것처럼, 이건 바퀴 테를 만드는 사람들을 가르친 것처럼, 그리고 이건 가축상들을 가르친 것처럼 물을 주시오. 까맣게 된 세 개의 나무 밑동이 모두 뿌리를 내리고 사과나무가 자라면 어떻게 사람에게서 악을 없애는지 알게 될 것이오. 그러면 그대의 죄를 모두 갚게 될 거요."

은자는 이렇게 말한 뒤 암자로 돌아갔다. 대자는 한참 동안 골똘히 생각해 보았지만 은자의 말이 무슨 의미인지 이해할 수 없었다. 그래도 은자가 시킨 대로 해 보았다.

10

대자는 강으로 내려가 입에 물을 담아 가지고 와서 까맣게 탄 나무 밑동 중 하나에 뿌렸다. 대자는 이 일을 계속 반복해 세 개의 밑동에 모두 물을 주었다. 배가 고프고 녹초가 된 대자는 늙은 은자에게 먹을 것을 좀 얻으려고 암자로 갔다. 대자가 문을 열자 긴 의자가 놓여 있고 은자가 그 위에 죽은 채 누워 있었다. 대자는 먹을 것이 있나 뒤져 보다가 마른 빵을 발견하고 조금 먹었다. 그런 다음 은자를 묻기 위해 삽으로 땅을 파기 시작했다. 대자는 밤에는 물을 날라 나무 밑동에 물을 주고 낮에는 무덤을 팠다. 무덤을 다 파고 막 시체를 묻으려고 하는데 마을 사람들이 은자에게 줄 음식을 들고 찾아왔다.

마을 사람들은 늙은 은자가 죽었다는 것과 은자가 대자에게 축복을 내렸으며 자신의 자리를 물려주었다는 이야기를 들었다. 사람들은 은자를 땅에 묻고 자신들이 들고 온 빵을 대자에게 주고는 빵을 더 가져다주겠다고 약속하고 떠났다.

대자는 암자에 남아 사람들이 가져다준 빵을 먹고 살면서 은자가 시킨 대로 입에 강물을 담아 와 까맣게 탄 나무 밑동에 뿌렸다.

대자는 이렇게 일 년을 살았다. 많은 사람들이 대자를 찾아왔다. 숲에 사는 한 성자가 자신의 영혼을 구원하기 위해 언덕 아래의 강물을 입에 담아 와 까맣게 탄 나무 밑동에 준다는 이야기가 널리 퍼졌다. 사람들이 대자를 보려고 모여들었다. 부유한 상인들이 선물을 들고 찾아왔지만 대자는 꼭 필요한 것들만 남기고 나머지는 모두 가난한 사람들에게 나눠 주었다.

대자는 그렇게 살았다. 하루의 반은 입에 물을 담아 와 나무 밑동에 뿌리고 나머지 반은 쉬면서 사람들을 맞았다. 대자는 이렇게 사는 것이 악을 없애고 자신의 죄를 씻는 방법이라고 생각하기 시작했다.

대자는 하루도 빼먹지 않고 나무 밑동에 물을 주면서 이년을 살았다. 하지만 어떤 밑동에서도 싹이 트지 않았다.

어느 날, 대자가 암자에 앉아 있는데 어떤 사람이 노래를 부르며 말을 타고 지나가는 소리가 들렸다. 대자가 암자 밖으로 나와 보니 잘 차려입은 건장한 젊은이가 훌륭한 안장이 달린 멋진 말을 타고 지나가고 있었다.

대자는 청년을 멈춰 세우고 누구인지, 어디로 가는 길인지 물었다.

"나는 강도다."

남자가 고삐를 잡아당기며 대답했다.

"말을 타고 큰길을 돌아다니며 사람들을 죽이지. 사람을 많이 죽일수록 더 즐겁게 노래를 불러."

대자는 겁에 질려 생각했다.

'이런 사람의 악은 어떻게 없앨까? 제 발로 나를 찾아와서 자기 죄를 고백하는 사람들에게 말하기란 쉬워. 하지만 이 사람은 자신이 저지르는 못된 짓을 자랑스레 떠벌리고 있어.'

　은자는 아무 말도 하지 않고 돌아서며 생각했다.

　'이럴 땐 어떻게 해야 할까? 이 강도는 이 근처를 돌아다니며 사람들을 겁주어 쫓아낼 거야. 그럼 사람들이 날 찾아오지 않겠지. 그렇게 되면 그 사람들한테 손해야. 나도 어떻게 살아야 할지 막막해질 테고.'

　대자는 다시 돌아서서 강도에게 말했다.

　"사람들은 이곳에 나를 만나러 와서 자신의 죄를 떠벌리지 않아요. 오히려 후회하고 용서를 빕니다. 하나님이 두렵다면 죄를 뉘우치십시오. 양심의 가책을 전혀 느끼지 못한다면 여기를 떠나 다시는 돌아오지 마십시오. 나를 괴롭히지 말고 사람들을 겁주어 내게서 쫓아내지 마십시오. 이 말을 새겨듣지 않으면 하나님이 당신에게 벌을 내릴 겁니다."

이 말을 들은 강도는 비웃으며 대꾸했다.

"난 하나님을 두려워하지 않아. 네 말도 듣지 않을 거고. 넌 내 주인이 아니잖아. 넌 신앙심으로 먹고살지만 난 강도질로 먹고살아. 우리는 모두 살아야 되잖아. 넌 너를 찾아오는 노파들은 가르칠 수 있을지 모르지만 나한테는 가르칠 게 없어. 그런데 네가 나한테 하나님을 떠올리게 했으니 난 내일 두 명을 더 죽일 거야. 너도 죽이고 싶지만 지금 당장은 내 손을 더럽히고 싶지 않아. 그러니 앞으로 절대 내 앞에 얼씬거리지 마!"

강도는 이렇게 협박하고는 가 버렸다. 그 뒤 강도는 다시 나타나지 않았고 대자는 전과 마찬가지로 평화롭게 팔 년을 살았다.

11

어느 날 밤, 대자는 나무 밑동에 물을 주고는 암자로 돌아와 쉬면서 곧 누가 오지 않을까 하여 오솔길을 바라보았다. 그날은 하루 종일 아무도 오지 않았다. 대자는 저녁때까지 혼자 외롭고 따분하게 앉아 있다가 지난 삶을 돌아보았다. 신앙심으로 먹고산다며 비난하던 강도의 말이 떠올랐다. 대자는 자신이 사는 방식을 되돌아보았다.

"나는 은자가 시킨 대로 살고 있지 않아. 은자는 내게 고행을 하라고 했는데 나는 그것으로 먹고살고 명성도 얻었어. 그런 생활에 젖어서 이제 사람들이 찾아오지 않으면 따분해지지. 사람들이 와서 내 고결함을 칭송하는 것에 오로지 기쁨을 느낄 뿐이야. 이렇게 살아서는 안 돼. 나는 칭송에 맛이 들려 못된 길로 빠지고 말았어. 과거의 죄를 씻기는커녕 새로운 죄까지 더해 버렸어. 사람들이 찾아낼 수 없는 다른 곳으로 가야겠어. 거기서 지내며 과거의 죄를 씻고 새로운 죄를 저지르지 말아야지."

이렇게 결론을 내린 대자는 가방에 마른 빵을 가득 넣은 뒤 삽을 집어 들고 암자를 떠났다. 그는 외딴 곳이라 생각되는 산골짜기를 향해 출발했다. 그곳에서 동굴을 파고 그 안에서 살면 사람들의 눈에 띄지 않을 수 있었다.

대자가 가방과 삽을 들고 걸어가는데 말을 탄 강도가 이쪽으로 오고 있었다. 대자는 겁에 질려 달아났지만 강도가 그를 따라잡았다.

"어디 가는 거야?"

강도가 물었다.

대자는 사람들에게서 도망쳐 아무도 자신을 찾아오지 않

는 곳에서 살고 싶다고 대답했다. 이 말을 들은 강도는 깜짝
놀랐다.

"사람들이 찾아오지 않으면 넌 뭘 먹고살려고?"

대자는 이 문제는 생각도 해 보지 않았다. 그런데 강도의
말을 들고 보니 먹을 것이 필요하겠다는 생각이 들었다.

"하나님이 주시는 걸 먹고살지요."

대자가 대답했다.

그러자 강도는 아무 대꾸도 없이 말을 타고 가 버렸다.

"나는 왜 강도에게 그가 살아가는 방식에 대해 아무 말도
하지 않았을까?"

대자가 생각했다.

'지금은 뉘우칠지도 모르는데. 오늘은 그전보다 유순해 보
였고 나를 죽이겠다고 위협하지도 않았어.'

그래서 대자는 강도에게 큰 소리로 외쳤다.

"당신은 죄를 뉘우쳐야 합니다. 당신은 하나님에게서 도망
칠 수 없어요."

그 소리를 들은 강도는 말을 돌리더니 허리에 차고 있던
칼을 뽑아 들고 대자를 위협했다. 대자는 깜짝 놀라 허겁지겁
숲 속으로 달아났다.

강도는 대자를 쫓아오지는 않고 소리만 질렀다.

"영감, 난 두 번이나 당신을 놓아줬어. 하지만 다음에 또 내
앞에 얼쩡거리면 죽여 버릴 테다!"

강도는 이렇게 내뱉고는 말을 타고 떠났다. 저녁에 대자가 나무 밑동에 물을 주려고 갔더니 그중 하나에 싹이 트고 있었다! 아주 작은 사과나무가 자라기 시작한 것이다.

12

대자는 사람들 눈에 띄지 않는 곳에서 혼자 살았다. 들고 온 빵이 바닥나자 대자는 나가서 먹을 만한 뿌리를 찾아봐야겠다고 생각했다. 그리 멀리 가지 않았을 때 나뭇가지에 자루 하나가 매달려 있는 것이 보였다. 가방에는 마른 빵이 들어 있었다. 대자는 빵을 가져다가 최대한 오래 아껴 먹으며 살았다.

그 빵을 다 먹고 나자 그때 그 나뭇가지에 빵이 든 자루가 또 매달려 있었다. 그래서 대자는 그 빵을 먹고 살았다. 걱정거리는 강도에 대한 두려움뿐이었다. 강도가 지나가는 소리를 들을 때마다 대자는 몸을 숨기며 생각했다.

'내가 죄를 다 씻기도 전에 강도가 날 죽일지도 몰라.'

대자는 이렇게 십 년을 더 살았다. 사과나무 한 그루는 계속 자랐지만 다른 두 개의 밑동은 원래 모습 그대로였다.

어느 날 아침 대자는 일찍 일어나 일하러 갔다. 나무 밑동 주변의 땅에 물을 꼼꼼하게 준 대자는 몹시 지쳐서 앉아서 쉬었다. 대자는 속으로 생각했다.

'나는 죄를 지었고 죽음을 두려워하게 되었어. 내가 죽음으로 죄를 갚는 것이 하나님의 뜻일지도 모르겠어.'

이런 생각이 스치자마자 강도가 말을 타고 오면서 욕하는 소리가 들렸다. 그 소리를 들은 대자는 생각했다.

'하나님 말고는 그 누구도 내게 나쁜 일도, 좋은 일도 일어나게 할 수 없어.'

대자는 강도 앞으로 갔다. 강도는 혼자가 아니었다. 안장 위에는 남자 한 명이 입에 재갈이 물리고 손발이 묶인 채 강도 뒤에 앉아 있었다. 남자는 가만히 있는데 강도는 남자에게 심한 욕을 해 대고 있었다. 대자는 걸어가 말 앞에 섰다.

"이 사람을 어디로 데려가는 겁니까?"

대자가 물었다.

"숲 속으로 데려가는 거야. 이놈은 상인의 아들인데 자기 아버지 돈을 어디에 숨겼는지 입을 열지 않아. 그래서 털어놓을 때까지 매질을 할 참이야."

강도는 말에 박차를 가했고 대자는 말고삐를 붙잡고 못 가게 막았다.

"이 사람을 풀어 주세요!"

대자가 말했다.

강도는 화가 나서 대자를 때리려고 팔을 쳐들었다.

"이놈에게 보여 주려던 된맛을 보고 싶은 게로구나. 널 죽이겠다고 했을 텐데? 이거 봐!"

그러나 대자는 무서워하지 않았다.

"당신은 못 갑니다. 난 당신이 두렵지 않습니다. 난 하나님 말고는 아무도 두렵지 않아요. 내가 당신을 막는 것은 하나님의 뜻입니다. 이 사람을 풀어 주세요!"

강도는 얼굴을 찌푸리더니 칼을 뽑아 들고 상인의 아들을 묶었던 밧줄을 잘라 그를 풀어 주었다.

"둘 다 꺼져. 그리고 명심해. 다시는 내 앞에 얼쩡대지 마."

상인의 아들은 말에서 풀쩍 뛰어내려 달아났다. 강도가 가려고 하자 대자는 다시 그를 붙들어 세우고는 악한 생활을 그만두라고 한 번 더 당부했다. 강도는 묵묵히 대자의 말을 끝까지 듣고 있더니 아무 말 없이 가 버렸다.

다음 날 아침, 대자가 나무 밑동에 가보았더니 세상에! 두 번째 나무 밑동에 싹이 트고 있었다. 두 번째 어린 사과나무가 자라기 시작한 것이다.

13

또 십 년이 흘러갔다. 어느 날, 대자는 아무것도 바라지 않고 아무런 두려움 없이 기쁨에 가득 차서 조용히 앉아 있었다.

그는 속을 생각했다.

'하나님은 인간에게 얼마나 많은 축복을 주시는지! 하지만 인간들은 너무나 쓸데없이 자신을 괴롭히지. 인간은 무엇 때문에 행복하게 살지 못하는 걸까?'

인간의 모든 악과 인간이 자초하는 괴로움들을 떠올리자 대자의 마음은 연민으로 가득 찼다.

'지금처럼 사는 건 잘못이야. 가서 다른 사람들에게 내가 배운 것을 가르쳐야 돼.'

이런 생각을 하자마자 강도가 가까이 오는 소리가 들렸다. 대자는 처음에는 '저 사람에게는 말해 봤자 소용없어. 이해하지 못할 테니까'라고 생각하며 강도를 그냥 보냈다.

그러나 마음을 바꿔 먹고 길로 나갔다. 강도는 우울해 보였고 눈을 내리깐 채 말을 타고 있었다. 대자는 강도를 보자 가여운 마음이 들어 달려가 강도의 무릎에 자기 손을 얹었다.

"형제여, 자신의 영혼을 가엾게 여기세요! 당신 안에는 하나님의 영혼이 깃들어 있습니다. 당신은 괴로워하고 있습니다. 그리고 다른 사람들을 괴롭혀서 점점 더 많은 괴로움을 쌓고 있어요. 하지만 하나님은 당신을 사랑하시고 당신에게 내릴 축복을 준비해 두셨으니 자신을 완전히 망가뜨리지 마세요. 다른 삶을 사세요!"

강도는 얼굴을 찌푸리더니 대자를 외면했다.

"날 내버려 둬!"

강도가 말했다.

대자는 강도를 더 꽉 붙잡고 눈물을 흘리기 시작했다.

그러자 강도는 눈을 들어 대자를 바라보았다. 한참을 바라보던 강도는 말에서 내려 대자의 발밑에 무릎을 꿇었다.

"당신이 이겼소, 노인장."

강도가 말했다.

"나는 이십 년 동안 저항했지만 이제 당신이 이겼소. 나한테 하고 싶은 대로 하시오. 난 이제 나를 다스릴 힘이 남아 있지 않으니까. 처음에 당신이 나를 설득하려 했을 때는 내 화만 돋웠다오. 그러다 당신이 사람들에게서 숨었을 때에야 난 당신의 말을 잘 생각해 보기 시작했소. 당신이 자기를 위해서는 사람들에게 원하는 게 없다는 걸 알았으니까. 그 뒤부터 난 당신이 먹을 음식을 나뭇가지에 매달아 놓았소."

그러자 대자는 걸레를 빤 뒤에야 탁자를 깨끗하게 닦을 수 있었던 여자가 떠올랐다. 그와 마찬가지로 대자가 자신을 돌보지 않고 마음을 깨끗이 했을 때에야 비로소 다른 사람의 마음을 깨끗하게 할 수 있었다.

강도는 말을 이었다.

"당신이 죽음을 두려워하지 않는 모습을 봤을 때 내 마음이 바뀌었소."

그러자 대자는 바퀴 테를 만들던 사람들이 받침대를 고정시켰을 때에야 테를 구부릴 수 있었던 일이 떠올랐다. 마찬가지로 죽음에 대한 두려움을 버리고 신에게 자신의 삶을 의지했을 때에야 비로소 제멋대로 날뛰던 이 남자의 마음을 가라앉힐 수 있었다.

"하지만 내 마음이 완전히 누그러진 것은 당신이 나를 불쌍히 여기고 나를 위해 눈물을 흘렸을 때였소."

대자는 기쁨에 넘쳐 나무 밑동들을 심어 놓은 곳으로 강도를 데려갔다. 가 보니 세 번째 나무 밑동에서도 사과나무의 싹이 트기 시작하고 있었다. 대자는 불이 잘 붙은 뒤에야 축축한 나무에 불을 피울 수 있었던 가축상들이 생각났다. 그렇게 자신의 마음에 따뜻하게 불이 붙은 뒤에야 다른 사람의 마음에 불을 밝힐 수 있다.

마침내 자신의 죄를 씻게 된 대자는 기쁨에 가득 찼다.

대자는 이 이야기를 강도에게 모두 들려주고 세상을 떠났다. 강도는 대자를 땅에 묻었다. 그리고 대자의 가르침을 다른 사람들에게 전하면서 그가 가르쳐 준 대로 살았다.

(1886년)

빈 북

볼가 지방에 오래전부터 전해 내려오는 민담

에멜리안은 남의 집 일을 하는 일꾼이었다. 어느 날 에멜리안이 초원을 지나 일을 하러 가는데 개구리 한 마리가 바로 앞으로 폴짝 뛰어들었다. 에멜리안은 하마터면 개구리를 밟을 뻔했지만 가까스로 피했다. 그때 갑자기 뒤에서 누가 부르는 소리가 들렸다.

주위를 둘러보니 사랑스러운 아가씨가 에멜리안에게 말을 걸었다.

"당신은 왜 결혼하지 않으세요, 에멜리안?"

"제가 어떻게 결혼을 할 수 있겠습니까? 가진 것이라곤 몸뚱이에 걸친 이 옷밖에 없는데요. 아무도 저를 남편으로 맞고 싫어 하지 않을 거예요."

"그렇다면 저를 아내로 삼으세요."

에멜리안은 그 아가씨가 마음에 들었다.

"그러면야 좋지요. 하지만 잠은 어디서 자고, 뭘 해서 먹고
살죠?"

"왜 그런 걱정을 하세요?"

아가씨가 말했다.

"좀 덜 자고 더 열심히 일하면 어디서든 먹고 입는 건 문제
없답니다."

"좋아요, 그럼 우리 결혼합시다."

에멜리안이 말했다.

"자, 그럼 어디로 갈까요?"

"읍내로 가요."

에멜리안과 아가씨는 읍내로 갔다. 아가씨는 에멜리안을
읍내 변두리에 있는 오두막으로 데리고 갔다. 그렇게 두 사람
은 혼례를 올리고 살림을 시작했다.

어느 날 왕이 마차를 타고 읍내에 나왔다가 에멜리안의 오
두막을 지나고 있었다. 에멜리안의 아내가 왕을 보려고 나왔
는데, 왕이 그녀를 보고는 깜짝 놀랐다.

"저런 아름다운 여인이 어디에서 나타났을까?"

왕은 이렇게 중얼거리며 마차를 멈추게 하고 에멜리안의
아내를 불러 물었다.

"너는 누구냐?"

"농부 에멜리안의 아내입니다."

"너처럼 아름다운 여자가 어찌 농부와 결혼했느냐? 넌 왕비가 되어야 마땅한데."

"말씀은 감사하지만 전 농사꾼 남편으로 충분합니다."

왕은 에멜리안의 아내와 잠시 이야기를 나눈 뒤 떠났다. 궁으로 돌아왔지만 에멜리안의 아내 생각이 머리에서 떠나지 않았다. 왕은 밤새 잠도 자지 않고 어떻게 그녀를 차지할지를 계속 궁리했다. 뾰족한 수가 떠오르지 않은 왕은 신하들을 불러 방법을 찾아내라고 명령했다.

신하들이 말했다.

"에멜리안에게 궁으로 일하러 오라고 명을 내리십시오. 그러면 아주 힘든 일을 시켜 죽게 하겠습니다. 에멜리안의 아내가 과부가 되면 임금님이 데려오시면 됩니다."

왕은 신하들의 조언에 따라 에멜리안에게 궁으로 일하러 오라고 명령을 내렸고 아내와 함께 궁에 와서 살라고 했다.

심부름꾼이 에멜리안에게 가서 왕의 명령을 전달했다. 그러자 에멜리안의 아내가 말했다.

"가세요, 여보. 낮에 종일 일을 하고 밤에는 집으로 돌아오세요."

그래서 에멜리안은 집을 나섰다. 궁에 도착하자 왕의 집사가 물었다.

"왜 아내 없이 혼자 왔느냐?"

"왜 제가 아내를 데려와야 합니까?"

에멜리안이 반문했다.

"제 아내는 살 집이 있는데요."

왕의 궁전에서 신하들은 에멜리안에게 두 사람 몫의 일을 시켰다. 에멜리안은 맡은 일을 다 끝낼 수 있을 거라고는 기대도 하지 않고 일을 시작했다. 하지만 저녁이 되자 세상에! 에멜리안은 지시받은 일을 전부 해냈다. 그걸 본 집사는 다음 날은 네 배나 더 많은 일을 시켰다.

에멜리안이 집으로 돌아오면 집 안은 깔끔하게 청소가 되어 있었다. 화덕은 훈훈하게 데워져 있고 에멜리안이 먹을 저녁이 준비되어 있었다. 아내는 탁자 옆에 앉아 바느질을 하며 남편이 돌아오기를 기다리고 있었다. 아내는 에멜리안을 반갑게 맞이하고 식탁을 차려 저녁을 먹게 했다. 그러고는 일이 어땠는지 물었다.

"아, 지독했소. 감당 못할 만큼 힘든 일을 시키지 뭐요. 일에 치여 죽게 만들 작정인가 보오."

"일 때문에 초조해하지 마세요. 일을 얼마나 했는지, 얼마나 남았는지 헤아리지 말고 그냥 계속해 나가세요. 그러면 모든 게 다 잘될 거예요."

에멜리안은 드러누워 잠을 잤다. 다음 날 아침 그는 다시 일하러 가서 한눈 한 번 팔지 않고 일을 했다. 그랬더니 보시라! 저녁이 되자 일이 다 끝났고 에멜리안은 어두워지기 전에 집으로 돌아왔다.

신하들은 날마다 에멜리안이 할 일을 늘렸다. 하지만 에멜리안은 항상 시간에 맞춰 일을 끝내고 집으로 돌아가 잠을 잤다. 일주일이 지나자 왕의 신하들은 힘든 일을 시키는 방법으로는 에멜리안을 죽일 수 없다는 것을 알게 되었다. 그래서 이번에는 기술이 필요한 일을 시켰지만 그 방법도 소용이 없었다. 목수일, 석공일, 지붕을 올리는 일 등 어떤 일을 시켜도 에멜리안은 제시간에 거뜬히 해내고는 저녁에는 아내가 있는 집으로 돌아갔다. 이렇게 둘째 주가 흘러갔다.

그러자 왕이 신하들을 불러 나무랐다.

"내가 왜 너희들을 공짜로 먹여 살려야 하지? 이 주나 지났는데 너희가 한 게 뭐 있느냐! 일을 시켜 에멜리안이 지쳐 떨어지게 하겠다더니 내가 창문으로 내다보니 그 녀석은 매일 저녁마다 즐겁게 노래를 부르며 집에 가더구나. 날 우롱할 작정이냐?"

신하들은 변명을 하기 시작했다.

"저희는 힘든 일을 시켜 에멜리안을 지치게 하려고 온갖 노력을 다했습니다. 하지만 에멜리안은 어떤 일도 힘들어하지 않았습니다. 빗자루로 쓸어내 버리듯 모든 일을 뚝딱 해치웠지요. 절대 지치는 법이 없었습니다. 그래서 이번에는 기술이 필요한 일을 시켰지요. 에멜리안이 그 일들을 해낼 만큼 똑똑할 거라고 생각하지 않았는데 시킨 일을 전부 다 해치웠습니다. 어떤 일을 시켜도 다 해냈어요. 어떻게 그럴 수 있는지 아무도 이유를 모릅니다. 에멜리안이나 그의 아내가 자신들을 도와주는 마법을 알고 있는 게 틀림없습니다. 에멜리안에게 질렸어요. 저희도 그가 도저히 해내지 못할 일을 찾고 싶습니다. 이제 기한을 딱 하루 주고 성당을 지으라고 할 생각입니다. 에멜리안을 불러서 하루 만에 궁전 앞에 성당을 지으라는 명을 내리십시오. 그가 이 일을 하지 못하면 왕명을 어겼으니 목을 베십시오."

왕은 에멜리안을 불렀다. 그리고 그에게 말했다.

"내 명을 잘 들어라. 내일 저녁까지 내 궁전 앞 광장에 새 성당을 지어라. 내일까지 성당을 완성하면 상을 내리고 그렇지 못하면 네 목을 베겠다."

왕의 명을 들은 에멜리안은 "이제 내가 죽을 때가 됐구나"라고 걱정하며 집으로 돌아갔다. 그리고 아내에게 말했다.

"여보, 얼른 준비하시오. 이곳에서 도망쳐야 하오. 아니면 난 아무 잘못도 없이 죽게 될 거요."

"왜 그렇게 무서워하세요? 우리가 왜 도망쳐야 하지요?"

"어떻게 무섭지 않을 수 있겠소? 왕이 내일까지 단 하루 만에 성당을 지으라는 명을 내렸소. 성당을 짓지 못하면 내 목을 벨 거요. 방법은 한 가지밖에 없소. 아직 시간이 있을 때 도망쳐야 하오."

그러나 아내는 그 말을 따르지 않았다.

"왕은 많은 군사들을 거느리고 있어요. 어디로 가든 우린 붙잡힐 거예요. 우리가 왕에게서 도망치기란 불가능해요. 능력이 닿는 한 왕의 명령을 따를 수밖에 없어요."

"내 능력 밖의 일인데 어떻게 왕의 명령을 따른단 말이오?"

"오, 여보, 낙담하지 마세요. 이제 저녁이나 드시고 주무세요. 내일 아침 일찍 일어나면 제때에 모든 일을 끝낼 수 있을 거예요."

에멜리안은 겨우 누워서 잠을 잤다. 다음 날 아내가 일찍 그를 깨웠다.

"어서 가서 성당을 완공하세요. 여기 못과 망치가 있어요. 아직 하루치 일이 남아 있어요."

에멜리안이 읍내로 나가 궁전 광장에 이르자 커다란 성당이 완성되지 않은 채 서 있었다. 에멜리안은 필요한 일을 하기 시작했고 저녁이 되자 성당이 다 지어졌다.

왕이 잠에서 깨어 궁전 밖을 내다보니 성당이 보였고 에멜리안은 여기저기에 못을 박고 있었다. 왕은 성당이 생긴 것이 기쁘지 않았다. 오히려 에멜리안에게 벌을 내리고 그의 아내를 차지할 수 없게 되어 화가 났다. 왕은 다시 신하들을 불렀다.

"에멜리안이 이 일마저도 해냈다. 그 녀석을 죽음으로 몰아넣을 구실이 없어졌어. 그 녀석한테는 이것도 그리 힘든 일이 아니었어. 더 교묘한 방법을 찾아라. 그러지 못하면 그 녀

석뿐 아니라 너희들 머리도 싹 베어 버리겠다."

신하들은 에멜리안에게 궁전 근처에 배들이 오가는 강을 만들라는 명령을 내릴 계획을 세웠다. 왕이 에멜리안을 불러 이 새로운 과제를 맡겼다.

"네가 하룻밤 만에 성당을 지을 수 있다면 이 일도 할 수 있겠구나. 내일까지 완벽하게 완성해 놓아야 한다. 그렇지 않으면 네 목을 베겠다."

에멜리안은 전보다 더 풀이 죽어 속으로 슬퍼하며 아내에게 돌아왔다.

"왜 그렇게 슬퍼하세요?"

아내가 물었다.

"왕이 또 새로운 일을 시켰나요?"

에멜리안은 아내에게 왕이 시킨 일을 이야기했다.

"우리는 도망쳐야 되오."

하지만 아내가 대답했다.

"군사들에게서 도망칠 방법은 없어요. 우리가 어딜 가든 잡힐 거예요. 왕의 명령에 따르는 수밖에 다른 방법이 없어요."

"하지만 내가 어떻게 그 일을 할 수 있단 말이오?"

에밀리안이 신음하듯 내뱉었다.

"오, 여보, 낙담하지 마세요. 지금은 저녁을 먹고 주무세요. 내일 아침 일찍 일어나면 제때에 모든 일을 끝낼 수 있을 거예요."

에멜리안은 누워서 잠을 잤다. 다음 날 아침 아내가 그를 깨웠다.

"궁전으로 가세요. 준비가 다 되어 있을 거예요. 할 일은 하나뿐이에요. 궁전 앞의 나루터 근처에 흙더미가 쌓여 있으니 삽으로 평평하게 고르기만 하면 돼요."

왕이 잠에서 깨서 밖을 보니 전에는 없던 강이 보였다. 배들이 오가고 에멜리안은 가래로 흙더미를 고르고 있었다. 왕은 놀라웠지만 강도, 배도 전혀 마음에 들지 않았고 그저 에멜리안에게 벌을 내리지 못하게 되어 속만 탈 뿐이었다.

"저 녀석은 못하는 일이 없어. 어떻게 해야 하지?"

왕은 신하들을 불러 다시 명령을 내렸다.

"에멜리안이 하지 못하는 일을 찾아라. 우리가 어떤 궁리를 해도 저 녀석이 다 해내니 내가 그의 아내를 차지할 수 없구나."

신하들은 생각하고 또 생각하다가 마침내 한 가지 묘안을 떠올리고 왕에게 나아가 고했다.

"에밀리안을 불러와 '어디인지 모르는 곳에 가서 무엇인지 모르는 것을 들고 오너라'라는 명을 내리십시오. 그러면 에밀리안은 빠져나갈 길이 없을 것입니다. 그가 어디를 가든 왕께서는 그곳이 아니라고 하시고 그가 무엇을 들고 오든 그 물건이 아니라고 하시면 됩니다. 그러면 에밀리안의 목을 베고 그의 아내를 차지할 수 있습니다."

왕은 이 방법이 마음에 들었다.

"좋은 생각이구나."

그래서 왕은 에멜리안을 불러 명했다.

"'어디인지 모르는 곳'에 가서 '무엇인지 모르는 것'을 가지고 돌아오너라. 그것을 가져오지 못하면 네 목을 베겠다."

에밀리안은 아내에게 돌아가서 왕의 명령을 들려주었다.

"신하들이 왕에게 당신을 사로잡을 방법을 가르쳐줬군요. 이제 우리는 신중하게 행동해야 돼요."

아내는 앉아서 깊이 생각하다가 마침내 입을 열었다.

"멀리 계시는 우리 할머니를 찾아가서 도와달라고 부탁해 아겠어요. 늙은 농부의 아낙네이자 군인들의 어머니죠. 할머니가 어떤 도움을 주시면 그것을 가지고 곧바로 궁전으로 오세요. 전 그곳에 있을 거예요. 지금은 제가 왕의 신하들에게서 달아날 수 없어요. 그 사람들이 저를 강제로 데려갈 거예요. 하지만 그리 오래 갇혀 있진 않을 거예요. 당신이 할머니가 시킨 일을 다 하면 곧 저를 구할 수 있을 테니까요."

아내는 남편이 길을 떠날 준비를 해 주었다. 남편에게 전대 하나와 물렛가락을 주면서 "이걸 할머니께 드리세요. 할머니가 이 징표를 보면 당신이 내 남편이란 걸 아실 거예요"라고 말했다. 그리고 남편에게 어디로 갈지 길을 알려주었다.

에멜리안은 길을 떠났다. 그는 읍내를 벗어나 군인들이 훈련을 받는 곳에 이르렀다. 에멜리안은 걸음을 멈추고 그들을 지켜보았다. 훈련이 끝난 군인들이 쉬려고 바닥에 앉자 그가 다가가서 물었다.

"혹시 '어디인지 모르는 곳'으로 가는 길과 '무엇인지 모르는 것'을 얻는 방법을 아세요?"

그 말을 들은 군인들은 깜짝 놀라며 물었다.

"누가 당신에게 그런 심부름을 시켰습니까?"

"왕입니다."

"우리는 군인이 된 바로 그날부터 '어디인지 모르는 곳'으로 가려고 했지만 아직 그곳에 이르지 못했습니다. 또한 '무엇인지 모르는 것'을 찾으려고 했지만 아직 찾지 못했지요.

그래서 당신을 도와드릴 수 없습니다."

에멜리안은 군인들과 잠시 앉아 있다가 다시 길을 떠났다.
먼 거리를 터덜터덜 걸어 마침내 숲에 도착했다. 숲 속에는
오두막 한 채가 있었고 집 안에는 농부와 군인들의 어머니인
아주 늙은 노파가 앉아서 눈물을 흘리며 물레로 아마실을 잣
고 있었다. 노파는 실을 뽑으면서 손가락을 입으로 가져가 침
을 묻히는 게 아니라 눈가로 가져가 눈물을 적셨다. 노파는
에멜리안을 보더니 버럭 고함을 질렀다.

"여긴 왜 왔소?"

에멜리안은 노파에게 물렛가락을 주면서 아내가 보낸 것
이라고 말했다.

그러자 노파는 금세 유순해지더니 에멜리안에게 질문을
던지기 시작했다. 에멜리안은 노파에게 그간의 일을 이야기
했다. 어떻게 아내와 결혼해서 읍내에 살게 되었는지, 어떻게
일을 했고 궁전에서 무슨 일을 했는지, 어떻게 성당을 짓고
배들이 오가는 강을 만들었는지, 왕이 이제 어떻게 '어디인지
모르는 곳'에 가서 '무엇인지 모르는 것'을 가져오라고 했는
지 등의 이야기를 다 들려주었다.

노파는 끝까지 이야기를 듣더니 눈물을 그쳤다. 그리고
"때가 되었군" 하고 중얼거리더니 에멜리안에게 말했다.

"좋아, 이제 자리에 앉게나. 먹을 것을 좀 내오겠네."

에멜리안이 음식을 먹고 나자 노파는 앞으로 무슨 일을 해

야 할지 말해 주었다.

"여기 실뭉당이가 있네. 이걸 굴려서 그 뒤를 따라가게. 바다가 나올 때까지 한참을 따라가야 하네. 바다에 도착하면 큰 도시가 보일 걸세. 도시로 들어가 맨 끄트머리 집에 가서 하룻밤 묵어가게 해 달라고 부탁하게. 그리고 그곳에 자네가 찾는 것이 있는지 잘 살펴보게."

"제가 찾고 있는 것을 보더라도 어떻게 그것인지 알 수 있죠, 할머니?"

"사람들이 아버지나 어머니보다 더 복종하는 무언가를 보면 그게 바로 자네가 찾는 물건일세. 그걸 빼앗아 왕에게 가져가게. 왕은 그 물건이 아니라고 할 걸세. 그러면 '찾으시는 물건이 아니라면 그냥 깨뜨려 버려야겠습니다'라고 말하고 그걸 두드리면서 강으로 들고 가 산산조각 내서 강에 던져 버리게. 그러면 자네는 아내를 도로 찾고 내 눈물도 마르게 될 걸세."

에멜리안은 노파와 작별한 뒤 실뭉당이를 굴리기 시작했다. 실뭉당이는 구르고 굴러 마침내 바다에 도착했다. 바닷가에는 큰 도시가 있었고 도시의 가장 끝에는 큰 집이 있었다. 에멜리안은 그 집에 하룻밤 묵게 해 달라고 청하여 허락을 받았다. 에멜리안은 누워서 잠이 들었다. 아침에 깨어 보니 그 집의 아버지가 아들에게 땔나무를 베어 오라고 시키는 소리가 들렸다. 그러나 아들은 순순히 따르지 않고 "너무 일러요.

아직 시간 많은걸요"라고 말대꾸했다. 그러자 어머니의 말소리가 들렸다.

"아들아, 가거라. 네 아버지는 뼈마디가 욱신거리는데 아버지가 직접 가게 할 셈이냐? 이제 일어날 시간이야!"

아들은 몇 마디 중얼거리더니만 다시 잠이 들었다. 아들이 잠이 들자마자 거리에서 무언가가 덜커덕덜커덕 요란한 소리를 내며 지나갔다. 그 소리를 들은 아들은 벌떡 일어나 서둘러 옷을 걸치고 거리로 나갔다. 에멜리안은 그 아들이 아버지나 어머니보다 복종하는 것이 무엇인지 보려고 벌떡 일어나 따라 나갔다. 그러자 한 남자가 배에 무언가를 묶고 거리를 걸어가는 모습이 보였다. 남자가 그 물건을 두드리자 요란하고 덜거덕거리는 소리가 났는데 아들은 그 소리가 이끄는 대로 따랐다. 에멜리안이 달려가 보니 그것은 양쪽 끝에 가죽을 댄 작은 통처럼 생긴 둥근 물건이었다.

에밀리안은 그 물건의 이름이 무엇인지 물어보았다.

그러자 "북입니다"라는 대답을 들었다.

"속이 비어 있습니까?"

"그렇습니다."

에멜리안은 그 대답에 놀라면서 북을 자기에게 달라고 부탁했지만 거절당했다. 에멜리안은 더 이상 부탁하지 않고 북 치는 사람을 따라갔다. 하루 종일 그 사람을 따라다니다가 마침내 그가 누워서 잠이 들자 북을 가지고 달아났다.

에밀리안은 쉬지 않고 달려 자신이 살던 읍내에 도착했다. 아내를 보러 갔지만 아내는 집에 없었다. 에멜리안이 떠난 다음 날 왕이 아내를 데려간 것이다. 그는 궁으로 가서 왕에게 전갈을 보냈다.

"'어딘지 모르는 곳'에 갔던 사람이 '무엇인지 모르는 것'을 들고 돌아왔습니다."

신하들이 그 소식을 왕에게 고하자 왕은 다음 날 다시 오라고 했다.

하지만 에멜리안은 고집을 부렸다.

"제가 오늘 여기에 왔고 왕이 원하는 것을 가져왔다고 전해 주십시오. 왕이 나오시지 않으면 제가 가겠습니다!"

그제야 왕이 나와서 물었다.

"어디에 다녀왔느냐?"

에멜리안은 사실대로 대답했다.

"내가 말한 곳은 그곳이 아니다. 그렇다면 너는 무엇을 가져왔느냐?"

에멜리안은 북을 가리켰다. 하지만 왕은 쳐다보지도 않고 말했다.

"그 물건이 아니다."

"이 물건이 아니라면 박살을 내야겠군요. 악마에게 줘도 되겠지요!"

에멜리안은 북을 들고 두드리면서 궁전을 나왔다. 그가 북을 두드리자 왕의 병사들이 모두 따라 나와서 에멜리안에게 경례를 하고 명령을 기다렸다.

왕은 창가에 서서 자신의 군대에게 에멜리안을 따라가지 말라고 고함을 지르기 시작했다. 하지만 군인들은 아랑곳하지 않고 모두 에멜리안을 따라갔다.

그 모습을 본 왕은 에멜리안의 아내를 남편에게 돌려보내라고 명했다. 그리고 에멜리안에게 사람을 보내 북을 자신에게 달라고 청했다.

"그럴 수는 없습니다."

에멜리안이 말했다.

"이걸 부수어 그 조각들을 강에 버리라고 들었거든요."

에멜리안은 북을 들고 강으로 내려갔고 병사들도 뒤따라갔다. 강둑에 다다랐을 때 에멜리안은 북을 산산조각 내서 강물에 던졌다. 그러자 병사들이 모두 달아났다.

에멜리안은 아내를 데리고 집으로 돌아갔다. 왕은 그 뒤로 더 이상 에멜리안을 괴롭히지 않았다. 에멜리안과 아내는 영원토록 행복하게 살았다.

(1891년)

수라트의 찻집

베르나르댕 드 생피에르 Bernardin de Saint-Pierre의 작품 번안

　　인도 수라트 시내에 찻집이 하나 있었다. 그 찻집에서는 세계 곳곳에서 온 많은 여행객들과 이방인들이 만나 대화를 나누었다.

　　하루는 페르시아의 한 박식한 신학자가 찻집을 찾아왔다. 그는 신성神性에 대해 연구하고 그에 대한 책을 읽고 쓰면서 평생을 보낸 사람이었다. 그는 신에 대해 너무 많은 생각을 하고 책을 읽거나 글을 쓰다 보니 급기야 분별력을 잃고 큰 혼란에 빠졌다. 심지어 신의 존재를 믿지 않게 되어 버렸다. 이 이야기를 들은 왕은 그를 페르시아에서 쫓아냈다.

　　이 불행한 신학자는 평생을 신에 대해 논하다가 결국 심한

혼란에 빠졌고 자신이 이성을 잃었다는 사실은 알지 못한 채 우주를 다스리는 고귀한 이성은 없다고 생각했다.

신학자에게는 어디든 따라다니는 아프리카인 노예가 한 명 있었다. 신학자가 찻집에 들어가 있는 동안 노예는 밖에 남아 있었다. 노예는 문 가까이에 놓인 돌 위에 앉아 내리쬐는 햇빛을 받으며 주위에서 윙윙거리는 파리를 쫓았다. 신학자는 찻집 안의 긴 의자에 자리를 잡고 아편차 한 잔을 주문했다. 아편으로 뇌의 활동이 활발해지자 신학자는 열린 문 사이로 노예에게 말을 걸었다.

"불쌍한 노예여, 말해 보거라. 신이 있다고 생각하느냐, 없다고 생각하느냐?"

"물론 있습지요."

노예는 이렇게 대답하고는 즉시 허리띠 밑에서 나무로 된 작은 성상을 꺼냈다.

"이것은 제가 태어나던 날부터 절 지켜 주던 신입니다. 우리나라에는 모든 사람들이 숭배하는 나무가 있는데, 이 성상은 그 나무로 만든 것이랍니다."

찻집의 다른 손님들은 신학자와 노예의 대화를 듣고 놀랐다. 주인의 질문에도 놀랐지만 노예의 대답이 더 놀라웠다.

차를 마시던 한 브라만(힌두교의 카스트 제도에서 가장 높은 계급)이 노예의 말을 듣더니 그쪽을 돌아보며 말했다.

"불쌍하고 어리석은 자여! 어떻게 인간의 허리띠 밑에 넣고 다니는 신을 믿을 수 있단 말이냐? 세상에 신은 딱 한 분, 브라흐마뿐이다. 브라흐마는 온 세상보다 더 위대하지. 그분이 세상을 창조하셨으니까. 브라흐마는 유일하고 강력한 신이시다. 갠지스 강둑에는 신을 섬기는 사원들이 세워져 있고 그곳에서 신의 진정한 사제인 브라만들이 신을 모신다. 그 사제들만이 진정한 신을 알고 있지. 이만 년이 지나고 혁명이 거듭되었어도 그 사제들은 영향력을 행사하고 있어. 진정한 유일신인 브라흐마가 그들을 보호해 주기 때문이지."

브라만은 이렇게 말하며 모든 사람이 자기 말을 받아들였을 거라고 생각했다. 그런데 마침 그 자리에 있던 한 유대인 거간꾼이 이렇게 반박했다.

"아니오! 진정한 신의 사원은 인도에 없소. 신이 브라만 계급을 보호하지도 않소. 진정한 신은 브라만의 신이 아니라 아브라함, 이삭, 야곱의 하나님이오. 하나님은 당신이 선택한 백성인 이스라엘 사람들만 보호한다오. 우리는 세상이 시작될 때부터 유일하게 신의 사랑을 받은 민족이오. 우리가 지금 전 세계에 흩어져 있는 상황은 그분이 우리를 시험하고 계시기 때문이오. 하나님은 언젠가 우리 민족을 예루살렘에 모으겠다고 약속하셨소. 그러면 고대의 불가사의인 예루살렘 성전이 다시 눈부신 영광을 되찾고 이스라엘이 모든 민족들의 지배자가 될 것이오."

유대인은 이렇게 말하면서 울음을 터뜨렸다. 그가 무슨 말을 더 하려고 했지만 한 이탈리아 선교사가 잽싸게 끼어들었다.

"당신 말은 틀렸습니다."

선교사가 유대인에게 말했다.

"당신은 지금 신이 불공평한 것처럼 말하고 있습니다. 신이 당신 민족을 다른 민족보다 더 사랑하는 것은 아닙니다. 아니, 오히려 신이 예전에 이스라엘 민족을 사랑하셨던 게 사실일지라도 그들에게 노하여 세계 곳곳에 뿔뿔이 흩어지게 한 지가 천구백 년이 지났습니다. 그래서 이스라엘 민족의 신앙은 신에게 귀의하지 않고 몇 곳만 빼고는 자취를 감추었지요. 신은 어떤 민족을 특별히 편애하시는 게 아니라 구원받고자 하는 모든 사람을 로마 가톨릭교회의 품 안으로 부르십니다. 그러니 가톨릭교회 밖에 있는 사람들은 구원을 받을 수 없습니다."

이탈리아에서 온 가톨릭 선교사가 이렇게 주장하자 그 자리에 있던 개신교 목사의 얼굴이 창백해지더니 선교사를 향해 몸을 돌리며 소리쳤다.

"어떻게 그 구원이 당신 종교에 있다고 우길 수 있습니까? 복음서에 따르면, 그리스도의 말씀대로 성령과 진실 속에서 신을 섬기는 사람들만이 구원을 받을 겁니다."

그러자 수라트의 세관에서 공무원으로 일하는 한 터키인이 파이프 담배를 피우고 있다가 거만한 태도로 두 기독교인들을 보며 말했다.

"로마의 종교를 믿어 봤자 헛수고요. 그 종교는 천이백 년 전에 진짜 신앙인 마호메트의 신앙으로 대체되었으니까! 당신들은 진정한 마호메트 신앙이 유럽과 아시아 심지어 저 먼 중국에까지 퍼져 나가는 걸 두 눈으로 봤을 거요. 당신은 신이 유대인들을 버렸다고 당신 입으로 말했소. 그리고 그 증거로 유대인들이 굴욕을 당하고 그들의 신앙이 퍼지지 않는다는 사실을 언급했지. 그러면 이제 이슬람교가 진리라는 것을 인정하시오. 이슬람교는 성공을 거두었고 멀리까지 퍼져 나갔으니까. 신이 보내신 마지막 예언자인 마호메트를 따르는 사람들, 그중에서도 알리가 아니라 오마르를 따르는 사람들을 빼고는 누구도 구원받지 못할 거요. 알리를 추종하는 사람들의 신앙은 거짓이니까."

알리 종파에 속한 페르시아 신학자는 이 말에 반박하려고 했고 이렇게 서로 다른 신앙과 교리를 믿는 낯선 사람들 간에 치열한 논쟁이 벌어지기 시작했다. 찻집에는 아비시니아의 기독교인, 티베트에서 온 라마교 승려, 이스마일파 신도, 배화교 신도들까지 있었다. 모두가 신성이 무엇인지, 신을 어떻게 섬겨야 하는지 논쟁을 벌였고 저마다 자기 나라에만 진정한 신이 존재하며 올바로 섬겨진다고 주장했다.

유학을 공부하는 중국인 한 사람을 빼고는 모두가 언쟁을 벌이고 고함을 질렀다. 중국인은 이 논쟁에 끼어들지 않고 찻집 한쪽 구석에 조용히 앉아 있었다. 그는 차를 마시며 다른 사람들의 이야기를 들었지만 말은 하지 않았다.

그러다 터키인이 그 중국인을 보고는 호소했다.

"당신은 내 말을 입증해 줄 수 있을 거요. 당신은 아무 말도 하지 않았지만 분명 내 의견을 지지할 거요. 나한테 도움을 받으러 온 당신 나라의 장사치들은 중국에 많은 종교가 들어왔지만 중국인들은 이슬람교를 최고로 치고 기꺼이 받아들인다고 말했소. 그러니 내 말이 옳다는 걸 확인해 주고 진정한 신과 예언자에 대한 당신 생각을 말해 주시오."

"좋소, 말해 보시오."

다른 사람들도 중국인을 보며 말했다.

"이 문제에 대해 당신은 어떻게 생각하는지 듣고 싶소."

유학을 공부하는 중국인은 눈을 감고 잠시 생각에 잠겼다. 그는 눈을 뜨더니 넓은 옷소매 밖으로 손을 내밀어 팔짱을 낀 채 차분하고 조용한 목소리로 말했다.

"여러분, 제 생각에 사람들이 신앙 문제에서 생각이 다른 가장 큰 이유는 자존심 때문으로 보입니다. 제 말에 귀를 기울여 주신다면 이 문제를 설명해 줄 이야기를 들려드리겠습니다.

저는 전 세계를 돌아다니는 영국 기선을 타고 중국에서 왔습니다. 도중에 우리는 신선한 물을 마시려고 수마트라 섬의 동쪽 해안에 정박했지요. 때는 한낮이었고 배에서 내린 우리 중 일부는 원주민 마을에서 그리 멀지 않은 바닷가의 코코야자나무 그늘에 앉았습니다. 우리들은 서로 국적이 달랐어요.

그때 한 맹인이 우리에게 다가왔어요. 나중에 알게 된 사실인데, 그 사람이 눈이 먼 이유는 너무 오랫동안 해를 끈덕지게 쳐다보았기 때문이었어요. 해가 무엇인지 알아내고 햇빛을 붙잡고 싶어서 그랬던 것이지요.

그 사람은 이 소망을 이루려고 계속 해를 쳐다보며 오랫동안 노력했어요. 하지만 결국 눈부신 햇빛에 눈이 상처를 입어 맹인이 되고 말았답니다.

그 사람은 혼자 중얼거렸어요.

"햇빛은 액체가 아니야. 액체라면 그릇에 담긴 햇빛을 다른 그릇으로 옮겨 부을 수 있고 물처럼 바람에 밀려 흘러갈 수도 있겠지. 그렇다고 햇빛은 불도 아니야. 불이라면 물을 부어 끌 수 있을 테니. 눈으로 볼 수 있으니까 영혼도 아니야. 옮길 수가 없으니 물체도 아니고. 그러니 햇빛은 액체도, 불도, 영혼도, 물체도 아니야. 결국 햇빛은 아무것도 아니야!"

맹인은 이렇게 주장했어요. 항상 해를 쳐다보고 끊임없이 그 문제에 대해 생각하다가 시력과 분별력을 다 잃어버린 것이지요. 눈이 완전히 멀자 그 사람은 해가 존재하지 않는다고 굳게 믿게 되었어요.

이 맹인은 노예 한 명을 데리고 왔어요. 노예는 주인을 코코야자나무 그늘 아래 앉혀 놓고 땅에서 코코넛 열매 하나를 집어 들고 등을 만들기 시작했어요. 코코넛의 섬유질을 꼬아서 심지를 만들고 열매에서 짜낸 기름을 껍질에 담은 뒤 그 안에 심지를 꽂았지요.

노예가 앉아서 등을 만드는 동안 맹인은 한숨을 내쉬더니 말했어요.

"음, 해가 존재하지 않는다는 내 말이 틀린 것일까? 너는 이 세상이 얼마나 캄캄한지 모르겠지? 그런데도 사람들은 해가 존재한다고 말해. 해가 있다면 해는 무엇일까?"

노예가 대답했어요.

"전 해가 뭔지 모릅니다. 관심도 없습니다. 하지만 저는 빛이 무엇인지는 압니다. 여기 제가 등을 만들었어요. 저는 이 등의 도움을 받아 주인님을 모실 수 있고 집에서 필요한 물건을 찾을 수도 있지요."

노예는 코코넛 껍질을 들어 올리며 말했어요.

"이것이 저한테는 해입니다."

목발을 짚은 한 절름발이가 가까이에 앉아 있다가 이 말에 웃음을 터뜨리며 맹인에게 말했어요.

"해가 뭔지 모르다니 당신은 평생 동안 앞을 못 본 게 틀림없군요. 내가 알려 주겠소. 해는 아침에 바다에서 떠서 매일 저녁 우리 섬의 산들 사이로 지는 둥근 불덩어리요. 우리는 모두 해를 봤지요. 당신에게 시력이 있었다면 당신도 해를 봤을 거요."

그러자 이 대화를 듣고 있던 한 어부가 말했지요.

"당신은 이 섬 밖으로 한 번도 나가 보지 않았나 보군요. 만약 당신 다리가 멀쩡해서 나처럼 배를 타고 섬 밖으로 나가 보았다면 해가 우리 섬의 산들 사이로 지는 게 아니라 매일 아침 바다에서 떠서 매일 밤 다시 바다로 진다는 걸 알 텐데요. 제 말은 사실입니다. 매일 내 눈으로 똑똑히 보니까요."

그러자 우리 일행 중의 한 인도 사람이 끼어들었어요.

"사리를 아는 분이 그런 터무니없는 말을 하다니 놀랍군요. 불덩어리가 물속으로 떨어졌는데 어떻게 꺼지지 않는단 말입니까? 해는 불덩어리가 아니라 전차를 타고 황금산인 메루를 달리는 데바라는 신이랍니다. 때로는 사악한 뱀인 라구와 케투가 데바를 공격해서 집어삼켜 버리지요. 그러면 세상이 캄캄해져요. 하지만 우리 승려들이 데바를 풀려나게 해 달라고 기도를 올리면 데바는 뱀들에게서 벗어난답니다. 자신이 사는 섬 밖을 한 번도 벗어나 보지 못한 당신 같은 무지한 사람만이 해가 자기 나라를 위해서만 빛난다고 생각하지요."

그러자 그 자리에 있던 이집트인 선장이 말했어요.

"아니, 당신도 틀렸소. 해는 신도 아니고 인도와 황금의 산만 돌아다니는 것도 아니라오. 나는 흑해와 아라비아의 해안들을 따라 오래 항해했고 마다가스카르와 필리핀까지 가 봤소. 햇빛은 인도뿐 아니라 온 세상을 비춘다오. 하나의 산을 도는 것이 아니라 섬나라인 일본 너머의 먼 동쪽에서 떠서 영국의 섬들 너머의 아주 먼 서쪽에서 진다오. 일본인들이 자기 나라를 '해의 근원'이라는 뜻의 '니폰日本'이라고 부르는 것은 이 때문이오. 난 내 눈으로 수없이 봤을 뿐 아니라 바다 끝까지 항해했던 할아버지께 이야기를 많이 들어서 잘 알고 있소."

선장은 계속 말을 하고 싶어 하는 눈치였지만 우리 배에 탔던 영국의 한 선원이 끼어들었죠.

"영국만큼 사람들이 해의 움직임에 대해 많이 알고 있는 나라는 없답니다. 해는 모든 영국 사람들이 알고 있는 것처럼 어디에서도 뜨지 않고 어느 곳으로도 지지 않습니다. 해는 항상 지구를 돌고 있지요. 우리는 직접 세계를 돌아다녀 봤기 때문에 확신할 수 있어요. 우리가 어디를 가든 여기에서와 마찬가지로 해는 아침에 모습을 드러내고 밤이 되면 숨었어요."

영국인 선원은 지팡이를 집어 들고 모래 위에 원을 그려서 하늘의 해가 어떻게 움직이고 어떻게 세계를 도는지 설명하려고 했어요. 하지만 명확하게 설명하지 못하고 배의 키잡이를 가리키며 말했지요.

"이 사람이 나보다 더 잘 알고 있으니 정확히 설명해 줄 겁니다."

똑똑한 친구인 그 키잡이는 자기에게 말을 시킬 때까지 조용히 듣고만 있다가 모든 사람이 자신을 쳐다보자 천천히 말했어요.

"여러분은 모두 서로 잘못 알려 주고 있고 자신들도 잘못 알고 있어요. 해가 지구를 도는 것이 아니라 지구가 해 주위를 돌지요. 지구는 자전하면서 이십사 시간 주기로 해 주위를 돈답니다. 일본과 필리핀, 지금 우리가 있는 수마트라뿐 아니라 아프리카, 유럽, 미국 그리고 그 외의 많은 땅들이 도는 것이지요. 해는 산 한 곳이나 섬 하나, 바다 하나 심지어 지구 하나만 비추는 것이 아닙니다. 우리가 사는 지구뿐 아니라 다른 행성들도 비추지요. 발아래의 땅 대신 하늘을 쳐다보기만 해도 이것을 다 이해할 수 있을 테니 해가 당신이나 당신 나라만 비춘다고는 더 이상 생각하지 않을 겁니다."

세상을 두루 항해했고 하늘을 많이 쳐다본 지혜로운 키잡이는 이렇게 결론을 내렸지요."

유학을 공부하는 중국인은 계속 말을 이었다.

"따라서 신앙 문제에서 사람들이 착각하며 의견 충돌을 보이는 것은 모두 자존심 때문입니다. 해에 대해서 잘못 알고 있는 것처럼 신에 대해서도 마찬가지인 것이지요. 누구나 자신만의 특별한 신, 적어도 자기 나라를 위한 특별한 신이 존재하기를 바랍니다. 모든 나라가 제각기 자기 나라의 신전 안에 신을 가두고 세상의 다른 나라들은 그 신을 소유할 수 없기를 바랍니다.

그런데 신이 모든 사람을 한 신앙과 종교 안에 하나 되게 하려고 직접 지으신 신전과 견줄 만한 인간의 신전이 있을까요? 인간의 신전들은 모두 신의 세계인 이 신전을 본떠서 지은 것입니다. 모든 신전에는 세례반(세례용 성수를 담아 놓은 큰 주발), 아치 모양의 지붕, 등, 그림이나 조각상, 명문銘文, 율법서, 제물, 제단 그리고 사제들이 있습니다.

하지만 어떤 신전에 바다 같은 세례반이나 하늘같은 지붕, 해와 달, 별 같은 등불이 있겠습니까? 서로 사랑하고 돕는, 살아 있는 사람에 비교할 만한 조각상이 있겠습니까? 신이 인간의 행복을 위해 널리 베푼 은총만큼 신의 선하심을 쉽게 이해할 수 있는 명문이 있겠습니까? 각자 마음속에 새겨져 있는 것만큼 명확한 율법서가 있겠습니까? 사랑하는 남자와 여자가 서로를 위해 정욕을 참는 것 만한 희생이 있겠습니까? 신이 희생이라고 인정한 선한 사람의 마음에 견줄 만한 제단

이 있겠습니까?

신에 대해 더 많이 이해할수록 신을 더 잘 알게 될 것입니다. 그리고 신을 잘 알수록 신에게 더 가까이 다가가서 신의 선함, 자비, 인간에 대한 사랑을 본받을 것입니다.

따라서 세상을 가득 채운 햇빛 전부를 보는 사람은 자신의 우상에 갇혀 똑같은 빛에서 한 줄기 햇살밖에 보지 못하는 미신적인 사람을 탓하거나 경멸하지 마십시오. 눈이 멀어 해를 전혀 보지 못하는 불신자도 경멸하지 마십시오."

유학을 공부하는 중국인이 이렇게 말하자 찻집의 모든 사람이 입을 다물었고 누구의 신앙이 최고인지 더 이상 입씨름을 벌이지 않았다.

(1893년)

세 가지 질문

한번은 어떤 왕이 이런 생각을 했다. 항상 모든 일에 대해 언제 그 일을 시작할지 적당한 시기를 알 수 있다면, 귀 기울여 이야기를 들어야 할 사람과 피해야 할 사람을 알 수 있다면, 그리고 무엇보다도 해야 하는 가장 중요한 일이 무엇인지 알 수 있다면 무슨 일을 하든 실패하지 않으리라는 생각이었다.

이런 생각이 들자 왕은 '어떤 행동을 할 적기, 자신에게 가장 필요한 사람, 해야 할 가장 중요한 일이 무엇인지 아는 방법'을 가르쳐 주는 사람에게 큰 상을 내리겠다고 왕국 전체에 공포했다.

그러자 학자들이 왕을 찾아와 저마다 다른 대답을 내놓았다.

첫 번째 질문에 대해 어떤 학자는 행동을 할 적기를 알려면 미리 일, 월, 연도의 시간표를 짜서 엄격하게 지키며 살아야 한다고 말했다. 그렇게 해야만 적시에 모든 일을 할 수 있다고 했다. 또 다른 학자들은 모든 행동에 대한 적기를 사전에 판단하기란 불가능하지만 빈둥거리며 소일하지 말고 진행되는 모든 일에 항상 주의를 기울이고 가장 필요한 일을 해야 한다고 주장했다. 한편 왕이 지금 진행되고 있는 일들에 아무리 신경을 쓴다 해도 한 사람이 모든 행동의 적기를 제대로 판단하기란 불가능하니 지혜로운 자들로 구성된 자문회를 만들어 도움을 받아야 한다는 학자도 있었다.

몇몇 학자들은 자문회가 열릴 때까지 기다릴 여유 없이 당장 그 일들을 시작할지, 말지를 결정해야 하는 문제들도 있다고 말했다. 어떤 이는 그런 일들을 판단하려면 무슨 일이 일어날지 미리 알아야 하는데, 그것을 아는 사람은 마법사뿐이니 모든 일에 대한 적기를 알려면 마법사에게 자문을 구해야 한다고 주장했다.

두 번째 질문에 대해서도 마찬가지로 다양한 답변이 나왔다. 왕에게 가장 필요한 사람은 자문을 해 줄 사람이라는 의견이 있는가 하면 사제라는 사람도, 의사라는 사람도 있었다. 반면 군사가 가장 필요하다는 학자도 있었다.

가장 중요한 일이 무엇인지 묻는 세 번째 질문에 대해서 어떤 학자들은 세상에서 가장 중요한 것이 학문이라고 말한 반면, 병법이라고 주장하는 학자들도 있고 종교적 신앙이라는 답도 나왔다.

온갖 대답들이 나왔지만 왕은 그중 어떤 것에도 동의하지 않았고 누구에게도 상을 내리지 않았다. 하지만 여전히 질문에 대한 답을 찾고 싶었던 왕은 지혜롭기로 명성이 자자한 한 은자에게 조언을 구하기로 마음먹었다.

숲 속에 살고 있는 은자는 숲 밖으로 나가는 법이 없었고 평범한 사람들만 맞았다. 그래서 왕은 소박한 옷차림을 하고서 은자의 암자에 도착하기 전에 말에서 내렸다. 그리고 호위대를 뒤에 남겨 두고 혼자 암자로 갔다.

왕이 가까이 갔을 때 은자는 암자 앞의 땅을 파고 있었다. 은자는 왕을 보자 인사를 한 뒤 계속 땅을 팠다. 노쇠하고 몸이 약한 은자는 삽을 땅에 꽂아 흙을 조금씩 파 엎을 때마다 숨을 헐떡였다.

왕이 다가가서 물었다.

"지혜로운 은자여, 저는 당신에게 세 가지 질문의 답을 듣고자 왔습니다. 올바른 일을 적시에 하는 법을 어떻게 배울 수 있겠습니까? 제게 가장 필요한 사람은 누구이며 따라서 제가 다른 사람보다 더 귀를 기울여야 하는 사람은 누구입니까? 또한 제가 제일 신경 써야 하는 가장 중요한 일은 무엇입니까?"

은자는 왕의 말을 들었지만 아무 대답도 하지 않았다. 그는 그저 손에 침을 뱉더니 다시 땅을 파기 시작했다.

"지쳐 보이십니다. 제게 삽을 주십시오. 제가 잠깐 대신 파겠습니다."

"고맙소."

은자는 이렇게 말하며 왕에게 삽을 넘겨준 뒤 바닥에 앉았다.

왕은 흙을 두 이랑쯤 판 다음 일을 멈추고 아까 했던 질문을 다시 던졌다. 은자는 이번에도 아무런 말이 없었고 몸을 일으키더니 삽에 손을 뻗으며 말했다.

"이제 잠시 쉬시오. 내가 좀 하리다."

그러나 왕은 삽을 넘겨주지 않고 계속 땅을 팠다. 한 시간이 지나고 또 한 시간이 지났다. 나무들 사이로 해가 뉘엿뉘엿 지기 시작하자 왕은 마침내 삽을 땅에 꽂으며 말했다.

"지혜로운 자여, 저는 제 질문에 대한 답을 들으려고 찾아왔습니다. 제게 주실 답이 없다면 그렇다고 말해 주십시오. 그러면 저는 집에 돌아가겠습니다."

"저기 누군가가 달려오고 있군요. 누군지 봅시다."

왕이 주위를 둘러보니 수염이 난 한 사내가 숲에서 달려오고 있었다. 남자는 손으로 배를 꾹 누르고 있었는데 손 아래로 피가 흘러내리고 있었다. 왕 앞으로 온 남자는 희미한 신음소리를 내며 의식을 잃고 바닥에 쓰러졌다. 왕과 은자가 남자의 옷을 풀어 헤치자 배에 커다란 상처가 나 있었다. 왕은 최선을 다해 상처를 닦아 낸 뒤 자기 손수건과 은자의 수건으로 상처를 싸맸다. 하지만 피는 멈추지 않고 계속 흘러내렸고 왕은 몇 번이고 붉은 피로 흠뻑 젖은 천을 풀어내고 상처를 씻은 뒤 다시 감쌌다. 마침내 피가 멈추자 남자는 정신을 차리고 마실 것을 좀 달라고 했다. 왕은 깨끗한 물을 가져다 남자에게 주었다.

그러는 동안 해가 지고 쌀쌀한 기운이 돌았다. 왕은 은자의 도움을 받아 부상당한 남자를 암자로 옮겨 침상에 눕혔다. 침상에 누운 남자는 눈을 감고 말이 없었다. 암자까지 걸어오고 땅을 파느라 몹시 피곤해진 왕은 문가에서 웅크린 채 잠이 들었다. 왕은 깊이 잠들어 짧은 여름밤이 다 지나도록 깨지 않고 푹 잤다. 아침에 깬 왕은 한참 지나서야 자신이 어디에 있는지, 침상에 누워 빛나는 눈으로 자신을 골똘하게 쳐다보고 있는 낯선 남자가 누구인지 알아차렸다.

수염이 난 남자는 왕이 일어나서 자신을 쳐다보자 힘없는 목소리로 말했다.

"저를 용서해 주십시오."

"저는 당신이 누구인지도 모르고 당신을 용서할 일도 없습니다."

왕이 말했다.

"당신은 저를 모르지만 저는 당신을 알고 있습니다. 저는 당신의 원수입니다. 제 형을 처형하고 재산을 몰수한 당신에게 복수하겠다고 맹세했었으니까요. 저는 당신이 혼자 은자

를 만나러 갔다는 이야기를 듣고 당신이 궁으로 돌아가는 길에 당신을 죽이려고 마음먹었습니다. 하지만 하루가 다 지나는데도 당신은 돌아오지 않았습니다. 그래서 숨어 있던 곳에서 나와 당신을 찾으러 나섰지요. 그러다 당신의 호위대와 마주쳤습니다. 호위대는 저를 알아보고 공격했지요. 저는 호위대를 피해 달아났지만 당신이 제 상처를 싸매주지 않았다면 피를 많이 흘려 죽었을 겁니다. 저는 당신을 죽이려 했는데 오히려 당신은 제 목숨을 구해 주셨어요. 제가 살아난다면 그리고 당신이 원하신다면 저는 가장 충실한 종이 되어 당신을 모시고 제 아들들에게도 그렇게 하라고 이를 것입니다. 저를 용서해 주십시오."

왕은 자신의 원수와 그렇게 쉽사리 화해를 하고 자기 편을 얻게 되어 몹시 기뻤다. 남자를 용서해 주었을 뿐 아니라 신하들과 자신의 주치의를 보내 돌보게 하고 재산도 되돌려 주겠다고 약속했다.

왕은 부상당한 남자에게 인사를 하고 문가로 나와 은자를 찾았다. 떠나기 전에 한 번 더 질문에 대한 답을 듣고 싶었기 때문이다. 은자는 무릎을 꿇고 앉아 전날 갈아 놓은 땅에 씨를 뿌리고 있었다.

왕은 은자에게 다가가 물었다.

"지혜로운 자여, 제 질문에 답해 주십시오. 마지막으로 간청합니다."

"당신은 이미 답을 얻었다오."

은자는 여윈 다리로 여전히 쭈그리고 앉아 자기 앞에 서 있는 왕을 쳐다보며 대답했다.

"어떤 답 말입니까? 무슨 말씀이신지요?"

왕이 물었다.

"모르겠소?"

은자가 대답했다.

"당신이 어제 내가 힘이 없는 걸 불쌍히 여기지 않았다면 나를 위해 땅을 갈지도 않았을 것이오. 하지만 당신이 그냥 가 버렸다면 저 남자에게 공격을 당했을 것이고 그랬다면 당신은 이곳에 나와 같이 머무르지 않았던 것을 후회했을 거요.

그래서 가장 중요한 시기는 당신이 땅을 갈고 있던 때였소. 가장 중요한 사람은 나였고 가장 중요한 일은 나에게 선행을 베푼 것이었소. 그 뒤 저 남자가 우리에게 달려왔을 때 가장 중요한 시기는 당신이 그를 돌본 때였소. 당신이 저 남자의 상처를 싸매주지 않았다면 그는 당신과 화해하지 못한 채 목숨을 잃었을 거요. 결국 가장 중요한 사람은 저 남자였고 가장 중요한 일은 당신이 그에게 해 준 일이었소.

잊지 마시오. 중요한 시간은 딱 하나뿐이오. 바로 지금! 지금이 가장 중요한 시간인 이유는 우리에게 힘이 있는 유일한 시간이기 때문이오. 가장 필요한 사람은 당신과 함께 있는 사람이오. 앞으로 어떤 사람과 관계를 맺을지 아무도 모르기 때문이오. 가장 중요한 일은 그 사람에게 선을 베푸는 것이오. 그것이 인간이 이 세상에 보내진 유일한 목적이기 때문이라오."

(1903년)

레프 니콜라예비치 톨스토이 연보

1828년 9월 9일 러시아 툴라 현의 야스나야 폴랴나의 외가에
서 니콜라이 일리이치 톨스토이 백작의 넷째 아들로
태어남.

1830년 어머니 마리야 니콜라예브나 사망.

1836년 푸시킨의 시 〈바다에〉 〈나폴레옹〉을 낭독하여 부친을
놀라게 함.

1837년 모스크바로 이주. 아버지 니콜라이 뇌일혈로 급사함.

1840년 최초의 시 〈사랑하는 숙모에게〉를 씀.

1844년 카잔 대학 동양어학부에 입학.

1848년 페테르부르크 대학의 학사고시에 합격.

1851년 자전소설 《유년시대》 구상. 형 니콜라이와 함께 카프
카스 포병부대에 입대.

1852년 카프카스 포병 여단에 사관후보생으로 편입.《유년시대》탈고로 문단의 주목을 받음. 네크라소프가 주관하는《현대인》지에 익명으로 작품을 발표. 문단에 데뷔.

1853년 《소년시대》집필.

1854년 다뉴브 파견군에 종군. 크리미아 수비대로 전속.《소년시대》발표.

1855년 세바스토폴리 전에 참가. 니콜라이 1세 사망. 자전소설《청년시대》기고. 페테르부르크로 귀환.

1856년 3월 러시아, 터키의 전쟁 종식으로 제대하고 페테르부르크로 돌아와 농민들의 교육에 관심을 가짐.《눈보라》《두 경기병》《지주의 아침》발표. 투르게네프와 첫 만남.

1857년 프랑스, 이탈리아, 스위스 등 7개월간 유럽 여행 후 고향에 학교를 세움.《알베르트》《청년시대》발표.

1859년 러시아 문학 애호회 회원이 됨.

1860년 형 니콜라이 사망.《국민 교육론》기고. 투르게네프와 다툰 후 결투를 신청했지만 결투는 이루어지지 않음.

1861년 도박으로 돈을 크게 잃음.

1862년 9월 크렘린 궁정 부속 교회에서 소피야 안드레예브나 베르스와 결혼.

1863년 큰아들 세르게이 출생. 카자흐 사람들과 어울리면서 쓴《카자흐》발표.

1864년 큰딸 타츠야나 출생.《전쟁과 평화》집필 착수.

1866년 《전쟁과 평화》집필에 전념. 둘째 아들 일리야 출생.

1869년 《전쟁과 평화》초판 출판(전 3권).

1873년 《안나 카레니나》집필. 아카데미 회원이 됨.《톨스토이 저작집》전 8권 출판.

1876년 이른바 '내적 위기', 즉 정신적 전환의 시작. 차이코프 스키와 친교.

1881년 알렉산드르 2세 암살됨. 도스토옙스키 사망.〈사람은 무엇으로 사는가〉《교의 신학 비판》출판.

1882년 《참회록》완성. 발매 금지됨.

1883년 병상의 투르게네프로부터 창작 생활로 돌아올 것을 호소하는 편지를 받음. 같은 해 투르게네프 사망. 종교 적인 신념에서 배심원직에서 물러남.

1885년 저작권을 부인에게 넘겨줌.〈무엇을 할 것인가〉〈바 보 이반 이야기〉〈두 노인〉 발표.

1886년 《이반 일리이치의 죽음》발표.

1889년 《크로이체르 소나타》《악마》발표.《부활》집필.

1893년 《노자》번역 착수.

1894년 도스토옙스키의《죄와 벌》비판.

1895년 《주인과 하녀》발표. 막내아들 이반 사망. 안톤 체홉 과 첫 만남.

1896년 셰익스피어를 신랄하게 비판.

1898년 톨스토이 탄생 70주년 기념 축하회 개최.《부활》의 성
       에 전념.《신부 세르게이》발표.

1899년 마지막 소설《부활》발표. 큰 반향을 일으킴. 체홉의
       〈사랑스러운 여인〉을 직접 낭독하고 감동받음.

1900년 고리키가 방문함.《산송장》발표.

1901년 그리스 정교회에서 파문당함. 노벨상 수상 거부.

1903년 탄생 75주년 기념 축하회 개최.

1904년 러일전쟁 일어남.《다시 생각하라》발표. 안톤 체홉 사망.

1906년 계몽적인 의도가 담긴《인생독본》발표.

1908년 혁명 운동가들에 대한 사형집행을 반대하는《가만히
       있을 수 없다》를 발표.

1910년 10월 28일 부인에게 마지막 글을 남긴 채 가출. 11월
       7일 아침 6시 5분 시골의 작은 역(현 톨스토이역)에서
       폐렴으로 영면. 고향 야스나야 폴랴나에 안장됨.